女子有財便是福

上

文創風 1189

竹笑 著

風 文創 1189

目錄

序文

竹笑

人間遠來客，多是獨行人。

作者單身，身邊也有很多單身的朋友，單身時間久了，人就會變得越來越獨。這種獨，指的是日常生活，也指性格，而這兩者之間，有著某種關聯。

日常生活中獨來獨往，這種獨就會影響到性格，從而影響到關於人生的一些看法。

去年春天，一個晴好的週末，我約一位認識很久的朋友吃飯，這位朋友突然提起一個話題。

她問：「有時候真的好奇，死亡之後是什麼？會穿越嗎？如果穿越到某個朝代，我們會過什麼樣的人生？」

這位朋友單身未婚，工作繁忙，和我一樣獨居，我猜她會問這個問題，大概是因為最近生活或工作遇到什麼難題了。

她點點頭承認。「就是覺得，現在過得挺沒意思的。如果穿越到某個時代，人生重新開場，或許會有不一樣的人生感悟，說不定會過出另外一種精彩。當然，也有可能更糟。」

我笑道：「妳這樣的事業型女性，如果穿越到古代，肯定不會是個在家繡花、相夫教子的女人吧？」

「那肯定不是。」

「古代的小老百姓過得挺慘，如果穿越，出身是不是要好一點？」

「必須好，最好爹娘開明一點吧，要不然怎麼會讓我三天兩頭出門？」

「就算是出生在開明的家族裡，也不可能讓妳三天兩頭往外跑，要不咱們換個設定？」

「啥？」

「家族遭遇危機，需要妳拯救度過難關？」

她激動到拍桌子。「我可以，碰到危機上下打點不是得需要錢？我賺錢很有一手，那必須往首富發展呀，用錢也能砸出一條大道來。」

「有錢了，妳怎麼保住妳的錢？」

她肯定道：「還得有權，必須給我配個厲害的男人，要那種三元及第，備受皇帝青睞的高官！」

我們對視一眼，哈哈大笑起來。

過了會兒，她又說：「如果真的穿越，我三十還不婚，只怕會被扭送尼姑庵吧。」

我一本正經道：「妳可以選道觀，女道士還有頭髮來著。」

我們倆又笑起來。

聚會完，我們各自回家，晚上收到她的訊息。她說：「如果真的穿越到另外一個時空，應該也會覺得孤獨吧，就像世界上唯一一頭能發出五十二赫茲聲音的鯨魚。」

我了悟，她覺得孤獨了。

但是，這根本避免不了。

從某種意義上來說，人生就是一場獨行！

現實我們難以招架，那就偷個空去小說中尋夢吧」。既然是小說，是一場夢，那就讓獨行的人生去遇見更多精彩吧！

如果我們穿越到古代，就去過一場轟轟烈烈的人生——有溫暖的家人、炙熱的愛情、輝煌的事業！

作夢，就夢得快樂一些！

第一章

啟盛十一年春。

兩匹駿馬拉著一輛黑沈沈的馬車在官道上奔馳，馬車前後有高壯的健僕騎馬隨侍，從北往南，路過驛站也不曾停下歇息。

正午時分，穿著灰撲撲的小吏站在一旁感嘆，羨慕得很，不知道是哪家高門大戶的主子，養得起這樣的好馬、隨從。

兩匹駿馬身上的汗水隨著飛揚的毛髮灑落一地，趕在關城門之前，風塵僕僕的一行人進了淮安城，徑直到了城南一處別院。

聽到動靜，看門的小廝趕緊跑去屋裡報信。

「二娘子回來了。」

正在喝茶的張毅，手裡的茶盞隨手放在桌上，撩起袍子疾步往外走，面露喜色。

「快、快去，叫夫人過來。」

「是，婆子去叫了。」

暮色四合，天光黯淡，手腳快的僕人舉起燈籠站在兩側。侍女撩開簾子，伸出手，扶二娘子下來。

林家三兄妹，她和哥哥、弟弟一起排序，親近之人喚她二娘子。

林棲下車，抬起頭來，衝舅舅、舅母微微一笑。「煩勞舅舅、舅母這麼晚還等我。」

舅母姚氏連忙拉著她的手，打量她的臉色。「辛苦什麼，我和妳舅舅早就盼著妳歸來了。比去歲去石河之前瘦了一些，妳這丫頭是不是沒好好吃飯？」

林棲親暱地挽住舅母的手臂。「哪裡是我沒好好吃飯，趕路哪是那麼輕鬆的。再說了，我這樣還算好的。不像我爹娘，人都瘦得脫了形。」

張毅和姚氏都嘆氣，一家子往屋裡走。

時辰不早了，晚膳早準備好了，丫鬟們伺候三個主子洗了手，飯菜都端上來了。

姚氏擺擺手，讓丫鬟、婆子都出去，關上門來，屋裡只有他們三人。

「我爹娘他們受了些罪，身子都還好，我帶去的大夫為他們調理了一個冬天，現在都緩過來了。」

張毅連忙問道：「聽說極北之地冷到一盆滾水潑出去都能凍成冰，他們住的、穿的可暖和？」

「我爹是有成算的人，剛開始去的時候確實難過，但也能糊弄過去。我去了之後，在那裡開了糧店，多少能幫扶他們一些。」

啟盛朝的流放和她認知的流放不一樣，她以為千山萬水地流放過去，說不定是去做苦力，誰知道官差把他們押解到極北之地之後就不管了，只要你不逃走，在那裡，是死是活各憑本事。

所謂的極北之地，那裡不僅是邊疆，還極其寒冷，除了駐軍和流放之人，一般人也沒膽子去。

她早就想去買地、種糧，多好的事情，偏偏她爹娘不讓，沒想到現在這會兒，因為這樣的事能讓她去一趟。

姚氏嘆氣。「能保全身家性命就算好事了，別的，就看命吧。」

原本她羨慕小姑子嫁得好，早年妹夫還是個舉人，看不出什麼好不好的，誰知道第二年妹夫就考上兩榜進士。

這且不算什麼，妹夫不僅會讀書，還是個會做官的人。

進了六部觀政，因為能幹活、有眼色，被吏部尚書看重，一路從七品給事中，做到正三品吏部右侍郎，一直走的都是實權路線。眼看著再熬幾年就能成為尚書，入閣也有希望，誰知道竟遭遇這檔事。

張毅臉色難看。「妳爹會有這一樁禍事，說起來是那幾位爭鬥被殃及，其實也是妳爹沒有幫手，要不然，那麼多官，怎麼就妳爹被弄下來流放？」

林棲沈默不語。她上輩子是個孤兒，白手起家做起一個享譽全球的服裝品牌。權力爭鬥，利益爭奪，她親身經歷過不少，甚至她自己也是因此被害身亡。

她用命得來的經驗，別看誰冒頭，要看誰得益。

她爹被流放後，坐上她爹位置的，是二皇子門下的人，那麼，她爹被誣衊貪污腐敗、收受賄賂的事，他們肯定脫不了關係。

「我和妳舅舅商量過了，妳爹娘流放這事恐怕幾年內很難有翻身的機會，妳大哥和小弟是男子尚且等得起，妳等不起啊，妳今年五月都十七歲了，再不找人家，就晚了。」

「舅母放心，走之前爹娘也跟我說過，這件事還要麻煩你們。」林棲把爹娘寫的信交給舅舅。

不用妹妹和妹夫交代，夫妻倆早就有這方面打算了。姚氏笑著說：「妳大表哥和二表哥兩個，妳喜歡誰？」

林棲身體往後一縮，連忙拒絕。「舅母，咱們早就說過了，不提這事，您怎麼……」

「以前是以前，現在是現在。妳爹娘現在這樣的情形，沒個人撐腰，讓妳嫁出去受別人家折磨，我和妳舅舅怎麼忍心？」

說起來，這個外甥女出生後一直病懨懨的，周歲的時候有個老道上門，說孩子及笄之前不能養在身邊，這孩子就送到他們夫妻身邊養著，每年僅過年的時候回林家一趟。

在她心裡，這孩子就跟自己閨女似的，是她的心肝肉。讓林棲做自家媳婦，她早前就想過好多次了，連妹妹和妹夫也同意，就這丫頭不願意，說什麼近親不能成婚。

張毅也說：「妳舅母說得對，這個時候，還是自家人好。」

林棲笑著道：「既然怕在後宅受折磨，那就低嫁。」

不管舅舅、舅母如何說服，林棲絕不鬆口，她一直把兩個表哥當作親哥哥對待，絕對接受不了和他們成婚。

回到起居室，丫鬟準備好熱水和換洗的衣裳，林棲沐浴之後精神好了一些，便招招手，叫專管內務同時身兼財務主管的大丫鬟春朝進來。

「二月開始童試，現下已經考完府試了，院試即將開考。宋朴這兩個月在外巡視產業，把適齡未婚的男子畫像都收集起來，過幾日送來給娘子。」

她年前去極北之地之前，就交代手下的人收集今年參加科舉考試學子的名單。按照她現在的身分，平級選就是嫁給商戶之家，向下選最好的就是嫁給讀書人。很明顯，她的選擇是更有成長潛力的讀書人。她有錢，不用再嫁給有錢人。

「過幾日？他現下不在淮安？」

「不在，這會兒在下面縣裡查帳，這幾日應會去沐城。」

林棲隨手翻了翻帳本，淡淡道：「不用過幾日了，明日妳準備好車馬，我要去沐城一趟，隨後去桃源縣探望師父，讓他在沐城等我。」

她周歲的時候被送去桃源縣桃源山上的玉清觀，老觀主讓她跟著凌霄道長修道。她師父還在俗家的時候出身望族，不僅教她修道，還教她貴族女子該學習的一切，這也是她爹娘當初肯讓她離家修行的主要原因之一。

啟盛朝這才傳到第二任皇帝，說人家是靠打仗上位的草莽太不客氣了點，不過在世家眼裡，大抵就是這個印象。皇家想請世家主母教導公主而不得，當時她有個自己送上門來的老師，爹爹和娘親肯定要抓住了。

林棲交代春朝把從極北之地帶回來的人參，選兩根品相好的裝上，回頭送去給師父。師父無兒無女待她如親生，她也要同樣報之。

啟盛朝風氣開放，特別是江南這一片商貿發達，故無宵禁這一說。張毅和姚氏沒有留宿在別院，而是回了張家。

他們剛回家一會兒，老二張紹光回來了。

張毅臉色一冷。「你不在書院讀書，這個時候回來幹什麼？」

張紹光身上還有未散盡的酒味，不敢靠近他爹，離得遠遠的，笑嘻嘻地說：「聽說表妹回來了，我回來看看。」

「你表妹在別院，不在家，用得著你看？不爭氣的東西，都十幾歲的人了，連個秀才都考不上，怪不得林棲看不上你們兄弟倆。」

原來是為這件事生氣，張紹光繃緊的弦一下鬆了，吊兒郎當地道：「看不上就看不上唄！照我看，當兄妹比當夫妻靠譜，林棲說得對。姑姑和姑父他們怎麼樣了？表哥和表弟他們還受得住吧？」

張毅只嘆氣，不說話，姚氏趕他回去睡覺，明天一早去接表妹來家吃早飯。

「行呢，交給我。」

張紹光回到屋裡，關上門，兩三下脫掉身上的衣裳，露出青紫的後背，叫小廝趕緊找來藥酒給他。

小廝下手重，必須下死力氣把傷處揉開了，張紹光疼得低聲喊疼，這會兒還是春天，也是疼得他一身汗。

姑父一家流放了，淮安府的有心人都知道他們家沒了靠山，一些不長眼的下賤玩意兒就敢踩到他們頭上來了。他張紹光可不是任人欺負的軟柿子，今天晚上借醉酒打回去，可算出了一口惡氣。

「主子，這回好歹遮掩過去了，下次您可別了，萬一真打出個好歹，壞了身體，那可是一輩子的大事。要小的說，還是讀書正經，有了功名，那些下水溝裡翻騰的小人，掂量他們也不敢動手。」

「哼，難道我不知道？還用你說。」還不是讀書太難，照他說，他們張家都沒讀書的慧根，他還是跟大哥一樣，早早去經商接手家業是正經。去歲姑父出事，雖然明面上沒有牽連他們家，但是他知道，家裡的產業還是縮水不少。

他們家能撐下來，沒被人生吞活剝了，主要還是他表妹有遠見。前些年淮安設立了一個商會，大家湊錢出海，表妹一定要他們家加進去，為此送出去兩條大船。

當時覺得虧本，碰到事情才知道，這個利益捆綁的商會，不僅讓他們賺了大錢，關鍵時刻還能拉他們一把。

他這個表妹，若是個男子，姑父家或許能逃過一劫也說不定。

即使表妹身為女子，在他們兄弟倆心裡，也是條漢子。

張紹光嘶嘶叫疼。「動作快點，小爺我要早點睡覺，明天一早找林棲討好東西。」

林棲和張紹光算得上一起長大，他什麼樣子，她最清楚不過了。看他走路不太順，就知道身上有傷，也不多問。

林棲對春朝說：「去找紫檀木箱子，裡面有幾個蓮花紋白瓷瓶子，給他一瓶。」

張紹光討好地笑。「表妹，是什麼好東西？既然有幾個，那就多給我唄。」

「哼，想什麼呢！那可是大師製的最好傷藥，我總共就得那麼幾瓶，給你一瓶，我都嫌浪費。春朝，再拿兩瓶出來，送去給霍英。他們拿刀舞劍的人，最需要這個。」

霍英是她親自找的護衛頭子，作為頭號打手，待遇肯定是不一樣的。

春朝拿了三瓶出來，遞了一瓶過去，笑道：「我這就送去。」

張紹光揭開瓶子聞了一下，藥味清淡，見多識廣的他也知道這是好東西，轉手交給身邊的小廝小六。「給我收好了。這會兒我口渴，去端碗茶來給我。」

「是。」小六躬身退下。

屋裡只留下他們兩個，林棲扭頭看他。「怎麼了？還是吳家那個庶子找你麻煩？」

張紹光冷哼一聲。「小爺我可不怕他，昨晚借酒裝瘋揍了他一頓，總要老實幾天。」

林棲沈吟半晌。「我聽說，吳家三房那個獨苗大病了一場，家裡長輩怕他熬不過，想從族裡過繼一個孩子。」

張紹光噗哧一聲笑了。「妳從哪裡得到的消息？如若真是如此，我看吳長慶倒是挺合適。他不是最恨人家說他是庶子嗎？這個過繼充當嫡子的機會可最適合他。」

林棲淡笑道：「吳家三房可是自稱耕讀傳家的人家呀。」用「耕讀傳家」四個字沽名釣譽，連清貴兩個字都不沾，那就是會認幾個字的窮人，但也不賴，家裡至少還有地。

「不行，這好事我得好好跟吳四郎說。」張紹光看熱鬧的勁頭上來，便趕著回書院，催促著林棲趕緊收拾好跟他回家吃飯，吃完早飯，他再離開。

這幾日正是院試的時間，考得童生的學子都陸續趕到州府準備參加考試。家裡離得近的學子不著急，都等著開考前兩天才結伴去沐城。

桃源縣是離沐城最近的一個縣，坐馬車走官道過去不過兩個時辰。

宋槿安和夫子以及同私塾的學子們商量，待到開考前兩日才動身。走的前一天，他徒步回宋家村。

被子孫奉養不再下地幹活的老人聚在村口的大榕樹下閒談，看到宋槿安回來十分詫異。

宋槿安長身玉立，笑著跟幾位老人問好，解釋了兩句，明天上午才出發去州府。

「哦，是這個緣故。不用管我們，你且回家去，這幾日你要考秀才，聽說你娘早晚在家燒香拜佛，保佑你考中，你且回去安她的心。」

宋槿安微微欠身，點點頭走了。

宋家村背靠大青山，他父親還在世的時候，尤其喜愛爬山，考上秀才的第二年就在大青山腳下修建了一棟兩進的院子，他家和宋家村的其他人都離得遠。

三年前，他父親去世之後，他母親獨自撫養他們兄弟兩個，寡居婦人忌諱多，他們家更是和村裡人來往少了。

來往少，不代表就能過上清靜日子。

「嚴婆子真是個碎嘴子，爛心肝的玩意兒，以為咱們不知道她想占咱們東邊那塊上等田呢！她就盼著我們大郎考不上秀才，沒錢捐勞役，她好低價買咱們的田。我呸！就算咱們沒錢到賣田的地步，也絕不能賣給那些宵小之輩。」

宋槿安推門進去。「李嬸，宋二嬸又來咱們家了？」

李嬸是個暴脾氣的人，這一問，她張嘴就要罵，她男人趕緊拉住。「大郎回頭就要院試，妳可別觸他霉頭。」

宋槿安溫和笑道：「無礙，李嬸跟我說。」

李嬸只是暴脾氣，卻不是個不知事的人，一跺腳怒道：「還不是那個嚴婆子，一天來家裡兩趟，看到夫人在屋裡抄經，就來說些胡話，你且不管，等你考上秀才了，咱們再和他們算帳。

「宋二也是，你好歹叫他一聲二叔，他竟也不管自家的婆子。我一個下人都明白的事，他不明白？還有老族長，你好歹也是個童生，整個宋家也才兩個童生，不護著你讀書上進，還讓人來家裡說閒話添堵。老爺還在的時候，從沒聽說有這樣的事。不就是看著咱們夫人性子軟好欺負嘛，太不是東西了！」越說越怒，李嬸控制不住暴脾氣，恨不得衝去和人打一架。

約兄長大腿高的宋子安，慢悠悠地從後院出來，站在門口，望著李嬸。「吵。」

宋槿安抱起五歲的幼弟，軟聲道：「怎麼不多說幾個字？見了哥哥都不叫我？」

宋子安抱著哥哥的脖子，蹭著哥哥的臉。「想。」

李嬸臉色一變，笑呵呵道：「我們二郎今天出息了，說了兩個字呢。」

宋槿安嘆息一聲，摸了摸幼弟的手。二郎不愛說話，長到三歲才開口，就算開口也是一個字、兩個字，可把家裡人操心壞了。

抄經不可中斷，劉氏抄完經這才出來，眉頭略帶輕愁。

李嬸連忙迎上去，忙道不是。「都是我說話聲太大，吵著娘子了。」

劉氏強撐出一個笑容。「不怪妳，我抄經專心，也沒把二嬸子的話放在心裡。你們也別生氣，耽擱正事就不好了。」最後這句話，是對大兒子說的。

宋槿安點點頭，他知道輕重。

李嬸心裡那股沒嚥下的氣又被大娘子一句話頂出來了。「咱們這個家，非要給大郎找個厲害的娘子不可。大郎是男子不好和女子鬥嘴，全家都遭人欺負。」

劉氏面露期待，待大郎考上秀才後，就可以說親事了。大郎即將十八歲了，要不是……早該說媳婦了。

宋子安看一眼娘，又看一眼大哥，眨巴著眼，沒說話，不知道有沒有聽懂。

天色將黑，一家人吃完晚飯，宋槿安藉口吃得太飽，出門散步，一路往村長家去，路上碰到吃晚飯出來蹓躂的人，他一路笑著和人打招呼，一直到村長家。

村長宋長庚也是宋家族長，宋家村現在有兩個童生，一個是他，另外一個就是宋長庚的大孫子宋舉。

從名字就看得出他們對這個孩子的期望，他們家最好出個舉人，就算中不了進士，也能當個小官，他們這一脈就起來了。

由於承擔全家的期望，宋舉前幾日就去沐城，他爹跟去專門伺候他吃穿，那個架勢，彷彿中秀才信手拈來，中舉指日可待。

宋槿安被迎進屋，略坐了坐，說了些話就回去了。

把人送出去後，宋長庚臉色一冷。「宋二家的瘋了還是傻了？宋長生雖然人沒了，到底是以前當過秀才，真把人惹惱了，惹出事來，他們家擺平得了？」

潘氏沒把老頭的話放在心上，輕描淡寫道：「俗話說人走茶涼，一個秀才罷了，還死了這麼多年了，能有多少人脈？宋槿安說了什麼就把你嚇著呢？」

「哼，婦人之見！我告訴妳，別整天和宋二家的私下有什麼牽扯，我看他們為了那塊地要瘋魔了。」

潘氏收了宋二家的好處，肯定要幫著那邊說話。「不就是塊地罷了，宋槿安讀書不種地，劉氏整日裡大門不出、二門不邁，我看著他們家下人也沒認真耕耘那塊地，不如你勸勸，讓他們把地賣給宋二家，價格貴一些也沒啥，這樣兩家都得利。」

看老頭子沒言語，潘氏打量著他的臉色，繼續說：「宋槿安讀書費錢，劉氏也是病懨懨地常吃藥，家裡還有個小啞巴，他們家這幾年就算有點家底也差不多了吧，我看他們說不定想賣這地。」

想到宋二家承諾事成之後的答謝，潘氏心熱不已。

同床共枕的夫妻，誰還不知道對方的性子？宋長庚沒說勸，也沒說不勸，他到底性子謹慎一些，只說等一段時間，等到院試過了再說。

宋槿安心裡也清楚，家裡弱的弱、小的小，他虛張聲勢，能壓得了那些不懷好意的人一時，也壓不了一世。唯有他考中秀才，才能讓那些人不敢再生惡念。

一早，宋槿安輕手輕腳下床，收拾好考試要用的東西，吃完早飯，告別母親，李叔趕著牛車等在門口。

孫承正坐在車伕的位置上無聊地晃腿，看到他連忙從馬車上跳下來。「瑾安，快上來。」

季越朗聲笑道：「咱們就等你了。」

石川往裡面靠，示意他趕緊上車。

宋槿安拿起放在牛車上的包裹，笑著跟夫子問好，抓緊時間上車，車伕一揮鞭子，拉車的馬邁開蹄子跑起來，不過一刻鐘就上了官道。

石夫子輕撫美髯，滿意地看著他們。「你們四個學問問題不大，考場上好好發揮，未嘗不能得中。」

孫承正撓撓頭，不敢說話。他們四個人，要說學問紮實，槿安和季越、石川都不差，就他一個扯後腿，私下覺得，他今年想中恐怕有點難。

石夫子看向他，溫和道：「承正你雖和槿安相比略遜一籌，但也不差，不要妄自菲薄，未戰先退。」

「夫子教訓得是。」

宋槿安拍了拍他的肩膀，孫承正朝他笑。

季越看一眼孫承正，又看一眼宋槿安，笑道：「宋兄啟蒙早，讀書又認真，要不是耽擱了，只怕早就得中秀才了。不過現在中也不差，年歲正好，待到放榜那一天，說不定被沐城的小姐們看中搶回家做夫婿。」

石川和孫承正哈哈一笑，看宋槿安熱鬧。他們兩個已經訂親了，婚期一個在秋天、一個在冬天，就等著得中秀才為婚事添幾分光彩。

孫承正家裡經營著兩個鋪子，訂親的對象是門當戶對的小青梅。石川是石夫子的獨子，婚約對象是舅家的表妹。至於季越，他和宋槿安皆是農家子，他去歲娶了雲家綢緞鋪子的獨女為妻，為了讀書方便，現下住在城裡。

唯一還沒著落的宋槿安，輕聲一笑，昨日家裡也提了，今天又被同窗打趣，他不禁也想知道，將來的娘子是個什麼樣的女子。

笑鬧了幾句，石夫子點頭道：「你們年歲正好，正是成家立業的好時候。不過這會兒，其他放一邊，院試才是正經。咱們州府近幾年考秀才不容易，十五取一，不可大意。」

幾人正色，也不說笑了，孫承正這會兒心裡緊張起來，默背起《聖諭廣訓》。

院試分正場和複試，啟盛朝的定例，正場為四書題一道，經題一道，五言六韻詩一首，複試為四書題一道，論題一道，五言六韻詩一首，並默寫《聖諭廣訓》。

宋槿安雙目微合，腦子裡不停過著這些年熟爛的經書，他一定不能有失誤。

因為院試將近，沐城近日熱鬧起來，上到白髮蒼蒼的老童生，下到未及弱冠的少年學子都齊聚於此。

今年陵水縣有個十二歲的童生報名，一時之間被讀書人熱議，心胸豁達之人皆要稱讚一聲少年英才。

宋槿安等人不住客棧，不知道這些消息，石夫子不允許他們考試之前出去交遊，敦促他們用心為院試做準備。

明日即將開考，東街甜水巷，宋槿安準備好考籃，早早入睡。

和他們相鄰的隔壁院子，經營著一家糧店，此時後院的大門打開，一輛馬車趕進門。糧店的掌櫃是個四十多歲的中年男人，已經候在院子裡。

春朝掀開門簾，林棲下車，掌櫃弓腰問好。

「宋朴來了嗎？」

「還未到，估計明日就來，今日應該還在桃源縣。」

林棲點點頭，提步往屋裡去。

早知道主子要來，掌櫃的早已經把後院的正屋收拾出來。春朝先一步進門，檢查各處都還妥當，指揮兩個小丫鬟趕緊去打水給二娘漱洗。

林棲是個隨遇而安的人，在外的時候怎麼都過得。比如去極北之地的時候，路上好幾天不漱洗，她連眉頭都不會皺一下。

現下回來了，從淮安來沐城視察，她又講究起來，吃的、用的都合她的喜好，有春朝這個能幹的大丫鬟跟著，即使出門在外，也不會讓她有一絲不妥當。

每當這個時候，林棲就覺得，這該死的古代社會，真讓人享受。

如往常一般，用完晚膳，她去淨房漱洗出來，床已經鋪好，床頭放著兩盞明亮的蠟燭，和幾本傳奇故事。

林棲靠著引枕，隨手拿起一本書翻看，百無聊賴。「這書一看就是窮書生寫的，朱門大戶家大門不出、二門不邁的小姐，就讓他一個窮秀才偷窺著了？人家還非他不嫁？他怎麼進二門的？那些小娘子都是傻子不成？」

春朝手持銀簪子，撥弄燈芯，笑道：「打發時間的閒書罷了，哪裡顧得許多。」

林棲丟開手頭的書。「說不定真有，糧店後頭的巷子裡，不是住著許多小吏、書生？估計是翻牆爬樹偷看人家了。」

「估計是有的，不過今日肯定沒有。明日就是院試，讀書人都盼著搏個好前程，就算有花花心思也要暫且收起來。」

林棲這時候還挺有精神，睡不著。「把帳本拿來我瞧瞧，妳小姐我回頭要找個有潛力的窮書生投資，沒錢可不成。」

娘子又說些她聽不懂的話，春朝也不追問，把早前準備好的帳本拿出來。

林棲看了一個多時辰，睡眼朦朧才掩被睡去。

春朝輕手輕腳進去，滅了燈燭，在原地站了一會兒，適應了光線，這才就著窗外照進來的月光，去外間榻上休息。

卯時，五更鼓剛過，參加院試的童生們，已經衣著整齊，用了早飯出發去考院。

宋槿安、季越、石川、孫承正，跟著夫子去排隊。除了他們四人之外，還有一位桃源縣的童生和他們四人一起，由石夫子做保。

「桃源縣宋槿安，身高八尺，面白無鬚……」

唸到他的名字，宋槿安趕緊遞上家狀，石夫子上前一步。「學生石揚做保。」

查驗家狀無誤，確認身家清白，無過犯，三代無賤民賤役，無冒名替考試等，搜身檢查無夾帶作弊，進入考院已經是半個時辰之後。

卯時出門，待到所有童生查驗完畢，封門，就座，已經是巳時。

院試三年兩考，啟盛朝至今，沐城每次錄取人數在三十左右，今年報名參加的童生約莫五百之數，學了多年的老童生占了一半，加上今年的經題難，初次來考秀才的年輕學子們，一下慌了手腳。

巡視的學政皺眉，幾番呵斥，考院才安靜下來。

「蕩蕩乎！民無能名焉。巍巍乎！其有成功也。煥乎！其有文章。」其句出自《論語》，宋槿安不動如山，打好腹稿之後，才動筆，初時猶疑不太順暢，後越來越順。從賢君寫到名臣，從先皇平定動亂的功績寫到今上賢德愛民。

寫到此處，他遲疑了一下，把心底那股不合時宜的想法暫且壓下，在最高處結尾。考秀才，考的是學識，考的是態度，這就夠了。

申時淨場，答完題目後，待到墨乾，宋槿安交卷離場。門口等著出去的童生已然有不少人，季越和石川都已經候在此處，只有孫承正還未交卷。

「孫兄從來答題就慢，但每次考校都能過，這次想必也能如此。」

宋槿安笑著看了眼信心滿滿的季越。「承正應是沒問題。」

孫承正從遠處小跑過來，大笑一聲。「這次經題考得真難，不過我昨日正好看過，老天助我啊。」

石川拍拍他肩膀，讓他小聲一點，周圍的童生都看過來了。

孫承正激動得跺腳，還說等出去了，晚上請大家吃一頓好席面。

他們回去後，石夫子阻止了他。「好好溫書，還有一場考完，再隨你鬧。」

「夫子說得是。」

不能叫一桌好席面來慶祝一番，孫承正回到房間，按捺不住高興，大笑幾聲。

宋槿安住在隔壁，聽到他屋裡的動靜，笑著搖了搖頭。

林棲正在聽宋朴匯報各縣的春耕情況，宋朴剛剛匯報完，就聽到隔壁傳來魔性的笑聲。

「這麼得意？剛考完就覺得自己考上了？」林棲訝異，讀書人最重面子，這麼喜形於色的人可不多見。

宋朴連忙道：「主子要我收集的學子畫像都準備好了，您看……」

「等等吧，等我看完帳本再說，院試不是還有一場嗎？考完出成績也還早。」

「主子說得是。」

第二章

自來考試重首場，第一場正試之後，第二場複試大家稍微輕鬆一點。複試結束後，酒樓客棧的學子熱鬧起來，自覺能中的童生們飲酒作樂，吟詩作賦好不熱鬧。

宋槿安幾人來自桃源縣，離得近，也不著急回去，就在石家的小院子裡住著，偶爾也去宴會上湊熱鬧，結識隔壁縣的學子。

從沐城五百里之外縣學、府學請來協助學政閱卷的大儒正在忙碌著，三日之後，初選名單已經有了，現在只等定下頭名。

「這個學子年十七，從行文看來字寫得好，答得也頗為出色，看得出下了苦功夫讀書。」

學政也頗為滿意，今年實歲才十七，兩年後就是鄉試，待到考上秀才之後，來府學再苦學兩年，想必鄉試也能有提名的希望。

「這個年三十的童生，字寫得不錯，但應答略顯老套，和前一份卷子比，不太出色。」

「知州大人說得是。」

學政和知州都同意，排名就此定下來。喚來官吏，抄錄一份紅榜，張貼到考院外。和紅榜一同被貼出去的，還有前十名廩生的文章。

官府的大人們在談此次中秀才的學子，距離官衙不遠處的後院裡，林棲面前擺著一份更加詳細的資料。

剔除已婚的、年紀大的、長得醜的、家裡難搞的、學識不好的，篩選後到她桌子上只剩下十個。

「這個孫承正不錯，家裡母親是個和善的，兩個哥哥也友愛弟弟，就是他讀書不太行。」

哎，這個不錯，身高將將八尺，讀書也可以，家裡只有一個寡母、一個小弟，家庭也簡單。

林棲盯著畫像看，相貌也不差。

這時候，考院前紅榜已經貼出來了，頓時守在考院門口的學子一擁而上，顧不得斯文體面，擁擠之時，被人踩掉的鞋子，撕扯開的衣襟都不顧上了，一個勁兒往前擠，眼睛死死地盯著紅榜。

宋槿安是頭名，名字高掛榜首，加上他長得高，一眼就看到自己的名字，激動地愣住了。

不僅他看到了，季越、石川和孫承正也看到了。

孫承正激動地大呼。「宋槿安，你又是案首，你連中三個案首，小三元啊！」

孫承正此話一吼出來，在場的人目光都聚集在他身上。

幾個身著華麗衣衫的人目光如炬，吆喝一聲，家丁、僕從衝了上去。

這個才貌雙全的好兒郎，必須是我家的姑爺。

宋槿安反應過來，轉身就跑。

石川連忙大聲道：「快回甜水巷。」

宋槿安也是這樣想，但被石川說出來，後面一群激動捋袖子逮他的人都跟著，他倒是不方便回去。到甜水巷口，他繞了一圈，想從另外一邊回去，誰知道看到後門也有人等著。

「秀才公在這兒，大家快過來呀！」

宋槿安暗道一聲糟了，前有攔路的，後有追兵，他慌不擇路，旁邊不知道是哪家商鋪的後院，門虛掩著，他趕緊跑進去，還不忘關上門。

他正想跟此處掌櫃借路，從前面離開，正在這時，一張畫像飄到他腳邊，他撿起來，畫像最右邊，寫的正是他的名字。

桃源縣宋家村宋槿安，不是他還能是誰？他驚住了。

林棲輕笑一聲，這真是趕巧了！

「開門，快開門！我家老爺招秀才公當東床快婿，嫁妝鋪子三家，抬嫁六十抬。」

後院的大門被拍響，宋槿安不為所動，看一眼手裡的畫像，又看一眼林棲。

原本只想低調選個潛力股，沒想到被人家撞上了，林棲一點不尷尬，眼裡都是笑。

宋朴和春朝兩個下人倒是替主子尷尬了。

宋槿安拿著被風吹落的畫像慢慢走上前去，看到桌子上還有一疊畫像，再看這個笑意嫣然的小女子，他不知道如何是好。

林棲故意說：「我家也想招你當女婿，可是沒有外頭那家嫁妝多，該怎麼辦才好？」

議親向來講究父母之命，媒妁之言，第一次碰到這種荒唐的事，他想就此略過，沒想到她還主動挑破，宋槿安不禁耳根都紅了。

外面的敲門聲越來越大，不只是剛才那家，後頭追來的幾家吵鬧起來，一個說「我家老爺有兩家酒樓、一家綢緞鋪」，還有一個說「我家老爺在淮安城有大院子」。

林棲招手，宋朴湊過來，她輕聲說：「告訴他們，別敲門了，這個……宋槿安，是咱們家的了。」

宋朴看了眼宋槿安，笑了一聲，走到門口，大喊一聲。「外面的人都聽著，秀才公是我家的了，叫你們家老爺別惦記了，趁早去搶其他秀才公要緊。」

外頭又是一陣哄鬧，過了會兒，從門縫中偷看，圍著的人都走了。

隔壁院子裡，已經看榜回來的孫承正一進門就大聲喊宋槿安的名字。

宋槿安知道夫子他們回來了，便放下畫像，雙手拱拜道：「謝謝貴家幫小生解圍，在此謝過。」

說完他轉身要走，林棲叫住他。「哎，我沒有虛言，你考慮考慮。」

宋槿安腳步一頓，轉身看她，又垂下眼眸，目光落在桌上的畫像。「孫承正，已有未婚妻，不適合。」

看著是個端方女子，沒想到這樣大膽，家裡父母都不管嗎？

拇指和食指摩挲了下，宋槿安轉身打開門走了。

只不過這離開的姿勢，怎麼看著有些落荒而逃……

林棲輕笑一聲，叫春朝把畫像收起來。

春朝試探道：「娘子，就他了？」

林棲目光掃過桌上的畫像，微微勾起唇角。「再看吧。」

賣相挺好的，其他不一定。不過既然能中小三元，說明讀書挺好，人看起來腦子也不差，如若順利，說不定幾年內他就行了。

宋槿安一回去，大家都在院子裡，石夫子歡喜得摸鬍鬚的動作都更快了，看到他後，大笑一聲。「槿安不錯，沒想到你還能有此造化。啟盛朝以來，咱們沐城這邊，你還是第一個小三元。」

宋槿安笑道：「不過虛名罷了，科舉之路才剛開始。」

石夫子更歡喜了，有此不驕不躁的學子，真是當夫子的幸事。可惜，他只能教他到這裡了。

孫承正哈哈大笑。「槿安，我也考上了，總共錄取三十名，我排名二十九，倒數第二。」

「恭喜恭喜，能中就是喜事。」

石川身上換了身衣裳，也高興不已。「我運氣好，正好排名第十，得了個廩生的名額。剛才你走得早沒聽到傳話，府衙那邊叫我們前十的秀才去辦廩生的文書，你換身衣裳，一會兒咱們一起去。」

季越臉色不太好，但也掛著幾分笑。原本他對自己很有自信，不說排名前列，至少考個廩生沒問題，誰知道他只排名十二位。

「我身上衣裳尚可，就不換了。」宋槿安拍拍季越的肩膀。「以你的學識，秀才不算什麼，兩榜進士才是你的目標。」

季越微微昂起下巴，說得不錯，一時排名算不得什麼。他臉上的笑意真摯了許多。「宋兄說得是，你且忙去，等你回來咱們再好好慶祝一番。」

宋槿安笑著點點頭，去屋裡拿戶籍。

正在這時候，報喜的人打聽著過來，在門口吹吹打打，熱鬧不已。石夫子早有準備，打開大門，撒了好幾把錢，又給領頭報喜的人塞了喜錢。

大家熱鬧地誇著，甜水巷今年不得了，一戶院子裡出了四個秀才，還有兩個是廩生，真是個學風鼎盛之地。

宋槿安和石川去府衙辦了廩生的文籍，小吏告訴他們，晚上學政和知州會在狀元樓擺宴，慶祝他們考得秀才，讓他們別忘了去。

傍晚的一場宴會，志得意滿的秀才們吟詩作對，頻頻給知州和學政敬酒，現場觥籌交錯，氣氛熱烈。

氣氛最高處，知州看熱鬧，故意笑著問宋槿安。「今兒放榜的時候，聽說沐城好幾個富戶追著你跑，你如今是哪家的乘龍快婿啊？」

宋槿安微微一笑，舉起酒杯給知州敬酒。「大人就別打趣我了。」

「哈哈哈，你如今正當齡，別誤了好年歲，該成婚就成婚。如若沒看上的，本官給你牽線？」

「謝過大人，家母已有打算。」

話說到這個分上，知州大人也不提了，只笑著邀大家喝酒。

晚上回去，孫承正喝到微醺，腳下虛浮，打著酒嗝，攀著他肩膀道：「槿安，伯母什麼時候替你找了娘子？」

黑夜中看不清他的臉，宋槿安的聲音如往常一般低沈有磁性。「你醉了，咱們快回去吧，明日一早還要歸家。」

季越和石川酒量不錯，兩人只臉色有些紅。這會兒他們中秀才的消息想必已經傳回家裡了，家裡人不知道多高興呢，他們也恨不得早日歸家，和家人同慶。

宋槿安把孫承正送回屋裡才轉身出去。走到院子裡，他停下腳步，目光越過屋脊，似乎想透過對面的院子，看天上的月亮。

月光最是坦蕩，灑下一地的銀輝，兩邊院子都籠罩在一樣的月光下。

第二天一早，辰時三刻，院子裡眾人已經吃了早飯，打包好行李準備回去。

馬車停在甜水巷門口等著，宋槿安最先出去，孫承正頭疼，磨磨蹭蹭還沒收拾完。

巷子口的糧店這會兒已經開門了，宋槿安把行李放在馬車上，往糧店走去。

這才剛開門，小二拿著一根雞毛撣子正拍打灰塵，看到客人進來，連忙迎上去，熱情介紹各種糧食的價格。

宋槿安只覺得嗓子發緊，咳嗽了聲。「我要兩斗上等白麵。」

「好咧，小的現在就給您裝上。」

宋槿安給了錢，小二索利地裝好白麵，把麻袋扛到外面的馬車上。

暈乎乎的孫承正終於出來了，車伕「駕」的一聲，馬車跑起來了。

幾人歸心似箭，趕車的動作也不慢，不到午時就到了桃源縣。

石夫子父子、季越、孫承正都下車了，只有宋槿安住在鄉下，和他們約好幾日後到夫子家拜訪，吩咐趕車的人把他送到宋家村門口。

村口的大榕樹下，如往常一般坐滿老人，還有幾個走路不太穩當的小兒拉著祖父、祖母學走路。

「哎喲，槿安回來了！」

「好小子，不錯，有你爹當年的風采，竟然一次就中了秀才，以後你家的日子就好過了。」

「恭喜秀才公啊！」

宋槿安笑著拱手，謝過大家的誇獎，忙說當不得。

鄉下地方能出個秀才，那是值得誇耀的事情，在宋家村這樣有族譜的一姓村，一人得中，那可是全村人的喜事。

這邊宋槿安剛進村，愛熱鬧的人已經傳開了。這個時候正是午時，家家戶戶的女人們在準備一家人的飯食，剛扛著鋤頭從地裡回來的男人們把農具一丟，忙趕去村口看熱鬧。

唯有想占宋槿安家良田的宋二家，還有此次榜上無名的宋舉家，此時大門緊閉，融不進這熱鬧。

大家都為宋槿安高興，村裡出個秀才，他們宋家村在周圍十里八村可算是拔得頭籌了。別村最多有個童生，他們村可是有秀才呢。

看宋槿安一手拿著包裹，一手提麻袋，半大小子們都衝上去幫把手，送他歸家。

劉氏牽著小兒子站在大門口焦急地等著，李嬸大步跑過來，一臉喜色。「娘子，大郎回來了，剛從村口過來。」

劉氏激動得淚水在眼眶裡打轉，從昨日下午接到報喜，她就一直等著這一刻。

宋子安看到哥哥，平靜無波的眼睛一下被點亮了，鬆開娘的手，小步跑過去。

宋槿安一下抱起他，微笑道：「等急了？」

小不點兒看到圍著那麼多人，有些怕人，整張臉趴在哥哥懷裡，應了聲。

拍拍幼弟的背，宋槿安走向前去，喊了聲。「娘，我回來了。」

劉氏眼含熱淚，重重地應了聲。感覺不妥，又側身拿著手帕沾了沾眼角。

「槿安他娘，可別哭了，大喜的日子，該笑才是。」

「對呀，回頭咱們擺一天流水席，可要好好慶祝一番，也讓別村知道，咱們宋家村出秀才了。」

「正該如此。」

「村長呢？村長怎麼沒來，這事該他領頭辦才好。」

旁邊有腦子轉得快的人，一想就知道村長為什麼沒來，還不是他家趾高氣揚的孫子沒考上，這會兒知道宋槿安考上了，心裡能舒坦？

「哈哈哈，我看到村長一大早下地去了，估計這會兒還沒聽到消息，回頭我們去通知一聲。」

打圓場的這位算是宋家村的族老，在村裡很是說得上話，也識大體，槿安小子中秀才，必須大辦。石磨村今年也中了個秀才，他們昨天就放出風聲要大辦，人家還是排名二十多位呢，不如他們村這個案首，可不能被他們壓過去。

這些彎彎繞繞，一個沒處理好，全村人出去都沒臉，可不允許誰搗亂。

人都送到家了，劉氏守寡，跟來的男人、小子們不便進去，大家說了些恭喜的話就先回去了。

該吃午飯了，宋家村領頭的族老們顧不得吃午飯，扭頭就去宋長庚家。

「長庚，你在家呀。你不出口氣，我們兄弟還以為你不在呢。」這話說得有點不給人臉面，但說話者是宋家年齡最大的宋成叔，就是當面罵他兩句，宋長庚也只能聽著。

宋長庚心情不好，還要陪著笑臉。「宋成叔哪裡的話，我也才剛回來，這不，正要換身衣裳去槿安家看看。」

「你有這個心最好不過了，石磨村高秀才家要辦流水席，你知道吧？槿安考的可是頭名，咱們宋家村不能落了下風。」

「對，按照長生當年考上的秀才規格，再往上一點，槿安是頭名，不辦好一點說不過去。」

落榜的宋舉待在屋裡，躲在門後，聽到外面的人一口一個頭名，他蹲下身，抱著腦袋縮成一團，整個人沮喪得連見人的勇氣都沒有。當初有多得意，這會兒就有多落寞。

宋長庚面露難色。「我也想給咱們宋家長臉面，這不是沒錢嘛！這會兒青黃不接的，什麼都不稱手，我看就讓槿安家自己辦一桌酒席，請親朋好友們吃一頓慶祝就行了。」

「哼，不用你出錢，錢的事咱們大夥兒一起捐，你領頭把事情辦了就成。」

宋長庚的臉色直接冷了。「各位族老們，我雖敬你們幾分，但你們別忘了，我才是宋家村的族長。」

「宋長庚，你這是說我們給臉不要臉了？」

「叔，這話我宋長庚可沒說。」

宋成被氣得顫抖。「好啊，好啊，真是好！宋長庚，你若擔不起事，你宋長庚當年是我們選上去的，我們也能把你拉下來。」

潘氏一看情況不對，趕緊跑出來。「幾位叔伯別動氣，我家男人這些年為了宋家勞心勞力大家都看在眼裡，可不敢說擔不起事這種話。不就是給宋槿安辦流水席嘛，咱們辦就是了，明天就辦。」

幾個族老交換了個眼神，也沒有扯著不放。「明天辦著急了點，後天辦吧。」

「叔伯考慮得是，咱們後天辦，都聽你們的。」

宋成等人一出門口，宋長庚就狠狠給了宋舉一巴掌。「沒用的東西！」

一向疼愛孫子的潘氏被男人這一巴掌嚇得不敢勸，等宋長庚走了，她才心疼地拉著孫子去屋裡躲著。

「你也是，看你爺爺生氣，你不趕緊躲遠一點，還自己湊上去。」

宋舉苦笑一聲，他該打。

下午，宋家族老們齊聚在宋成家。

「成叔，我看宋長庚現在不適合當咱們宋家族長，您說呢？」

宋成吸了口旱煙，歷盡滄桑的眼皮層疊在一起，略顯渾濁的眼睛看了眼屋裡的老傢伙們，半晌，才開口。「你們都是這個意思？」

「是這個意思。」

宋長庚當族長這幾年，要說為族裡做了多少實事，那說不上，最多是按照以往的舊例，逢年過節給孤寡老人發點東西。他家的婆子潘氏還是個貪婪的，找她辦點事，私下收點什麼東西都成了慣例，這裡面說沒有宋長庚的意思，他們是不信的。

「幾年前長生沒了，咱們宋家村一沒秀才、二沒童生，連個撐場子的人都找不出，那個時候老族長又沒了，一時找不到合適的人，就讓宋長庚擔著，就這麼過來了。」

「呵，他若做得好，我們也就不說了，看看他現在這樣子，家裡的婆娘貪，他自己不懂眼皮子淺還嫉妒賢能，這樣的人怎麼能當一族之長？」

「我看啊，族長就讓宋槿安那小子擔著，咱們村就他一個秀才，還是個能領朝廷銀錢的廩生，他當族長，大家都服氣。」

宋成搖搖頭。「槿安那小子像他老子，是個能讀的，你們看他一出孝，童生、秀才一口氣考下來，以後肯定還要考舉人，說不定能中進士，現在不能用這事攔住他的腳步。」

「那怎麼辦？宋長庚必須拉下來。」

宋成拿著煙桿敲敲鞋底，煙灰落了一地。

「我來，我老頭子先撐著，不用等過年了，後天辦流水席開祠堂，就把事情辦了。」

「宋長庚恐怕不會乖乖聽話。」

「哼，由不得他。」

宋家要換族長、換村長，這話傳到宋槿安這裡，他肯定是支持。

「成爺爺，既然要辦流水席，我家出十兩銀子，咱們不用跟人家攀比，辦得熱鬧就行了。後天我把夫子和同窗們都請來。」

宋成點點頭。「你心裡有成算就好。」

宋家村好多年沒有熱鬧了，要辦流水席的話宣揚出去，大夥兒都議論起來，給錢的、給菜的、給雞鴨的，大家都一條心，勢必要把流水席辦得熱熱鬧鬧，做足臉面。

隔壁笑著問宋二家的給啥，她氣勢洶洶地把人罵回去。「沒錢，一文錢都沒有。也沒菜，小蔥都別想拔老娘的。你有錢你捐去，別想上我家打秋風。」

那人臉色一變，也不給她留臉面，冷笑一聲。「妳家不是想占秀才公家的良田嗎？昨日聽報喜的說，秀才有十畝地免稅，哎喲，剛好秀才公家有十畝地，多好的事。」

前朝秀才免稅地五十畝，先皇嫌棄太多，啟盛朝定下的規矩，秀才免稅十畝，舉人免稅三十畝，進士免稅五十畝。可以說待遇大降級，但是有免稅田和免除勞役的名額，也比一般農家過得好。

宋二家的氣得啐了一口。「我呸，不就是個秀才嘛，當誰沒見過似的。我娘家石磨村也有個秀才，當誰稀罕啊。」

「妳娘家村裡那個秀才是廩生？一年從縣衙領多少錢糧？聽說槿安一年能領四兩銀子哦。」

「你給我滾，給我滾，我家不稀罕你上門。」

「哈哈哈，說不過就要趕人，我呸！」

把人罵走，宋二家的氣得跺腳，咬牙切齒地罵街，難道是她心不誠，跟神仙求的地才沒成？不行，明天她要去玉清觀拜一拜，讓菩薩保佑劉氏倒楣，宋槿安出門摔斷腿。

劉氏這會兒高興得不知道如何是好，不知道有人在咒罵他們一家。

「大郎，下午咱們去山上給你爹上香，讓他知道你考上了秀才。不行，下午不能上墳，咱們明天去。還要去玉清觀還願，我抄寫的經書都要燒給菩薩，最好上午去。哎呀，事情都湊一起了，明天上午怕來不及。」

宋槿安拉住母親，溫言道：「娘，您別急，後日要開祠堂祭祖，到時候一起祭拜爹。明天上午咱們去玉清觀還願，這會兒桃源山上的桃花還沒謝完，我陪您去賞花。」

李嬸連忙道：「娘子去吧，自從郎君去後，妳好些年沒出門了。大夫都說妳身子弱，要多出門走走，身子骨兒才健壯。」

宋槿安摸摸幼弟的腦袋。「子安也去。」

宋子安昂起頭，朝大哥一笑。

這些年日子過得拘束愁苦，這會兒家裡有了喜事，劉氏不願意駁兒子的好意，就笑著應了。

翌日，天氣晴朗，適合出門遊玩。

宋槿安一手提著竹籃，一手牽著弟弟，陪母親出門，去玉清觀。

好些年沒有出門，劉氏身子骨兒確實不太好，還沒走到山腰，她就累得一頭大汗。山腰平坦處種著一大片桃林，為了方便遊人賞花歇息，修建了亭子，宋槿安扶著母親過去坐。

「好些年沒來了，今年桃花開得真好。」聞著花香，劉氏只覺分外鬆快。

宋槿安心疼母親，只說以後多出來走走，以後有得是時間。

劉氏抱著小兒子，露出愜意的笑容。

這時，一道陰陽怪氣的聲音傳過來。「俗話說得好啊，要想俏，一身孝。劉玉溪，妳男人才死了幾年啊，妳就出門勾三搭四了？」

宋二家的提著一籃野菜從桃林裡走出來，輕蔑地瞥了一眼。「一看就不是端莊的女人。」

劉氏向來重視名聲，這些年來一直在家守寡教養兒子，這會兒被人指著鼻子罵不守婦道，她氣得直哆嗦。「我哪裡得罪妳了？妳怎麼能如此胡言亂語，壞我名節。」

「呵呵，守寡的婦人誰不是老實本分，偏偏妳還打扮得花枝招展，不是想勾引男人是為什麼？」

劉氏長相不差，又不像鄉下女人做農活風吹日曬受折磨，加上身形纖細，平日裡一副弱柳扶風的模樣，體態風姿皆有。這會兒走得滿頭大汗，臉色微紅，毫無往日病弱之感，讓宋二家的一看就嫉妒，是以口出惡語。

劉氏被氣得要暈倒，宋槿安趕緊扶住母親。

「娘，娘，您醒一醒，您怎麼樣了？」

劉氏眼角熱淚滑過，哀戚不已。

宋槿安氣得拳頭都攥緊了，宋二家的一看不對，一屁股坐地上就撒潑。「不得了、不得了了，秀才公欺負老婦人，打人了，快來人啊！誰給可憐人作主啊！」

宋二家的邊哭邊拍地，眼淚鼻涕糊了一臉，真是一點都不講究，臉面全不要了。這麼一鬧，在桃林賞花的遊人們都被招來。

一時之間，宋槿安目露冷光，恨不得……

「春朝，把人丟下山去。這樣的人，以後不准上桃源山。」

「誰敢？臭丫頭，妳個小娼婦，憑什麼不准我來？」

林棲扶著師父凌霄道長出來，輕笑一聲。「來這裡撒潑，妳難道沒提前打聽過，玉清觀是楚家所建，桃源山是楚家私人所有？」

桃源山上的玉清觀頗有名氣，也不曾限制人上山，大家都忘了這山和道觀是私人的。

不用林棲再說，春朝帶著兩個小丫鬟，塞住宋二家噴糞般的髒嘴，捆得結結實實地往山下拖。小丫鬟氣這老婦罵自家主子，偷偷下暗手掐她。

林棲搖搖頭道：「女人何苦為難女人呢？」

凌霄道長拍拍她的手背。「別亂說話。」

林棲扭頭看宋槿安，笑道：「又見面了，咱們可真有緣分。」

宋槿安抿嘴，眼裡都是她笑意盈盈、靈動大方的模樣。

凌霄道長走到劉氏身邊，面色慈悲。「俗世之人已經夠苦了，娘子何必還要自苦呢？」

劉氏面露茫然，她在自苦嗎？

「妳這樣自苦，可想過妳的兩個兒子，你們一家好不容易迎來好日子，妳難道想讓兩個兒子經歷喪母之痛？」

「不想！」

看著大郎，還有懷裡抱著的小兒子，劉氏的眼神慢慢堅定起來。她不能死，她的大郎剛考上秀才，過兩年還要去考舉人，還要考進士。她死了，她的大郎還要守孝三年，一輩子都被耽誤了。

林棲打量劉氏，怪不得鄉下地方能養出這樣風光霽月的君子，有這樣的母親，不足為奇。

「多謝道長解我迷障。」劉氏鬆開兒子就要跪下，被凌霄道長扶住。

「不用跪我，能解妳迷障之人是妳自己，是妳的慈母心。」

劉氏熱淚盈眶，連連點頭。「多謝道長指點，以後我知道該怎麼過了。」

見她受教，是個明白人，凌霄道長又道：「為母則強，妳當知道，此強也有心中之強。」

劉氏邊哭邊點頭，她知道自己太懦弱了，才會被人欺上門來。

林棲站在一旁看，並不想打擊宋槿安他娘，短時間內，就算劉氏明白過來，碰上剛才那樣的潑婦，估計還是沒辦法。

待到劉氏情緒好一些，和凌霄道長聊起來，知道她今天是來還願的，正好她們也要回山上玉清觀，就一起上山。

她家大郎到了當婚之年，現在又考上秀才，劉氏對未婚女子特別關心，見林棲梳著少女髮髻，就試探著，拐彎抹角地問她是否婚配，但問完她又後悔，這位小娘子身邊帶著三個丫鬟，估計不是什麼一般人家，她家恐怕般配不起。

凌霄道長笑道：「這潑猴下月十七，從小被她爹娘掛名養在我身邊，現在還未定下人家。」

沒想到凌霄道長會主動搭話，劉氏又心動起來，不著痕跡地打量，這小娘子真好看，也是個有些脾性的，當長媳正好。

「我家大郎下月十八，真是有緣分。」

凌霄道長淡淡一笑，沒有接話，轉而說起抄經書的話。

劉氏最是誠心不過了，說起自己平日裡抄寫什麼經書，要燒給什麼菩薩。

凌霄道長和劉氏能聊到一起，到玉清觀之後，引著她燒香還願後，帶她去院子裡喝茶。

小孩坐不住，聽說後頭養了兔子，宋子安想要去看。林棲接過這任務，帶著宋家兄弟倆過去。

林棲從小在山上長大，兔子也是她帶上山養的。這裡也沒道士吃兔子肉，半放養的兔子膽子被養大了，也親人。林棲拿著一把嫩草招招手，便有一隻渾身白毛壯碩且可愛的兔子跑來吃草。

見宋子安眼巴巴地看著，林棲把嫩草遞到他手裡。「你試試。」

宋子安小手往背後縮，他不敢。

「這是你弟弟？一看就像是你娘養大的孩子。」

結合桃林發生的事情，這話若不是親近之人說，多少有些冒犯。宋槿安看她一眼，目光中有些說不出、道不明的意味。

林棲沒有裝端莊的意思，有什麼就說什麼。「恕我直言，你之後還要出門讀書吧？你這個弟弟若不能帶在身邊教養，以後等他性子養成了，再想改過來，可沒那麼容易了。」

至於什麼性格，宋槿安自己心裡有數。剛才桃林那場衝突，孩子被嚇得都不會哭了。

宋子安想和兔子玩，又不敢湊上前去，宋槿安在旁邊守著他，讓他在一邊看兔子玩。

「林小姐，我們聊聊。」

「不用這麼客氣，家裡人都叫我二娘，你也可以這樣叫。」林棲俏皮地眨眨眼。

宋槿安輕嘆一口氣。「妳知道我……」

林棲點點頭，她知道他有點喜歡她，昨天下午沐城那邊掌櫃傳來消息，早上他走之前去店裡買了糧食。好端端的，如若沒事，他坐馬車回家帶糧食幹麼，在縣裡買不是更便宜？掌櫃知道了，就送了封信過來給她，讓她知道。

林棲多聰明的人，他只露出那麼一點意思，她就猜到了。

宋槿安沒再顧忌禮教，毫無閃躲，看著她。「妳應該也知道了，我以後的目標是考中進士為官，我雖然對官家夫人們的交往知之甚少，但也知道妳這樣的性子，恐怕不愛這樣的日子。」

春朝回來了，端了茶過來，還細心地給孩子換成蜜水。

林棲端起茶抿了口，放下茶杯，她正色道：「我倒不怕女人們的勾心鬥角。宋槿安，你要不要聽聽我的話？」

「請說。」

林棲嘴角帶笑，說出的話卻嚇到了宋槿安。宋槿安知道她的出身應該不差，猜測她大概出身商賈之家，沒想過她是罪臣子女。

「剛才你也聽我師父說了，我從小長在我師父身邊，我師父道號凌霄道長，出身世家，人脈不少，回頭給你找個好老師的能力肯定有，這能讓你考進士少走一些彎路。」

她沒有提家裡爹娘，只說凌霄道長，宋槿安只當她和爹娘關係不親。要不然，家裡都流放了，怎麼她還能安穩過日子？肯定是從小被送走，家裡都當沒她這個女兒，外人也不知道。

林棲嘆氣。「我明白，你以後肯定想走上高位，為政一方，有我這樣一個出身的娘子，勢必會有不少隱憂。」

他一言不發，該說的、不該說的都讓她說完了。她的臉色，好似落寞，又好似強顏歡笑。

「女人的直覺是最準的，我知道你對我有意，我對你也是。但這點好感是否值得你冒著影響仕途的風險娶我為妻，我不確定，我相信你也不確定。宋槿安，你回去想想，兩天之後我會離開這裡，我等你來找我。如果你沒來找我，你也不用覺得愧疚，談得攏就談，談不攏還有下一個。」

宋槿安被她這句話噎著了，咬著後牙槽擠出幾個字。「妳當談親事是做生意嗎？」

林棲笑道：「我是讓你別有那麼大的心理壓力，你還怪我。」

這個女子伶牙俐齒，他說不過她，閉嘴，喝茶。

稍晚，劉氏因家中還有事並沒有多留，和凌霄道長約好下個月到觀裡來喝茶，就帶著兒子歸家了。

林椄站在山門口目送他們，待人走後，春朝才道：「娘子，您是不是說得太多了？」

「不多，宋槿安是個聰明人，瞞得了一時，瞞不了一世，他早晚會知道。既然如此，不如我現在告訴他。」

「宋秀才可能以為您和老爺、夫人那邊沒有關係。」

「他這樣以為也沒錯，我為我爹翻案是我自己的事，不會影響到他。如果真影響到了，咱們再分道揚鑣。」真話不全說，假話不說全。說起來，她也沒有騙他。

「可是，萬一不成……」

「不成就不成，這個不行，再找就是了。」林椄擺擺手，轉身進屋。「今中午吃青菜還是吃豆腐？真想去後山上抓幾隻兔子下鍋燉了。」

春朝不再追問，笑著道：「您可別，凌霄道長知道了非得罵您不可。」

宋槿安一家回到家，李嬸聽到宋二家的戳心窩的話，暴怒不已，不顧家裡男人阻攔，扛著鋤頭打上門去，什麼髒話都敢罵，還把宋二的大門打壞了，宋二家的被嚇得躲在屋裡不敢出來，還是村裡幾個有威望的婦人把李嬸拉回來。

宋槿安也沒想過就此放過，找上宋家族老們。「我娘向來是講理的人，宋二嬸三番五次欺上門來，看在一筆寫不出兩個宋字的分上，我們家都忍了。沒想到宋二嬸變本加厲，什麼髒的、臭的、栽贓誣賴的話都罵得出口，讓人忍無可忍，這一次不告官討個公道無法平怨憤。」

「槿安你別急，這事是宋二家的做得不對，我們肯定站在你這邊。」

「沒錯，你娘自來本分，是宋二家的不講理胡亂攀扯。這樣的事幾次三番發生，說起來也是族長沒有管好，沒盡到責任。」

「我提議，換個有擔當的族長。」

這句話喊出來，宋長庚一下站起來。「宋竹叔，這話可不能隨便說。」

宋竹輕蔑一笑。「早知今日，何必當初。你家的女人私下裡收宋二家的好處，想低價強買槿安家的良田，你當無人知道？」

宋長庚梗著脖子辯解。「我不知道有這件事，再說了，就算有也不過是口頭說說，無憑無據。」

這會兒大家聚在一起不是聽他辯解。「宋長庚，你若不服氣，咱們就上縣衙說理去，是不是確有其事，咱們當著官爺的面說清楚。就怕話說清楚了，你家的宋舉，別說舉人，恐怕童生也沒了。」

宋長庚難以置信。「同為宋家人，你們拿宋舉的前程威脅我？」

「不是威脅，是告訴你事實，你如若乾乾淨淨，光明正大，便不用怕。」

宋長庚冷笑一聲。「我為宋家勞心勞力，你們居然這樣對我，真是好樣的！」

見宋長庚怒吼一聲，衝出去，大家面面相覷。「這是什麼意思？」

宋成嘆氣。「他手不乾淨，也是怕真影響到宋舉。」

宋槿安藉著這件事鬧起來，索利地讓宋家村的族長和村長換人，宋二家的聽到這個消息，也顧不得躲，衝到宋長庚家。

「潘氏，妳給我出來，妳拿了我家一兩銀子，啥事都沒辦成，妳給老娘吐出來。」

圍觀的眾人咋舌，潘氏還真敢，空口白話就敢收宋二家的錢財，還想欺壓宋槿安家。這樣的人當宋家族長，下一個倒楣的說不定是誰呢。

晚上，飯後在院子散步，劉氏跟李嬸說起今天在玉清觀碰到的小娘子，李嬸聽後直拍大腿。「這個小娘子厲害，配我們家大郎。」

劉氏也滿意。「聽凌霄道長的意思，大概是和爹娘不親，從小養在玉清觀，但是錢財不缺，嫁妝也豐厚。」

「有這些就夠了，關鍵是性子要厲害，掌得住家。」

宋子安晚上跟著哥哥睡，趴在哥哥懷裡。「嫂嫂？」

宋槿安拍他肩膀。「小孩別操心大人的事，睡吧。」

哄睡幼弟後，宋槿安睜著眼睛睡不著，腦子裡想著她的臉，想著她說的話，他不知道該如何是好。

第三章

宋家村要辦流水席，昨日就宣揚開來。

天不亮，宋成家的大兒媳曾氏，召集婦人們天剛亮就架好鍋灶，殺雞宰鴨，準備待客。

今日到底是自家的喜事，劉氏換了身青色衣裳，收拾整齊後出門，婦人們看到她都笑著招呼，問她秀才公可起來了。

劉氏壓下出門前心底那點不安，笑道：「早起了，我家大郎每日卯時就起來了。」

曾氏哎喲一聲，誇張道：「怪不得咱們槿安考上秀才呢，這也太勤勉了。我家宋問那個傻小子，只要是不去私塾，哪天不睡到日頭曬屁股才起。」

幾個婦人哈哈大笑起來，連忙說：「妳家宋問年歲還小，小兒睡得多，過幾年就好了。不信妳問問長生嫂子，她家二郎是不是也睡得多。」

劉氏笑著點頭。「嬸子說得是，我家子安可能睡呢。」

「哈哈，我家宋問也十二、三歲，不小啦！」

曾氏是個會做人做事的，一下把劉氏拉過來。「我不管了，長生嫂子家今日大喜，可要和我站在一起，讓我蹭蹭喜氣。」

「都是咱們宋家的大喜日子，我們同喜。」

婦人們說笑歸說笑，辰時前就蒸好了整隻雞、鴨和一個豬頭。

新上任的族長宋成開祠堂，男人們恭敬地端著供品進去。祠堂站不了許多人，除了族老們和今日主祭的宋槿安，其他人放好供品就退出去了。

宋成翻出有些年月的族譜，翻到宋長生那一支，在宋槿安名字後面添上一行小字。

啟盛朝十一年，中案首，廩生秀才。

宋成心滿意足，帶著宋槿安祭拜。宋槿安看了眼放在角落的父親牌位，恭敬地拜下去。

今日祭祖，宋長庚一家，雖然臉上無光，也不敢不來。宋舉站在後面，和年輕一輩站在一起。

宋問拍拍他肩膀，小聲說：「宋舉哥別喪氣，這次不行，咱們下次再考，你看我不是也沒考上。」

宋舉側頭看他一眼，這小子讀書向來一般，和他比，他還是要強一點。他輕聲應一聲，算是收到他的安慰了。

宋舉攥緊拳頭，總有一日，他也要族長為自己擺流水席，開祠堂祭祖。

祭完祖，半大小子們跑出去，第一個地方就是往廚房跑。今日廚房好吃的菜和肉多了，怎麼可能不偷吃？

「宋問你個臭小子，多大的人了，還帶著弟弟、妹妹來，你個有辱斯文的。」

宋問嘿嘿一笑。「斯文是啥，劉婆婆跟我說說。」

老太太啐他一口。「渾小子，都滾！」
宋問揚起手。「都過來，咱們去村口看看，咱們也不白吃，幫他們搭棚子去。」
「問哥，我們跟你去！」
宋家村進村的路是特意修整過的，又寬又直，秋收的時候能讓大家在上面曬糧食，辦喜事的時候，一橫排擺放兩張八仙桌沒問題。
村口大榕樹下此刻熱熱鬧鬧，已經有住得近的外嫁女，帶著家小過來湊熱鬧了，順便幫把手。
今日是個大晴天，雖說路兩邊有樹遮蔭，但是也遮不住這麼寬的地方。大榕樹遮蔭寬，不過就那麼一棵，頂不了事。
熱熱鬧鬧忙活著，正午時分，從村口到村尾的大道上，已經徹底熱鬧起來，本村的、外村的，說笑著，誇耀著。
石夫子下了馬車，石川、季越、孫承正幾人也到了。
孫承正吆喝一聲。「真熱鬧啊，後日我家請客，滿打滿算也就三、四桌。」
石夫子笑著道：「一姓村，到底不同。」
宋槿安要迎客，把宋舉和宋問叫上，還有另外兩個宋家村的年輕人。
宋舉目光游移，不敢看宋槿安。「你叫我去幹什麼，我家和你家……」
宋槿安整理了一下衣袍。「就問你去不去？」

宋問攀著宋舉的肩膀。「那肯定去，槿安哥，你放心，我肯定幫你把賓客招待好。」

其他兩個年輕人宋明和宋觀都大聲應下了，宋槿安不管彆扭的宋舉，見夫子到了，趕緊迎上去。

「學生多謝夫子撥冗前來。」

石夫子得意地輕撫美髯。「你是我教出來的弟子，該來，該來！」

「讓讓，馬車來了，讓個路。」

「前頭都是人，馬車進不去了，大人，咱們在這兒下吧。」

孟縣令也不端架子，一身常服從馬車下來，他一眼就看到站在人群中間微微頷首的宋槿安。他這學子不錯，鄉下地方能培養出這樣的人，也算人中龍鳳了。

「學生宋槿安見過縣令大人，未曾遠迎還請大人見諒。」

孟縣令溫和地笑。「無礙，本官巡視春耕，路過此地，聽說你家辦流水席福澤鄉鄰，特來看看。」

辦流水席，父母官竟來了！

石夫子等人趕緊過來拜見，拜見完畢，宋家族老們邀請父母官入席，宋槿安請來石夫子，孫承正、季越、石川也被孟縣令叫來，宋槿安自然也把宋舉和宋問叫來陪坐。

孟縣令是同進士，雖然考運差了一點，但考察他們幾人學問肯定沒什麼問題，幾番對答之下，孟縣令笑著道：「宋秀才不愧是咱們沐城第一個小三元，學問紮實，再打磨幾年，中舉未嘗不得。」

石川、季越、孫承正也被誇獎了兩句，就宋舉和宋問沒得誇獎，孟縣令只說讓他們珍惜讀書機會，雙親靠種地供養他們讀書不容易。

宋舉臉色一下白了，同桌的幾位族老也聽明白了，這是說他們學問不到家，勸學的意思。

和宋舉相比，宋問很知道自己不是讀書那塊料，他很有自知之明，只想考個童生就罷了，以後去縣裡找個掌櫃的差事就挺好。

孟縣令聽到宋問實誠的應答，只覺高興，人貴有自知之明，知道及時止損，比明知不可為而為之，孤注一擲更值得誇獎。

宋問傻笑一聲，撓頭。「當不得縣令大人誇獎。」

知道他在，大家都不自在，孟縣令略坐一會兒，喝了幾杯水酒，就告辭了。

孟縣令一走，現場氣氛立馬熱烈三分，被父母教導著不要胡鬧的孩童都多了幾分頑皮。

宋家人都笑意盈盈，這次他們家的流水席，有縣令前來祝賀，可是別人求都求不來的臉面。

有這一齣，原本還想鬧點什麼的宋長庚徹底偃旗息鼓了，潘氏心裡卻不服氣，踩著她家孫兒給宋槿安做臉，他也配？

孟縣令在的時候，大家都不敢造次，孟縣令一走，大家都想和秀才公喝一杯。

宋槿安不好推脫，舉杯去每桌給來祝賀的親朋好友、鄉鄰熟人敬酒一杯。一圈走下來，他喝得臉紅，好歹還有幾分清醒。桌上和季越、孫承正說好了，明日去縣裡夫子家聚一聚，主要是和其他有心科舉的同窗傳授經驗。

石夫子高興道：「有你們這樣大度的同窗，也是他們的福氣。」

送石夫子和季越等人離開，宋槿安這才能抽空回家休息。

劉氏心疼兒子，見他一直在敬酒說話，沒吃多少東西，趕忙煮了碗麵條端回家去。

宋成幾個族老，站在一旁說話，槿安這小子他們沒看錯，是個拎得清輕重的人。他心裡對宋長庚雖有怨懟，在對外的時候，還是以宗族利益為重。

宋成看了眼宋長庚爺孫，不知道他們可否能想明白。如若想不明白，宋舉就太對不起槿安了。

流水席辦到戌時日暮時分，送走吃席的賓客，婦人們還要忙著收拾碗筷。

李嬸抽空端了碗蜂蜜水進屋，嘴裡念念叨叨。「大郎什麼時候才娶妻哦，喝醉了躺屋裡都沒個人管。」

劉氏也是過來看大兒醒沒醒，聽到這話，抿嘴笑道：「快了，爭取今年定下來。」

宋子安趴在哥哥床邊，眨巴著眼睛。「嫂子。」

李嬸樂呵呵道：「看看我們家二郎都知道要嫂子了。」

宋槿安半夢半醒間，想起她昨日說的話，她給他兩天考慮的時間，明天就是最後一天了。

玉清觀裡，林棲毫不顧忌儀態，靠在窗邊的引枕看癡男怨女的故事。

春朝卻急了，上午還看不出來，午時之後，她找藉口去了前殿好幾次，每次伸長脖子看石階那邊，小丫鬟都問她。「春朝姊姊在等人嗎？」

春朝搖搖頭，轉身去院裡服侍主子。

春朝又一次進屋，林棲招招手，讓她點蠟燭，天黑了，字都看不清了。

林棲目光還在書上沒挪開，淡淡道：「命裡有時終須有，命裡無時莫強求。」

「娘子，您一點都不急？」

「不急，咱們家情況特殊，人家有考慮也正常。皇帝的女兒都有人不樂意娶，何況我這個罪臣之女。」

春朝跺腳。「這能一樣嗎？人家不想娶公主，那是因為當了駙馬就不能參政。當咱們家姑爺多好，您有錢有人還……」

「還什麼？」

春朝氣惱。「宋槿安那個不長眼的，氣死人！」

林棲淡淡一笑，可不是不長眼嘛！罷了，也不用等明天過完了，明天上午就走吧，男人可不能影響她賺錢的速度。

翌日，宋槿安如往常一般，天剛亮就起床活動身體，讀書。唯一有點不一樣的，他出門前換了身玉色長袍。

他日常穿著多是青、灰、黑一類的顏色，突然穿一身玉色，正是公子如玉的模樣。

李嬸喜道：「我就說大郎穿淺色好看，他偏偏不樂意，總說不耐髒，怕沾染了墨。」

劉氏看著也高興，大郎適合這個顏色，不枉費她的手藝。

聽見親人誇獎，宋槿安面露微笑，穿著這一身出門了。

孫承正在街上碰到他，還吟了句。「身世水雲鄉，冰肌玉色裳。」

「別唸了，走吧，別讓夫子久等。」

「不妨事，現在還早，咱們晚一點去，從夫子那裡出來，咱們一起去吃席。」

宋槿安搖搖頭。「你們去，我還有事。」

說話間，一輛熟悉的馬車從孫承正家隔壁的院子趕出來，看車伕駕車的方向，應是去沐城。

「等等，那家炊餅看著不錯，春朝去買兩個，咱們路上吃。」

馬車停下來，從上面下來一個衣著不俗的丫鬟，孫承正還在打量，站在一旁的宋槿安急步上去，急道：「妳說話不算數。」

霍英舉起劍柄。「站住，閒人不得靠近。」

孫承正愣了一下，趕緊上前去拉好兄弟，嘴裡忙不迭地道歉。「大哥，對不住，我兄弟認錯人了，你就當沒看見。」

宋槿安不肯後退，執著地對著馬車窗簾道：「說好的兩天，妳現在就要走？」

「嗯。」窗簾後傳來懶洋洋的輕哼。「不耐煩了，不想等了。」

宋槿安有些慌，他做事從來穩重，長這麼大，慌亂的時候屈指可數，但是現在他慌得不得了，生怕這個女子就這樣意外出現在他生命裡，轉頭又走了。他第一反應就是攔住她。

她的丫鬟買了炊餅回來，上馬車後，車伕一揚鞭，宋槿安連忙衝過去。「我娶，妳家在哪裡，我今日就上門提親。」

簾子終於掀開，露出林棲的半張臉。「不後悔？」

「不悔！」兩個字說得斬釘截鐵，他炙熱的目光落在她臉上，一瞬不瞬。

她終於肯正眼看他，突然她笑了起來，吩咐車伕調轉車頭，回院子。

孫承正眼睜睜看著向來老成穩重的同窗，就這麼跟著馬車走了，驚訝得下巴掉地上都撿不起來了。

說好的去拜見夫子呢？

「妳不信我！」進屋後，宋槿安說出心底那句話。

「說起來，我們相識時間也不長，對你來說，我確實不是個好的姻親對象，前天你走後，我想了想……」林棲輕笑一聲。「沒想到今日有緣分能碰上。」

沈默了一會兒，宋槿安才道：「就當我少年衝動，此時此刻，比起其他女子，我更願意娶妳為妻。」

「哼，算你有眼光。」

宋槿安微微勾起嘴角，眼裡似有華光流過。這個小娘子，真是可愛有趣至極。

孫承正傻傻呆呆地站在街上，後又跑到院門口，小聲問：「兄弟，你家主子看上我同窗了？」

霍英瞥了他一眼。「明明是你同窗求娶我家主子，我家主子看他有幾分真心，才答應見上一見。」

「是這樣的？」

他不信，他覺得這個傻大個兒在忽悠他。剛才那個小娘子，明明勾著他老實的同窗，讓人都變傻了。

不到兩刻鐘，孫承正見同窗從院裡出來，手裡拿著炊餅，雖然看著一本正經的樣子，他怎麼覺得有點傻呢。

「時辰不早了，咱們先去夫子家，別讓季越他們等急了。」

孫承正默想，難道耽誤時辰的不是你嗎？

路上，孫承正看他一眼。「剛才那個小娘子……」

「是我的未婚妻，中秋之前我們應會成婚，到時候你要來給我做儐相。」宋槿安表面一本正經，實際上身子繃得緊緊的，激動到拳頭都攥緊了。

「這麼快？」明明剛才還在表白，這就連成婚的日子都定下來了？

宋槿安面露幾分愉悅。「你忘了，咱們還要去府學讀書，最好在進學前辦完婚事，我提的，她同意了。」

不過說到府學，府學可不是秀才就能讀的，進去前還要考試。因為府學的老師多是舉人，還有兩榜進士任教，想去的學子多，考試難度不小。

他們這樣的秀才出身，本地縣學隨便進去讀，州學也不難，但是府學，孫承正怕自己考不上。

「別怕，好好讀書，考不考得上，去試一試就知道了。」

孫承正一咬牙，去試試吧。他在讀書上沒什麼天賦，這些年多虧跟著槿安學習，靠他指點才能有今天。離了槿安，他中舉的一線希望估計就徹底沒了。

到石夫子家，季越已經到了，坐下便進入正題，宋槿安也收起其他心思，他們四人花了不少工夫跟幾位同窗說了考秀才的感悟。

聊了兩個時辰後，送走幾位同窗，夫子問起他們以後的打算。

學問如逆水行舟，不進則退，四人都決定先去考府學，考不上再考慮州學，再不濟還有縣學。

季越嘆道：「如若能進奉山書院，我等二榜進士可待。」

石川面露欣羡。「求不得，求不得，天下第一書院，沒有舉人功名，進士之才能，連奉山書院的山門都進不得。」

孫承正好奇。「奉山書院開館幾百年，也有秀才考進去的吧？」

「有，個個都是後來名留青史的人物。」

啟盛朝州學和府學有名額限制，淮安府府學的學子約莫二百左右，其他地方的州學和府學大概也是這個數額。只有奉山書院的名額，從古至今都未超過六十。近年來，因為難度增大，考中的人少，據說書院的學子只有四十多名。

古往今來，奉山書院為天下百姓和皇家培養的人才數不勝數，皇權幾經更迭，奉山書院巍然不動，被天下讀書人奉為聖地。因為奉山書院代代能人輩出，不僅能讀書還特別會做官。前朝內閣大學士，超過一半皆出自奉山書院。

特別是出身寒門的讀書人，據說只要考進奉山書院，背後的人脈就能讓他們比其他同僚少奮鬥十年。不僅寒門的學子眼饞，世家大族的人也想進入。

他們這樣寒門出身的學子，無名師引路，現在說這些還太早，中舉之後，說不定還能努力一番，衝著名師和學院背後的人脈，試著考入奉山書院。

從石夫子家離開，孫承正跟著宋槿安，路上擠眉弄眼的。「兄弟，明日我家請客吃飯，你來不來？」

宋槿安淡淡笑道：「去。」
石川道：「我家也是明日。」
季越道：「巧了，我家也是，不過我家要在老家辦，路途太遠，就不請你們了。」
「你們怎麼都同一天？」
「哈哈，還不是那天是好日子嘛！」
告辭回家，宋槿安和孫承正一路，他走進了孫家店鋪旁的院子。
說好了要過來吃午飯，宋槿安進去後，院子裡的護衛、丫鬟、小廝都偷覷他，宋槿安倒是不慌張，徑直去後院。
午飯已經準備好了，林棲正等著他。
林棲不喜歡別人看著她吃飯，幾個丫鬟擺好飯就出去了。
宋槿安看著上的飯菜，葷素皆有，清淡的、重口的齊全，五菜一湯，每碟菜的分量都不多，恰好夠兩個人吃。
「下廚、縫衣裳，這些女人該做的事我都會點，不過我懶，不會自己輕易動手，望你體諒。」
他輕笑一聲，她說這話的語氣，可不像是望他體諒的樣子，誰會把軟話說得這麼硬邦邦的？
「你母親看著是個挺溫和的人，我們應該不會起什麼衝突，以後咱們一家就好好過日子吧。等著你封侯拜相，讓我和娘也能領個誥命。」林棲看他一眼。「怎麼不說話？沒有信心？」

宋槿安幫她盛湯，溫言道：「沒做到的事情，我不想輕易說出口。」

林棲瞥他一眼。「沒有信心呀，有什麼難處？我能幫上什麼忙？」

「有些難處，都是學問上的，需要我自己努力。」

林棲滿意地點點頭，她很滿意這個說法，他是個上進的人。

早上那會兒，怕她就此離開找別人，他忙表白心意，待心裡略定下來，才想到還要去夫子家，同窗們還等著自己，就說讓她等他回來，再談他們的婚事。

宋槿安思慮好才說：「妳也知道，我家裡三個人，我母親和幼弟，一個弱、一個小，以後要麻煩妳多照顧。」

「成了婚，他們就是我的婆婆和小叔子，我是你娘子，應該的。」

「以後妳就是個孤女，是淮安張家的表姪女。」

「嗯，我就是個商戶女，戶籍在淮安。」林棲聽懂了他的話裡有話。

「我家裡，宋家村人口多，少不得有些是非，說話難聽的婦人……」

「這個你不用說，我的原則是人不犯我、我不犯人，人若犯我，我有錢、有護衛，還有人脈，不打回去怎麼行？」

「妳哪裡的人脈？別忘了，妳現在只是商戶女。」

林棲俏皮地眨眼。「我和孟縣令的閨女相識，我們成婚，她肯定會來喝喜酒。我可是桃源縣的隱形財主，怎麼會和縣令不認識？」

因為每年都會來桃源縣很多趟，和其他縣只有一、兩家綢緞鋪、糧店相比，她在桃源縣置下的家業可不小。

宋槿安點點頭，對他這個未婚妻的社交能力有了一定認識。

兩個人，一個下了決心要娶，一個定了心思要嫁，這會兒你一言、我一語地說起以後的生活、成婚的細節，進度快得讓人驚嘆。

林棲在他面前毫不掩飾自己真實的模樣，她放下調羹，身子往後微仰，靠著椅背。「你對我有意，我對你有所圖，我也不確定我們兩個以後會如何，我只能保證，我不會玩笑對待，我會盡力維護我們之間的關係。」

宋槿安其實有點擔憂她的態度，談婚事就像談生意一般，聽到她做此保證，他心裡確實鬆了口氣。

「我保證，未來不管是白身還是為官，除了妳，我不會有別的女人。」

林棲很詫異。「你怎麼……」

「我外祖父寵妾滅妻，我外祖母被小妾欺壓思慮過重去得早，我娘從小在後院折磨中長大，到了年紀就被後母隨意嫁人，如若不是遇到我爹……從我記事起，每年我娘祭拜外祖母的時候，都會說女子的苦楚。」

原來如此，林棲對這門親事更樂意了，笑容也更真摯了些。
兩人年歲都不小了，說好了，回去告知雙方長輩。
春朝知道主子的意思，送人走的時候，準備了一盒自家做的點心，讓未來姑爺帶走。
送完人回去，春朝說：「咱們養的馬好，霍英快馬加鞭，下午就應該到了淮安。」
林棲屈起食指敲敲桌子。「宋朴家的小子我記得叫宋淮生？」
「是呢，當年宋石和宋朴兩兄弟家被娘子買回來，淮生剛出生，還是您為他取名，今年應該是十二了吧。」
宋家哥兒倆的親爹當初傷了人命，好巧不巧傷的那人還是本地當官的，他們親爹被打死，全家被下黑手差點沒了命，被人典賣的時候，剛好被她碰上買下來。
「再傳個信回去，叫淮生過來給宋槿安當書僮，問他願意否。」
春朝笑道：「肯定是願意的，當未來姑爺的書僮，以後前程好著呢。」
如春朝所料，宋淮生收到主子那裡傳來的消息，高興得一蹦三尺高，嗷嗚一聲。「我的老天爺，主子總算用得上我了。」
宋朴現在是林棲手下的外管家二把手，他娘子杜氏這會兒管著別院裡的瑣事，一回來就看到自家的潑猴一副脫了緊箍的模樣，恨不得狠揍一頓。
「你這樣子去主子跟前，我看主子當天就要把你打發回來。」
「哼，才不會，我的名字是主子取的，我和大哥可不一樣。」

宋石的大兒子宋粱生，聽到這話都不想搭理他。「舅老爺剛從臨縣趕回來，已經收到主子的信了，明日一早就要去桃源縣，你要跟著一起去。」

宋淮生嘿嘿一笑。「知道了，我馬上就收拾行李。」

宋粱生坐下。「我問你，知道你是去幹什麼嗎？」

「給未來姑爺當書僮唄，最主要是當咱們主子的眼睛，這個我懂，我機靈著呢。」

杜氏生氣。「你個潑猴，你大堂哥說話就好好聽著。」

「娘，我知道，放心，我當差肯定不這樣。聽說未來姑爺姓宋，和咱們是一個姓呢。聽我爹說，那是個心裡有成算的，我肯定不能露怯。」

宋槿安還不知道，林棲已經在琢磨著給他找書僮，他回到家頭一件事，就是和母親商量去張家提親。

劉氏又喜又驚。「你這孩子，還沒試探人家女方有沒有那個意思，你就讓我去提親，還知不知道規矩？」

宋槿安忍住笑，為了小娘子的面子，沒說他們已經把婚事談妥了。

張毅和姚氏收到林棲讓他們去桃源縣談婚事的信，都覺得荒唐，又覺得是她能幹出來的事。

兩夫妻心裡擔憂她找的人不靠譜，畢竟是個沒經過事的小娘子，萬一人家衝著她的家財而來，可不是被人騙了嘛！

翌日，兩夫妻心急火燎地準備出門，霍英帶著一隊人馬護送他們去桃源縣。

張毅騎馬，路上忍不住內心的擔憂，問他。「霍英啊，那個小子是什麼來頭？林棲怎麼這麼快就定下來了？」

霍英清了下嗓子，不好意思說是他們主子主動的，只說宋槿安的背景，著重強調主子肯定沒被騙，兩個人看著還挺般配。

「能考中小三元那可是既要實力又要運氣，聽你這麼說，他讀書不錯。家裡還算清白簡單，有宗族雖沒什麼用，但也比沒有好。」張毅小聲嘀咕著，算來算去，林棲挑的這個人還不錯，就是匆忙了點。

霍英湊到他耳邊小聲說：「娘子把她的身分說了，那邊也說不介意，但是他說自此以後不要提這個身分，當作沒有。」

張毅心頭一跳。「這個傻丫頭，這種事怎麼能說。」略想一想，也知道她的意思，嘆息一聲。「膽子真大，一般男兒都不如她有成算。」

霍英也覺得主子膽子真大，自從跟了主子之後，他才知道本該在後宅討生活的女子，真動起心眼來，嘖嘖。

宋淮生趕著馬跟在霍英旁邊，聽他們說宋家的事，他機靈，不過三言兩語就明白過來，主子把未來姑爺拿捏得死死的，他只要好好跟著姑爺，等姑爺中進士為官，自有他的好處。

這天一早宋槿安去縣裡慶賀孫承正和石川考上秀才，下午去別院問了聲，知道林棲去玉清觀了，才遺憾地回家。

「大郎，快來看看，早前替你準備的聘禮，我看著薄了點。」

按照這邊習俗，準備了髮菜、冬菇、海參、魚肚等各種乾菜海貨一擔；喜餅兩盒；三牲雞兩對；龍眼乾、核桃乾、帶殼花生等果乾；蓮子、百合、綠豆、紅豆等；還有龍鳳蠟燭一對和布疋若干。還需現買一片相連開二的豬肉一塊、大雁一對、時令鮮果若干。

和這些東西比起來，這都不是大頭，最大頭的是聘金。鄉下人家聘媳婦，能有八兩銀都算大手筆，一般農家一年有八兩銀子開銷都算頂好的日子了。但他們家想娶的這個媳婦錢財上不差，給得少怕人家看不上，給得多也怕自己家給不起。

「你爹還在的時候，我們就商量過你的婚事，那時候想著要給你娶個讀書識大體的娘子，打算要從你爹的同窗、同年家選個合適的女子，就為你準備了五十兩聘金。」

宋槿安拉著母親的手。「五十兩夠了，不用多準備，她不在意這些。」

「這……要不再添十兩，湊六十兩？」

「不用，您手裡的都是外祖母留給您的體己錢，您好好收著，給自己買點穿的、戴的。」

劉氏笑著扶了扶頭上的銀簪子。「既然只給五十兩，咱們再添一對鐲子吧。不過咱們家什麼都準備好了，人家到時候不樂意怎麼辦？」

劉氏想到那姑娘渾身的氣度，一看就知道是家裡花了不少心力培養出來的姑娘。大郎在她眼裡當然是萬般好，在府城那些人眼裡，不過就是個小秀才。

「您放心，明日您去了就知道了。」

他已經請好官媒，明日就上門提親。他們從淮安坐馬車過來，走官道，今日黃昏應該就能到了。

張毅一行人比宋槿安預料的還早到一個時辰，一下馬張毅就繃著一張臉。

林棲挽著舅母的手臂撒嬌。「您看我舅舅，前些日子催我早點嫁人，我現在要嫁了吧，他又不樂意。」

張毅急著吼她。「那妳也太莽撞了！我和妳舅母人都沒見過，妳就自己作主定下來了，成何體統！」

林棲默默往舅母身後一縮，假裝自己沒聽到。

「林棲，妳給我過來！這些年怎麼學的規矩？讓人知道妳一個大姑娘自己找男人，還要不要臉？」

林棲小聲說：「師父知道，還見過宋槿安一家，他自己是個上進的，家裡寡母是個軟和人，真不差。」

「妳還頂嘴！」

姚氏瞪了丈夫一眼。「我看你吃太飽氣沒處發了是不？林棲做事一向靠譜，她還能坑了自己？你都沒見過對方就罵她，我倒要問問你像話嗎？」

林棲連忙點頭，還是舅母對她好。

張毅冷哼一聲。「我倒要看看，妳找了個什麼樣的窮小子。」

不僅張毅想知道，宋淮生也想知道。第二日一早，宋淮生就去大門口守著，和看門的小子話家常，打聽桃源縣有什麼有意思的事情。

這時候，一個頭戴大紅花媒婆打扮的婦人笑盈盈地走過來，身邊跟著一個溫婉的婦人和一個翩翩佳公子。

「來了，來了，快進去通報。」

看門的小子一下跳起來進屋通報，宋淮生和看門的大爺打開大門請人進來。

宋槿安朝兩人點點頭，道了聲謝。「你家主子在嗎？」

「在，我家舅老爺、舅夫人昨日下午到的。」

劉氏有些緊張，看了看身後納采的禮物，感覺準備得薄了些。

宋槿安扶著母親，笑道：「咱們進去吧。」

請來的官媒看到這間院子不禁稱奇，她常年進出縣裡的高門大戶，也不是沒去過州府，沒想到桃源縣裡居然有這樣一戶人家，院裡奇花異草繁多，草木蔥蘢，怪石假山都不是一般造景。連伺候的丫鬟身上的穿戴，都堪比一般小富人家的小娘子。

被引進待客的正屋，官媒撫掌大笑，張口就把女家小娘子誇得天上有、地下無的，又誇宋家是如何的好人家，婆母溫和，兒子體面上進云云。

打量宋槿安一番，姚氏滿意地點點頭，這樣的男子，光從外貌看就不差，比她養的兩個兒子還好一些。

張毅冷哼一聲，男人看的是本事，看外貌怎麼行，說不定就是個徒有其表的。

張毅身上雖然沒有功名，也是讀過書的，搜腸刮肚地找出些詩詞為難他，宋槿安倒是恭敬回答，還不著痕跡地誇舅父大人有品味，會挑書看。

姚氏不著痕跡地瞪了丈夫一眼，讓他別自暴其短。她笑著拉劉氏說話，劉氏一開始還有些不自在，姚氏是商人婦，最會和人聊天，找到兩人都感興趣的話題，多聊幾句之後就放開了。

姚氏樂呵著呢，她就說那丫頭是個機靈的人，肯定不會坑了自己。這樣的夫君和婆婆，不管宋槿安以後會不會考中進士，這都是好人家。

兩方都有意，女方還是要矜持一些，姚氏一點沒掩飾對宋槿安的喜愛，一頓猛誇，但還是婉拒了他們，說還要考慮考慮。

這都是正常的流程，誰家女兒被提親，第一次都不會答應，至少要等第二回上門。

他們要離開時，姚氏叫外甥女出來送人，劉氏看到林棲，眼睛一下亮了，拍拍她的手，笑著說過幾日再來。

出了門，不用劉氏問，官媒也看明白了，兩家人都看對眼了，待禮數走完，就能成就一番好事。

宋槿安笑道：「三日之後可好？」

「好好好，三日後宜動土、安門、作灶、納采，喜神在位，最適合不過。」

官媒走後，跟來幫忙送禮的宋問幾個人羨慕道：「槿安哥的好事要近了。」

劉氏喜氣洋洋道：「回頭請你們喝喜酒。」

送走客人，關上大門，張毅不情不願地輕哼一聲。「看著還算不錯吧！」

姚氏看不上他那彆扭樣，拉著外甥女。「別管他，咱們走。」

林棲笑嘻嘻應下，邊走邊說，明日去玉清觀走一走。

第四章

毫無預兆的，劉氏帶著兒子上門提親了，宋家村眾人議論紛紛，見他們回來，紛紛打聽女方是什麼家世，什麼時候辦喜事。

劉氏謝過大家的關懷，笑道：「還沒定下來呢，不過也快了，到時候成了，請大家喝喜酒。」

宋槿安藉口送母親回家，也告辭走了。

宋問幾個小夥子被攔下，他們也不知道底細，只知道女方那邊住著大院子，呼奴使婢的，家裡很不錯。

聽這麼一說，應該是個不缺銀錢的人家。考上秀才又娶個家底豐厚的娘子，槿安小子家以後日子差不了啊。

潘氏聽到村裡人議論，暗地裡沒少罵人，心裡說不出是嫉妒還是羨慕，這一個氣不過，又和宋二家的混在一起了。

宋二家的娘家姓王，王家有個小閨女王柳兒今年剛及笄，正是找夫婿的時候，看上了宋槿安。潘氏不想還原先宋二家給的銀子，拉扯了好幾天，就說幫她出主意，把這事談成抵了。

宋二家的吃過虧，不相信潘氏，她爹娘倒是相信，說讓她和潘氏好好謀劃，如若成了，再給潘氏五兩銀子謝禮。

潘氏是個心裡藏奸的，知道劉氏鐵定看不上王柳兒這樣的農家女，就使了個計，找人打聽林家，興許女方會拒絕宋槿安。反正她家得不了好，宋槿安也別想。

潘氏和王家老娘詳談，王老娘一拍大腿就應下了。只要事成，不拘手段如何。

那群躲在陰溝裡的老鼠，想法子登門入室噁心人，外人全不知曉。

劉氏這些日子過得和樂，和往日大門不出、二門不邁的日子相比，進城的日子倒是比宋槿安還多些。

為尊重女方，該走的禮數不能省了，林棲的舅舅和舅母這些日子都留在桃源縣別院裡過禮。反正閒著也是閒著，姚氏有心和劉氏拉近關係，想著以後外甥女成婚後日子好過些，就隔三差五約劉氏，遊玩、做繡活、去桃源山上和凌霄道長喝茶，都叫上她，日子過得可逍遙。

李嬸跟著去了幾次，回來偷偷跟宋槿安講。「你岳家舅母是個敞亮人兒，有她帶著，娘子不用吃藥，身心都舒坦。」

宋槿安微微一笑，點點頭。

兩人的婚期已經訂好了，現在就等著六月二十四成親了。往日宋槿安送娘親去縣裡還能見上她一面，婚期定下來後，兩人已經有些日子沒見了。

外面傳來敲門聲，李叔去開門，宋淮生頂著一張笑臉站在門口。「李叔好，我家老爺叫我過來送書，還有一盒點心。」

李叔笑呵呵地叫他進來。「大郎在書房，你自行去。」

「欸。」宋淮生不是第一次過來宋家，不用人帶路，提著食盒快步進去。

宋槿安在屋裡寫字，透過打開的窗戶看到他，叫他進去。

宋淮生行了禮，打開食盒，端出一碟板栗餅。「主子今日和孟縣令家的小姐相約說話，縣裡有家現做的板栗酥餅香甜又不膩人，叫我趁熱送來一盤。」

宋槿安不愛吃甜，但也捨不得浪費她的心意，洗淨手，吃了一塊餅，確實香甜可口。

她是個大膽的小娘子，這些日子沒少藉長輩的由頭送東西給他，有時候是吃食，有時候幾朵花、一盤果子，就跟小孩鬧著玩一般。他也領情，偶有回送自己的畫、有趣的書，她看了喜歡還回信給他，如點評一般，寫幾個字給他。

「時辰不早了，你留下吃過午飯再回去吧。如若不忙，等到下午太陽小些再回。」

林棲跟他說過，以後宋淮生給他當書僮，有事就叫宋淮生去做。

「聽公子的。」

應下後，宋淮生笑嘻嘻地去後廚找李嬸借器具，準備去河裡撈些蝦子、螃蟹一類的水貨，下午拎回去讓廚子做菜。

這些玩意兒沒什麼肉，都是殼，捨不得油鹽調料也做不出好味道，鄉下人也不愛吃，河裡的東西隨便撈，也沒人管。

宋淮生撈了兩桶回去，還沒到宋家門口，看到有個小丫頭探頭探腦的，他連忙大喊一聲。「那是誰？」

人被驚走了，李叔聽到動靜跑出來，一看背影就知道，她是宋二家的姪女，石磨村來的小丫頭。

李嬸聽見此事，罵了一聲。「王家人什麼毛病，養出來的女兒都是不守規矩的，那個王柳兒和我們家無親無故的，這些日子總在咱門口晃悠，讓人見了說嘴可怎麼好。不行，回頭要跟曾娘子說，讓宋二家的把她姪女送回去，少在咱們村裡晃悠。」

宋淮生機靈，看了眼公子。「她一個女兒家，咱們家有什麼讓她惦記的？」

有些話不必說出口，懂的人自該懂。正是等婚期的時候，一個不好惹來風言風語，噁不噁心人？

宋槿安沒說話，不等娘親回來，下午親自去族長家一趟，他沒有說清楚，只是露了個口風，宋成就明白了。

宋槿安走後，宋成略一問，就知道是宋二家的事了。

「我呸，王氏也有臉幹這個事！槿安小子婚期都定了，她娘家姪女去人家門口晃悠什麼？找恩客呢？」

曾氏勸婆婆別氣著自己。「一會兒我去宋二嬸家走一趟。」

「我看去了也是白費唇舌，那是個無利不起早的，一開始惦記人家的良田，這會兒惦記上人家的兒子了。」

宋成道：「要去一趟，萬一王氏真不要臉面鬧出來，咱們宋家也能有話說。」

曾氏點點頭，她明白公公的意思，知道該怎麼做。她先去宋二嬸家，這個時節農忙著呢，問她留姪女在家住這麼些日子，這是想議親了？

曾氏笑著說：「二嬸家大郎和柳兒倒是般配。」

宋二家的一口否決，沒有的事，就是接姪女過來住一陣子。

不管曾氏怎麼說，宋二家的都咬死大郎不會和她娘家結親。曾氏笑了笑沒說話，從她家出去，又去村口大榕樹下略坐了坐，待劉氏下午從縣裡回來，宋二家的留姪女王柳兒在家住就傳出好幾個版本了。

劉氏回家路上碰到宋二家的，還恭喜她家要辦喜事了，宋二家的咬牙切齒，差點把她推到田埂下。

宋淮生回縣裡，去廚房放好蝦蟹，頭一件事就去找主子報告，有人想偷吃她看中的唐僧肉了。

直到婚前幾日，宋家村一直安安穩穩的，倒不是人家放手了，而是宋槿安這些日子幾乎沒出門，就算出門辦事，也是跟村裡幾個年輕人一起。

林棲知道後，笑了笑，回頭叫宋淮生送一筐桃子過去。

「這麼早桃子就熟了？」李嬸拿起一個大桃子，嘿，長得真喜人。

「這是南邊送來的，那邊氣候跟咱們這邊不一樣，開花開得早，也熟得早。我家在南邊有掌櫃，特地送來的。」

「你家在南邊還有鋪子？」

宋淮生得意地揚起下巴，想到什麼又低調下來。「不是什麼好鋪子，不過勉強不虧銀子罷了。我家主子戶籍在淮安，從小生長在淮安，隔得太遠，開鋪子也不好管。」

「那倒是。」

宋淮生想吹牛又害怕說錯話，把東西送到後，就去夫人、公子跟前問好。

「原本是想從淮安發嫁，我家舅老爺說到底遠了些，桃源縣這邊有院子，就從縣裡發嫁，舅家兩位公子押送主子的嫁妝過來，今兒就到了。」

劉氏笑道：「還是舅老爺考慮周到，想得周全。」

宋槿安遞給他一封信。「給你家主子的。」

「小的這就送回去。」

桃源縣林家別院，張紹光大喊一聲。「林棲，這個大櫃子放哪兒？」

「前院放不下，先放在後院吧，幾天工夫罷了，不怕擋路礙事。」

她私下覺得以宋槿安的學識和恆心，以後官運亨通是高機率，以後在宋家村住的時間恐怕少得很，或許用不著這許多東西。

畢竟兩輩子第一次成婚，該有的還是要有，也不怕麻煩，就把舅母準備的拔步床運過來，各種箱子、櫃子、鋪的、蓋的，樣樣都是好東西，除開她手下的店鋪、莊子，另準備了六十抬嫁妝。

前兩天，宋槿安的兩個同窗成婚，她現在的身分不好去湊熱鬧，她不知道石川那邊的情況，但是孫承正家就在隔壁，成親那天她站在大門口還是看了一眼。送來的嫁妝多是他娘子日常用的東西，棉被就占了四抬，其他東西拉拉雜雜湊夠二十四抬嫁妝，都讓縣裡人欣羨，她這紮紮實實的六十抬嫁妝抬到村裡，那可是頭一份。

嫁妝剛安置好，宋淮生回來了，林棲拆開信，裡面裝著一幅畫，黃白色夾雜的小貓崽。

張紹光湊過來瞅了一眼。「盡會弄些不值錢的玩意兒。」

林棲收起畫紙。「有心就很好了。」

大表哥張建業問道：「再有三日就是正日子，我們都還未見過未來妹夫，別到時候見面不認識人。」

「人就在家裡，距離也不遠，你們想去隨時能去，叫他過來也成。」

姚氏道：「娶親事情多，你們別去打擾。」

「不是還有三天嘛，咱們明天去，去去就回。」

第二天一早，叫宋淮生帶路，兩兄弟提著禮盒，騎馬去宋家村，扯了個拜見長輩的幌子。

張建業和張紹光兩兄弟，一個已經在幫忙管理家業，常和那些老傢伙耍心眼，不知不覺間，整個人氣勢上來了，加上他長相出挑，身著華服，小姑娘見了都挪不開眼。

張紹光嫩氣些，但是平日裡那副做派，很有些世家子弟高不可攀的樣子。不說別的，吸引村裡樸實的小娘子還是很有用。

王柳兒如往常一般在路口徘徊，猛地看到兩個高貴的年輕男子打馬跑過，哪裡還記得姑姑的囑咐。和這些公子比，一個窮秀才算什麼。

她心裡也明白，人家忌諱她，估計也沒機會當秀才娘子，倒不如，換個人。

都是聰明人，跑馬過去的時候，張紹光不過看了一眼，就問宋淮生。「就是那個丫頭？」

「可不是，這幾日宋秀才都沒怎麼出門。」

到了目的地，張建業從馬上下來，教訓弟弟。「這是在宋家村，別亂說話。」

「知道了，哥。」

今日天氣涼爽，最適宜出門訪友，孟倩娘上門來看林棲，笑道：「不過兩日沒來，妳這院子裡就沒處落腳了。」

「也就這兩日，後日東西就搬走了。」

孟倩娘哼一聲道：「往年妳在外跑，只有去桃源山上看妳師父的時候才會順便來看看我。好不容易盼妳來縣裡住一個月，妳又要嫁人了，日後要見妳還要去宋家村。」

林棲拉著她去後院，笑著問她。「妳爹今年要調走？」

孟元傑不貪，為官還算盡職盡責，桃源縣能有這樣的父母官也是運氣，再換一個人來，不一定有今天的光景。

孟倩娘皺眉。「恐怕走不了，聽我爹和我娘私下說話，桃源縣這幾年風調雨順，託你們的福，商稅連續三、四年都在上漲，可從下縣升到中縣。我爹如果不走，可從正七品升到從六品。」

「能升一級，那也不錯了。」

都說縣令是七品芝麻官，在啟盛朝稍微有些不一樣，稱呼上都是縣令，但是品級根據下縣、中縣、上縣區分，縣令的品級從正七品、從六品、正六品有所不同。

據說，有些地理位置重要或者商貿發達的縣，縣令的品級能到正五品。這種水準的縣，啟盛朝從建國至今也只有兩個，都是有背景的官員搶著去鍍金的地方。

「今年不走，就要再等三年了。」

啟盛朝的縣令一任三年，最多可連任三屆，她爹已經連任兩屆了。第二屆本來可以走，她爹剛幹出點成績，不願意走，這次也是這樣。

桃源縣被治理得安居樂業，但是學風不顯，但今年一下考中六個秀才，孟縣令覺得趁這個機會可以整頓縣學，教化縣民。

「對了，我爹讓我問妳，妳家有沒有意在桃源縣修個碼頭？如果肯出錢，今年他召勞役把桃溪規劃一番，雖然大船進不來，但一般的商船能進來，也能為大家多找條活路，你們行商運東西也便宜。」

說到正事，林棲就正經起來。「修碼頭花的錢可不少。」

「咱們認識那麼多年，我爹還能坑妳？妳答應修碼頭，回頭碼頭那塊地給妳一半修鋪子。」

「一半？」

「一半不錯啦！我爹說讓妳家占完了，縣裡其他富戶會有意見。哼，讓他們出錢他們有意見，分好處的時候沒分到他們又有意見。」

林棲了然，孟縣令估計有這個想法不是一、兩天了，看樣子桃源縣本地的有錢人不信他，不肯出銀子。

她卻覺得桃源縣這個位置挺好，碼頭若是修建起來，周圍其他幾個縣肯定願意從這裡走水路去淮安。從淮安的大河過來，到桃溪再往裡走，其他縣的小河流就漂不起船了，其他幾個縣要走水路，還真非桃源縣不可。

「我回頭考慮考慮。」

「我就是來帶個話，妳慢慢考慮吧。」孟倩娘嘆氣。「唉，我比妳小三歲，我明年也該及笄了，我娘擔心我爹再任三年，耽誤我，這些大愁著呢。」
「妳爹娘想給妳找個官宦人家？」
孟倩娘紅著臉，撒嬌地扯她袖子。「倒沒說要官宦人家，妳知道我家是京都過來的，京都那邊……複雜著呢，我娘不願意我嫁回去，我自己也不樂意，高嫁去受欺負，有什麼好的，還不如妳這樣。」
林棲笑道：「下個月宋槿安要去淮安考府學，如果他爭氣考進去了，我幫妳看看有沒有合適的秀才舉人。不過我就是說一句，我肯定沒有妳爹娘眼光好，路子多。」
孟倩娘不自在地笑了笑。「我覺得妳找的人好，我爹都誇宋槿安前途無量。」
「行，既然妳信我，我回頭幫妳找。」
「嗯嗯，二娘，妳就是我親姊妹。」說完，孟倩娘湊過去摟著她胳膊撒嬌。
「別鬧了，後日我出嫁，妳去幫我撐場子。等我和宋槿安去淮安了，我婆婆那邊，還要麻煩妳家多照看。」
孟倩娘拍著胸口大包大攬道：「放心，交到我身上。」
兩人正說說笑笑，這個時候張建業和張紹光兄弟倆回來了，還帶回來一個傷了手臂的小丫頭。
林棲忙問道：「怎麼了？」
「這個小丫頭叫王柳兒，我們回來的時候，突然衝出來驚了馬，被馬踢了一腳，傷了胳膊，帶回縣裡讓大夫看看，回頭送回去。」
張紹光繼續道：「這位嬸嬸姓曾，是宋問的娘，陪著一起來的。」
林棲站起來，笑著拉曾氏過來坐。「原來您就是宋問的娘，早聽說您是個眼明心亮的，我還想著日後去您家拜訪，沒想到今兒見著呢。」
聽到「眼明心亮」四個字，曾氏笑了起來，拍拍她的手。「等妳後日和槿安成親了，咱們見面的時候多著呢！我家裡有事，還要送王柳兒歸家，今兒就不留了。」
王柳兒面色痛苦，捂住手臂。「我疼得很，這會兒走不了路。」
林棲對她笑道：「雖說是妳自己衝出來遭了馬踢，我們家也不能不管，既然疼，那就送醫館去，畢竟我們不是大夫，也止不了疼。」
「不、不用，我就在這兒……」
不等王柳兒說完，林棲扭頭跟孟倩娘道：「我家裡有客，沒空送人，妳幫我送她去醫館，讓她在醫館住幾天，手臂養好了再走。」
「妳忙妳的，交給我，我讓我的小丫鬟留在醫館伺候她。」
孟倩娘也不傻，一看就明白王柳兒的小心思，也不坐了，叫丫鬟拉著王柳兒就走。
王柳兒淒慘地喊了聲公子，張建業和張紹光都沒應聲。
林棲拉著曾氏。「都午時了，嬸子也別急著走，吃了午飯，我叫車伕送妳回去。」
曾氏笑著應下，還去拜見了姚氏。

下午走的時候，曾氏小聲說道：「這事是王柳兒自找的，自己撞上去的，在場的人都看到了。」

林棲笑著點點頭，送走曾氏，再去後院找兩個表哥。

張紹光吃飽了癱在椅子上，輕哼一聲。「哎呀，廟小妖風大，池淺王八多。」

林棲微微翹起嘴角。「一點小事也值得你張二公子發牢騷。」

王柳兒一去不返，宋二家的急了，說要去張家要人，正巧曾氏坐馬車回來。

「妳要找妳姪女，別去張家，去醫館找，醫館找不到就去縣衙。」

眾人驚奇道：「怎麼扯上縣衙了，這是怎麼回事？」

「我去了才知道，槿安的娘子和縣官大人的千金認識。我們進去，槿安他娘子就說，雖然是王柳兒自己衝去撞馬，但是他們也不能不管。她沒空閒呀，就讓縣官大人的千金把王柳兒送到醫館，還專門撥了個丫鬟伺候她，多大的臉面啊！」

「她沒空，家裡兩個公子也沒空嗎？」宋二家的脫口而出的話，暴露了她的真實想法，反應過來不對，又趕緊補充道：「我家柳兒是被他們騎的馬撞的，他們也不管管？」

曾氏冷笑一聲。「男女有別，妳的臉皮比城牆還厚的人不要臉，人家可是守禮的人家。」

「不對啊，當時王柳兒就撞了一下胳膊，皮都沒破，這還用住醫館？還用丫鬟伺候？」

「是啊，還用的是縣官大人家的丫鬟，王柳兒命真好哦。」

「哈哈哈，我說呢，這些天在咱們村裡待著不回家，大熱天在路上走來走去，原來是等著撞福氣呢，這回可讓她撞著了。」

宋二家的不耐煩聽這些陰陽怪氣的奚落，冷哼一聲。「我家柳兒是他們帶走的，必須給我安然無恙地送回來。」

「哈哈哈，怕是妳姪女賴著不肯回來吧。」

「宋問他娘不是說了，想要人直接去縣衙要，快去，別耽擱。」

宋二家的臉上掛不住，一扭屁股走了，一個老大娘朝她背影吐了口唾沫。「幸好王柳兒不是咱們村的人，丟臉都丟到縣令大人那兒去了，八輩子祖宗都要羞紅了臉。」

曾氏正色道：「我跟妳們說，後日槿安接媳婦，縣官大人家要來人，妳們這兩日在村口坐著，可要幫忙看著，別讓王家來鬧事。」

「放心，別看我們老掉牙了，走路都要枴杖，這些事我們心裡明白著呢。」

「哼，宋二家的不老實，要是我家媳婦，早休回娘家了。也就是宋二窩囊，讓婆娘當了家。」

幾個族老知道王柳兒的事情裡面肯定有貓膩，這會兒村裡有喜事，不是時候，大家很有默契地不提，回頭等辦了喜事，再一併處理。

宋槿安寫完一篇字，望著窗外皺眉，宋家村裡有見識的族老們管不住人了，他若想往上走，還是要把年輕一輩帶出來。

他另外拿了一張紙出來，沈吟半晌，寫下宋問、宋明、宋觀、宋舉四人的名字。這四個人腦子有，多見一見世面，眼界大開了，或許是宋家下一代族長的好人選。

尤其宋問和宋舉這兩人，若能考個秀才才好頂事……

村子另一頭的宋舉打了個噴嚏，宋問推搡他。「幹麼呢，大熱天的你還冷嗎？問你話呢，後天給槿安哥接親，你去不去？」

「他又沒請我，再說我家裡……」

宋明蹲在屋簷下，白了他一眼。「槿安哥辦流水席的時候把你叫上是什麼意思，你不會不明白吧，你不是說自己聰明絕頂嗎？」

宋觀冷笑一聲。「我看，他是沒考上秀才，覺得自己丟臉比不上槿安哥，低不下頭。」

「宋舉，你這就不對了，雖然你比不上槿安哥，好歹比我們幾個強不是？當第二也挺好。」宋問安慰他。「你至少還是個童生。」

宋舉鬱悶。「我考童生考了三次才過，宋槿安一次就考上了童生和秀才，要不是今年不是鄉試之年，我看他說不定還能一口氣考中鄉試。」

「你可別鬱悶了，人和人本來就不一樣，你考中童生，你看我們三個酸不酸？」

宋舉扭頭懶得看他們，他宋舉和他們可不一樣。

「彆扭啥，就算你想考秀才，你也該和槿安哥搞好關係，以後多跟他請教請教，那什麼……事倍功半，很快就考上了嘛。」

「你個文盲可別說了，那叫事半功倍。」

宋問不想聽他們扯東扯西。「都起來，反正閒著沒事，這會兒去找劉嬸嬸問，有沒有需要我們幫把手的。」

宋舉嘴上說不想去，走的時候不用宋問拉他，自己就跟在屁股後面。

宋問都懶得搭理他，這就是個口是心非的人。要不是爺爺叫他拉上宋舉，好好的人別因為一時賭氣心高氣傲走錯路，他才不想管他呢。

六月二十四，大喜的日子，離吉時還有一個時辰，宋家村就熱鬧起來，吹吹打打準備著，跟著新郎官去縣裡迎親。

宋問和宋淮生關係不錯，宋問知道張家養著許多馬，動了心思，想借來騎。

宋淮生回去回稟主子，昨日就牽了六匹馬過來，還叫幾個護衛過來教他們騎馬。

高頭大馬太俊了，宋舉忍不住，也跟著學。

今日去迎親，幾個小夥子騎馬去，可神氣了。

不過就是遠看著神氣，近看嘛，只有宋槿安是自己騎馬，其他幾個都是林家的馬伕在前頭牽著。宋問騎在大馬上，高興地哈哈大笑，惹來宋家村的小兒郎眼紅，都鬧著要騎馬。

宋家村離縣裡不算遠，吹吹打打，半個時辰就到了。

張建業和張紹光兄弟倆守在大門口。比文，他們兄弟倆肯定比不過宋槿安和他的同窗們；論武，他們倒是可以比劃比劃。

張紹光架起幾條高板凳，吆喝著要宋槿安跳過去。宋明嘿嘿一笑，跳板凳罷了，他們從小跳到大，有什麼難度？

宋家村來的人多，最後也不管什麼攔不攔門，推擠進了大門，宋槿安尋了個空隙，撩起喜袍，往後院疾步而去。

張紹光怒吼一聲。「霍英你個龜兒子，你站在牆邊看熱鬧都不幫我。」

霍英帶著人高馬大的護衛雙手環胸看熱鬧，往後退一步，就是不幫忙。主子早交代了，讓他們別跟著張家兩個公子胡鬧，以免耽誤出門吉時。

今日凌霄道長也下山了，由於林家雙親不在，拜別長輩的時候，兩個新人跪拜師父和舅父、舅母，倒是惹來三人痛灑熱淚。

有蓋頭遮著，林棲看不到人，只能拉住師父和舅母的手，輕聲道了句。「我去了。」

從小養大的小娘子，這就嫁了。從來不為俗事所動的凌霄道長，哭得眼睛都紅了。

宋槿安深鞠一躬。「後日我和二娘再回來。」

張毅強裝鎮定，擺擺手。「走吧，走吧，別誤了吉時。」

蓋頭下，一滴熱淚掉落在繡花鞋上，從珍珠上滾落，被紅豔豔的石榴繡花吸了，正紅色的石榴子變成深紅色。

昨日宋家人幫忙安床的時候，就看出宋槿安這個娘子腰纏萬貫，今日來迎親真是開了眼，綾羅綢緞、金銀玉石，應有盡有。

這哪是娶親，這是迎財神呀！

潘氏今日沒去看熱鬧，宋槿安迎親的熱鬧卻一直送到她耳邊，想躲都躲不了。這樣有錢的媳婦，本該嫁到他們家來才是。

劉氏今日忙著待客，照顧兒媳嫁妝的事就交給李嬸，李嬸畢竟是下人，擋不住宋家那些有輩分的婦人，要不是林家的小廝、護衛還在，她們恨不得衝上去摸一摸。

即使看守得如此緊，還是有些不老實的人，李嬸看到擺出來的一疋蔥青色絲綢上多了個黑手印，就感到心疼。

孟倩娘穿著一身淺紅色的長裙過來，一揮手，一群身體強健的丫鬟、婆子攔在外頭，嫁妝只許看，不許摸。

「怎麼不許我們進去了？嫁妝本來就是擺給咱們看的。」

頭上簪著喜鵲登枝銀簪子的體面婆子笑著答道：「站在這兒也能看，妳想看什麼，我說給妳聽。」

「我想看那個箱子上面擺著啥，紅的真好看。我老婆子這輩子見過灰的、白的、黑的罐子，還沒見過這樣的顏色。」

「這個啊，這個叫釉裡紅，貴著呢。景德鎮那邊最好的師傅，最好的窯口，十次也不見得能燒出一個好的來。我主家原是京都裡的，就這麼跟妳說吧，就算是一品大員家裡，若是家底太差，也不見得能在家裡擺上一個。」

「多少銀子一個？」

婆子笑道：「這種珍貴的東西，說銀子就俗氣了。」

「那個布呢？灰不灰、綠不綠的，一看就不喜慶，怎麼放嫁妝裡頭了？」

「這個顏色雅稱叫青玉案，說是出自一首什麼詩，讀書人最喜歡了，這個色可不好染。」

「今日真是大開眼界了！」

可真是大開眼界！孟家的家生子都是跟著主家從京都過來的，自認長了些眼界，沒想到，在桃源縣這樣的小地方，居然能見到這樣多千金難求的東西。

聽得稀奇的人滿足了好奇心，趕緊去前面坐席，等著上菜的時候，還不忘把剛才聽到的話分享給同桌人，惹來一聲聲驚呼。

季越、石川和孫承正等人坐一桌。

季越也是娶商家女，原以為宋槿安和他一樣。沒想到，宋槿安這個娘子，這麼不一般。他心裡想著事，一口酒下去，才回過神來，這酒味怎這麼純正？

孫承正嘆一聲好酒，莫不是狀元紅？

宋槿安把林棲送到屋裡，讓她且坐下休息，他出去敬酒。

敬酒到同窗這一桌，季越笑問一聲。「槿安這酒哪裡買的，莫不是從淮安帶來的吧？味道不錯，回頭我也去買一罈回來。」

宋槿安舉杯道：「我也不知哪裡買的，這是先父早年間準備的。」

季越無語。「……」

孫承正悶笑一聲，忙道：「對不住，嗆著了。」

「今日客多招待不周，請多擔待。」宋槿安笑著拍了拍孫承正的肩膀。

今日來的都沒有遠客，除了縣城來的親朋好友走得早一點，一場喜宴村裡人吃到月上中天才散場。

第五章

待宋槿安回到臥室，林棲已經漱洗完換好家常衣裳了。年幼的宋子安還在他屋裡，特別大方地讓林棲抱。

把乖小孩抱在懷裡，林棲笑著問他。「你今日來陪哥哥睡覺呀？」

「嗯。」

「喜歡和哥哥睡？」

「嗯。」宋子安看到哥哥進來了，忙躲到嫂嫂懷裡。

宋槿安一身酒氣，站在一旁沒有靠近。「別聽他胡說，他從小就喜歡一個人睡，偶爾才會來我屋裡睡一晚。」

宋子安不聽，抱著嫂嫂的手臂，不肯撒手。

劉氏端了碗麵進來。「大郎，快吃點，喝了許多酒想是腸胃不好受。」

「多謝娘。」宋槿安雙手接過，問林棲是否吃了。

「吃了，和娘、子安一起吃的。」

劉氏笑道：「這回多虧了宋問他娘幫忙，還有孟縣令家的小姐，要不我哪裡能抽空吃飯。」

「娘不用放在心上，回頭我們夫妻專程上門謝過。」

林棲笑容可掬。「娘快過來坐。」

「就來。」

劉氏坐一旁，說了些今日婚宴上的雜事，待大郎吃完麵，劉氏去牽小兒子。「咱們回去休息，別打擾你大哥、大嫂。」

宋子安不願，扭頭看大哥、大嫂。

宋槿安這會兒不想搭理他，推著他肩膀送他出門。

春朝站在門口稟報。「給姑爺準備的熱水燒好了。」

「我這就去。」說完，宋槿安在屋裡站著不動。

林棲看他一眼。「不是說要去漱洗嗎？站這兒幹麼？吃撐了嗎？」

春朝和幾個在院子裡伺候的小丫鬟捂嘴笑，宋槿安笑著搖搖頭，自己去箱子裡翻出一身乾淨的衣裳，轉身出去了。

林棲輕哼一聲。「當真以為我是他肚子裡的蛔蟲，想叫我幫他找衣裳，自己不開口，怪誰？」

春朝無奈。「娘子。」

「哎呀，別叫了，我心裡有分寸。」

林棲休息的時候不喜歡人在屋裡伺候，也不喜歡晚上有人在她屋裡聽動靜，因此宋槿安漱洗回來，屋裡屋外伺候的人都走了。

林棲靠在枕頭邊看郎情妾意的閒書，聽到動靜後，叫他關門。

門窗都關上，屋裡熱得慌，好在拔步床兩邊放著兩盆冰，宋槿安走進去，放下簾子，裡面涼悠悠的，甚是舒適。

兩人抱在一起，聽著彼此的呼吸，鼻尖都是彼此味道，指尖在年輕炙熱的身體上摩挲著，唇齒之間含著柔軟濕熱的肌膚，又癢又酥麻的輕吟，讓這方清涼的小天地緩緩升溫，攪成一團，曖昧難言。

粗喘的呼吸越發藏不住，緊貼的身體翻滾間如同拔步床兩邊垂落的絡子，搖擺間糾纏不休，再難分清。

月光試圖窺視，清風妄想進門，都被攔在帳子外。直到許久，一雙十指相扣的手臂從帳子裡滑出來，細緻白嫩的那個軟軟地鬆開，修長有力的那個不捨地鬆開又握緊。

帳子裡傳來一聲沙啞嬌媚的清哼。「熱水……」

「不慌，時辰還早，二娘受累，再等上一等。」

細緻白嫩的手被捉回去，拔步床兩邊掛的絡子，又是一番搖擺不休，待到風停雨歇，已然是子時夜半三更。

「吱呀」一聲，兩扇門從屋裡打開，隔壁淨室放著溫熱的水，他抱著她過去浸泡，稍緩疲倦，待他們回去，屋裡已經重新鋪了床。

他坐在床邊，讓她枕著他的大腿，她只覺得不舒坦，輕哼一聲。

撫摸著她的臉，他眼角眉梢都是笑，輕聲哄她睡。他從旁邊凳子上，抽了兩條乾淨的帕子，不慌不急地幫她擦濕髮。

她愛乾淨，他又怎麼捨得她枕著濕髮入眠呢。

翌日雞鳴，宋槿安精神抖擻，林棲則如同烈日曝曬過的嫩葉，一副新婦鮮嫩嬌弱的模樣。

往日雞叫三遍，林棲就醒了，今日不同，他捂住她的耳朵，讓她好好睡。

林棲打了個哈欠，問幾更了。

「還早，妳且好好睡。」

林棲毫不客氣，一覺睡到巳時，若不是春朝進去叫，她還能睡。

「妳怎麼不早叫我？」林棲打了個哈欠坐起身，又不著痕跡地嘶了聲。

「姑爺不讓叫。娘子，我幫您按一按？」

「嗯，輕點按。」

屋裡這會兒只有兩個人，春朝小聲地把家裡的事念叨一遍。「一大早公子帶著淮生他們把從其他家借來的桌椅板凳還回去，還另外送了小禮。

「夫人和小公子他們已經用過早飯了，姑爺還沒用，說是要等著您。小公子用了早飯要來看您，被姑爺攔住了，後來夫人把小公子哄走了。」

「夫人表情如何？」

春朝輕鬆道：「夫人體諒您，說不讓我們叫您，敬茶不著急。」

林棲緩了緩，從床上坐起來。「還有什麼事？」

「淮生跟著去還桌子，宋長庚家的那位說話不太好聽，說您一個晚輩，不說拜見，連上門走動都不去，不像話。」

「潘氏？宋舉他祖母？」

「是那位。」

「不用管她，妳去把敬茶的東西找出來，我該出去了。」

「早準備好了，就等您收拾妥當。」

新婚第一日，林棲穿了一身桃紅色繡繁華襦裙，配月白色飄帶，和襦裙鑲邊顏色互相呼應，嬌嫩可人。頭上簡單梳了個小盤髻，配上兩支珍珠鑲桃花釵鐶、一對珍珠耳墜，清新又雅氣。

林棲打量銅鏡裡的自己，第一次梳這種髮髻，看著還挺好，不顯老。

宋槿安進屋，站在她身後。「娘子不過碧玉年華，頭無釵鐶也美若天仙。」

林棲揚起下巴，嬌哼一聲。「宋秀才呀，希望十年、二十年、三十年後，你也要這樣誇我才好。」

宋槿安嘴角含笑，握著她的手，摩挲了一下。「別鬧，以後要叫我郎君，相公也成，妳自己選一個。」

林棲扭頭看他，摟住他的腰，故意鬧他。「只能叫這兩個，不能叫槿郎？崽兒他爹？」

他摸了一下她的耳墜，看她的目光柔和似水。「妳想叫什麼就叫什麼。」

他想差了，沒成婚前，他想過和她成婚後的樣子，真的成婚後，他才明白什麼是夫妻，他想得少了。就像現在這樣，她膩著他、調侃他、逗弄他，每一個樣子，都是他沒想到的。他也沒料到，他會如此愉悅，如此離不得她。

剛才姑爺進來就自覺退出去的春朝，此刻在門口道：「娘子，夫人等著呢。」

「這就來。」

宋槿安心疼她。「走吧，給娘敬了茶，趕緊去吃點東西填肚子。」

劉氏早就等著這一日了，看著佳兒佳婦攜手走進來，她樂得直點頭，叫了三個好。

宋子安坐在椅子上看著大哥和嫂嫂，搖晃著他的小腳，難得見到他這麼快活的時候。

林棲恭敬道：「娘，請喝茶。」

「哎，別跪了，快起來，咱們家沒那麼多虛禮，快坐快坐。」劉氏接過茶趕緊拉著兒媳。

李嬸在一旁小聲提醒。「娘子，東西。」

「哦，端上來，快給我。」劉氏拿著一對滿綠翡翠鐲子戴到林棲手上。「我知妳家好東西多，這對鐲子是槿安他爹中秀才那年存錢買的，說是以後給子孫傳下去，就這麼一對，給妳了。」

林棲笑著應聲。「娘放心，我好好保管著，以後傳給您孫媳。」

「哈哈哈，我等著那一日呢。」

收了好東西，林棲給小叔子準備了見面禮，一個大木箱子，裡面裝著專門找巧匠訂製一套給小孩玩的木匠工具，還有魯班鎖、七巧板、積木等等。

這箱見面禮送到他心裡去了，宋子安連喊了兩聲嫂嫂，開心地悄悄跺腳。一家人被他可愛的模樣逗笑了。

林棲摸了摸他的頭。「我和你哥哥都盼你安康喜樂，快快長大。」

劉氏慈祥地笑，這個長媳，真是得她心意極了。

「喵～～」

一隻巴掌大的黃白相間的小貓在門檻外面，蹦了好幾下都沒進來，林棲過去抱起來。

「這就是你之前畫給我的那隻小貓崽兒？」

「嗯，就是那隻。在路邊撿到的，不知道是誰扔的。」

「可憐的崽兒，有名字嗎？」

「沒有，這幾日李嬸用米湯餵著，給口吃的罷了。」

「那以後這小崽子跟我了，名字就叫招財吧。」

宋槿安笑道：「妳取名倒是挺樸實的。」

「哼，我知道你心裡嫌棄我胸無點墨不會取名字。」

劉氏含笑道：「鄉下的土貓，好養活就成了，哪用得著取個雅名。」

林棲對婆婆撒嬌。「還是娘疼我，站在我這邊。」

「哈哈哈，你們兩個別鬧了，快去吃飯，別餓著。」

「聽娘的。」

春朝把飯擺在他們住的東屋，兩人邊吃飯邊聊，說起村裡的事，宋家族長和宋長庚家的事肯定要說。

「到我爹那一代為止，上頭幾代都是單傳，要論起來，雖然都是一個姓，也早出了五服。」

林棲明白他的意思，反正出了五服，得罪了也不要緊。喝了口白粥，她才道：「你知道沐城的知州是去歲才上任的嗎？」

「聽說過。」

「原本沐城的知州，官當得好好的，他家裡是安慶府人，瞞著他強買小地主的土地，逼死了人，地主家的小兒子偷偷上京都告狀成功了，知州後頭被貶為庶人才換了現在這個上任。」

他別有深意地看她一眼，她笑道：「我在沐城可是有鋪子的，生意人誰不指望坐在上頭的官是個好的，出了事可不是要打聽嘛！」

林棲遞給他一顆白雞蛋。宋槿安任勞任怨，把雞蛋在桌上磕了下，一邊剝蛋殼、一邊道：「老族長年紀大了，管不了多少事，下面的叔伯們私心太重，年輕一輩又還沒長成。」

「沒長成才好，你現在也只是個秀才，你們同輩正好一起進步。不過如果沒有共同利益，你想再多也沒用，人家不見得搭理你。」

自古以來，上位者都需大棒和大棗結合起來，才是長遠之道。

宋槿安沈默地把雞蛋遞過去，林棲翹起蘭花指接過，笑道：「看來你還要吃幾年軟飯呀。」

「煩勞娘子了。大家都知道妳是低嫁，能娶到妳是我的福氣。」

林棲眼裡都是笑，這個男人不知怎麼被教育長大的，身為古代人居然不好面子。

林棲也剝了顆雞蛋給他。「給你吃，吃完，我們去村裡走走，去看看老族長。」

兩人正說著話，外面鬧起來，宋槿安站起來，看向院子裡。「怎麼回事？」

春朝急忙跑進來。「不好了，小公子和人起衝突，被推到河溝裡去了。」

「什麼？」

夫妻倆忙跑出去，宋子安被婆子抱進來，眼眶裡含著熱淚，倔強地攥緊拳頭。

孩子下半身濕透沾了稀泥，就上半身還是乾的，林棲心疼壞了。「誰欺負你了？跟嫂子說，我幫你打回去。」

宋子安忍不住哇哇大哭，林棲捨不得，也不怕弄髒衣裳，趕緊過去抱他。

「不哭，不哭，被欺負了有什麼好哭的，嫂子替你把場子找回來。」

林棲身上黏了稀泥，也不去換衣裳，問清楚事情經過，知道是宋二家的小兒子欺負他，抱起孩子就出門。

宋槿安上前一步。「子安重，我來抱。」

宋子安不捨得，摟緊嫂子的脖子，不撒手。

「不礙事，我抱得動。」

林棲板著臉往外走，宋淮生跟在一旁道：「小公子喜歡主子送的小鋸子，拿著出去玩，咱們家出去右邊有一片小樹林，也不遠，站在門口就看得到，守門的小子忙就沒跟著，誰知道還沒走到樹林就碰上了那個霸王。

「我們家小公子才五歲，瘦瘦弱弱的，哪裡推得贏七、八歲的胖子，這不就被推到河溝裡去了。好險霍英反應快，還在推搡的時候就發現不對勁，飛身過去，才來得及抓住小公子。要不然，就算這幾日河溝裡水位不高，小孩淹水也不是好受的事。」

還未到宋二家門口，就聽到宋二家的潑婦罵街，說他們家狗仗人勢、為富不仁，她姪女王柳兒現在還沒回家，都是姓林的婦人從中使壞，見不得人好。

「柳兒長得如此乖巧，當不上富家公子的正房，我不信連個小妾都混不上。娶的兒媳是個爛心肝的，養的兒子也不是個好人，怪不得是個啞巴，都是老天爺懲罰的。劉氏家的小啞巴還敢欺負我家富貴？」

出門去送東西的劉氏聽到小兒子被宋富貴推到河裡，一時間天旋地轉差點昏了過去。東西也不送了，連忙往家裡跑，還沒到家，遠遠地就看到大郎和兒媳帶著人去宋二家，她也趕緊跑去，聽到宋王氏這番話，一向本分不與人交惡的劉氏忍不住了，衝上去就打人。

宋二家的做慣了農活，第一下就讓她躲過去，翻身就把劉氏按在地上。「好啊，妳家小啞巴欺負我家富貴，妳個不要臉勾三搭四的婦人還敢上門欺負我？老娘今天不打死妳，就不姓王！」

兩人廝打起來，劉氏身體較弱，一看就打不過，宋二家的大兒媳還在一旁幫忙，春朝幾人衝上去要拉開兩人。

林棲把小叔子往宋槿安懷裡一塞，捋起袖子跑過去，一腳踢翻宋二家的，把劉氏扶起來。

「哎喲，可疼死我了！哪個賤蹄子敢管老娘的事。」

林棲仔細看了劉氏一眼，臉上有個紅印子，頭髮散開了些，大體還好，這時候才有空收拾這個老虔婆。

「霍英，把王氏和她兒子宋富貴抓起來，送到縣衙，狀告他們謀殺。」

「是。」

霍英幾個護衛可不是婦孺，他們出手，就沒有宋二家的掙扎餘地，直接塞嘴拖走。

宋淮生機靈，趕緊跑回去趕來牛車到村口等著，將宋二家母子直接扔牛車上帶走。

宋二家的大兒媳嚇傻了，愣在當場，林棲也沒想搭理她，扶著劉氏回家。

熱血過了，劉氏回過神來，心裡慌張不已。「林棲，子安到底沒出事，咱們這樣把宋二家母子拉走告官，村裡人怕是不同意。」

族裡出了犯婦，村裡的名聲壞了，以後同族的孩子嫁娶都難，族老他們不會同意的。

宋槿安安慰道：「娘，子安沒事那是他命大，和壞人沒什麼關係，咱們家占理，不怕。」

「我擔心族長他們……」

林棲也道：「娘不用擔心，以後有他們求著我們的時候。」

林棲等人回到家，大大小小都要換洗，家裡被丫鬟安排得井井有條。反觀宋二家卻鬧嚷起來，雞飛狗跳的沒個拿主意的人。

婆婆和小叔子被抓走了，宋二家的大媳婦嚇得連跌帶爬地跑去地裡找公公和她男人，家裡一向被婆婆把持，婆婆被抓，家裡兩個男人此刻就跟無頭蒼蠅似的，還是旁邊地裡的人罵他們一句。「你那個腦子能想出什麼辦法來？還不快去找族長和村長。」

不用他們找，宋長庚、宋成以及宋家其他族老都到了宋二家，當前第一要緊事，就是趕緊把人攔下來，千萬不要告官。

宋成招呼幾個年輕人趕緊跑去縣裡攔人，他們帶著宋二去宋槿安家，希望看在都是一家人的分上，有事好商量。

不過他們去晚了，幾個宋家年輕人追上的時候，宋二家母子已經送到縣衙。

宋槿安和林棲夫妻倆都有默契，這次準備殺雞儆猴，誰的面子也不會給。

「長生他媳婦，有事好好說嘛！都是一家人，小孩子打打鬧鬧常有的事情，怎麼就說得上謀殺呢？這多大的罪名，誰能擔得起。」

「就是，王氏不是個東西，但是再怎麼說，大家也相處這麼多年，抬頭不見低頭見，何必呢！」

「對嘛，王氏是外面嫁進來的，她生的兒子總歸是宋家人嘛！」

宋家待客的正房裡，此刻坐滿人，宋家族老們還有幾個有體面的婦人都勸他們家息事寧人。

劉氏冷著一張臉。「我家大郎已經娶妻，以後家裡都是我家大郎和大兒媳作主，你們有事跟他們夫妻說去。」

屋裡的人愣住了，劉氏向來是個麵團似的人物，今兒怎麼突然硬氣起來了？

宋槿安和林棲牽著孩子進來，宋槿安面無表情地掃過幾個剛才說話特別大聲的婦人。

「我娘說得沒錯，你們想說什麼，跟我說。」

宋成一直抽著旱煙沒說話，等到這會兒屋裡的婦人們都不敢開口了，他才慢慢地說了句。「知道你家委屈，是宋二沒管好婦人，他家婦人沒教好兒郎，才讓宋富貴那小子如此不知輕重。這不，今兒叫你二叔給你們一家賠罪。」

宋二父子趕緊站起來，老實本分一輩子的漢子，粗糙的手都在發抖，嘴裡囁嚅半天，一句話都說不出。

宋槿安沒開口，此刻他也不能開口。

林棲輕笑一聲。「這是幹麼，宋二叔又沒犯錯，賠罪幹麼？誰有罪誰領罰。再說了，我沒記錯的話，在宋家村，我家五服以內的叔伯兄弟，好像沒有了吧，哪裡來的二叔？娘，我沒記錯吧。」說完，她故意看向婆母。

劉氏點點頭。「妳沒記錯。」

宋長庚一拍桌子站起來。「放肆，林氏，妳好大的膽子，妳這是什麼意思？想除族嗎？」

「呵，我只是提醒你們，就事論事，別想東拉西扯含糊過去。我娘性子軟，宋槿安放不下宋家的名號，我可不是。不客氣地說，我林棲有錢、有本事，帶著這麼多家產嫁進來，可不是來受氣的。以前的糊塗帳我不管，從今以後，誰想欺負我家的人，自個兒好好想一想後果。」林棲抬起下巴，倨傲道：「說到名號，你們宋家現在有什麼名號？好不容易出了個秀才，有些人嫉妒得眼睛都紅了，恨不得扯他後腿，最好把他功名除了去才高興是不是？」

一個族老氣得發抖。「放肆！放肆！林氏，妳簡直太放肆了，妳眼裡還有我們宋家嗎？」

林棲冷笑。「我眼裡當然有宋家，有我相公、我婆婆、我小叔子，這就是我眼裡的宋家。至於你們？呵呵。」

林棲說話太難聽了，屋裡的宋家人沒人受得住，拍桌子、摔茶碗，就差喊著要休了這個婦人，但是不知道為什麼，沒人敢喊出口。可能是外面院子裡站著一排護衛太嚇人的緣故。

宋成站起來，直視宋槿安。「你也是這樣想？」

宋槿安淡淡道：「我怎麼想的不重要，關鍵是看你們怎麼做。宋家，上面的管不住人，任由人胡鬧，糊弄著過日子，這就是你們要的嗎？」

宋成只覺得腦子發昏，後退幾步，要不是後面人扶住，只怕要摔一跤。

「可，不過是婦人間的小事……」

宋槿安冷聲追問。「小事？謀奪族人田產，意圖淹死人命，這在你們看來是小事？」

宋長庚怒吼一聲。「夠了！宋槿安，枉費你還是個讀書人，這就是你跟長輩說話的態度嗎？」

林棲蔑視他道：「王招娣那個蠢貨，一次又一次地出昏招，當誰不知道背後有你們家的手筆？你有空閒在我家叫嚷，不如回家問問你家婦人，這麼蠢的主意是怎麼想出來的。也不是一次、兩次了，估計你也問不出來，問不出來也不要緊，孟縣令秉公執法，肯定能問清楚。」

屋裡眾人倒抽一口氣，才想到攔人的小子們怎麼還沒回來。

宋槿安走到娘親身邊，轉身面對眾人。「也別吵了，既然咱們自己人管不了，就讓縣令大人管吧，總不會冤枉一個無辜的人。」

「宋槿安，你這是要打我宋家的臉啊！」一個族老激動地以枴棍敲地，敲得砰砰直響。

「自己教不好，放出去犯事了，總有人替你教。有這個時間罵宋槿安，你們不如想一想怎麼好好教導後輩遵紀守法做個良民。」

宋子安靠在嫂嫂身邊，看著屋子裡的這些人，突然之間，他覺得外面的人一點都不可怕了。

宋槿安冷眼看著，這些人心裡只有他們的面子、裡子，他弟弟站在這裡這麼久，都無人問過他是否安好，有沒有受到驚嚇或著涼生病，罷了。

屋裡陷入僵局，宋槿安心冷，這時候，小丫鬟進來報。「孟縣令來拜訪。」

什麼？縣令大人來了？

林棲大聲道：「是不是來跟我談修碼頭的事？我看這裡不是久待的地方，都要除族了，花那許多銀子修碼頭幹什麼？我家以後搬走了也用不上幾回。還是先把孟縣令請進來，別失禮。」

夫妻倆前後腳出門，宋子安趕緊跟著哥哥、嫂嫂走了，宋成目光緊緊地盯著劉氏。「修什麼碼頭？」

劉氏心裡有些虛，強撐著道：「我說了，我家是大郎和我兒媳當家，有事問他們去。」

曾氏著急道：「會不會是來說宋二嬸下牢獄的事吧？槿安家的和孟縣令家小姐關係那樣好。」

早知道會得罪這許多人，惹來這許多事，還不如早早處理王招娣那個禍害。

宋二父子倆茫然地左看右看，不知道幾個族老在商議什麼事。

桃源縣有桃溪，早幾年縣裡的路還沒修完的時候，就聽說縣令大人想徵召勞役淘河道，後頭地主老爺們無人肯再出錢，這才沒了下文。

那時候宋槿安的爹還在，為碼頭的事情專門跟他們說過，他們村離縣裡近，如果要修碼頭，他們宋家湊錢也要去碼頭占一個商鋪。以後靠著碼頭，無論是行商還是做苦力，總歸大夥也能多個出路。

好些年不提了，現在又提起來，難道有人肯出錢了嗎？槿安家的媳婦是個不缺銀子的，要是她出銀子摻一腳，那他們宋家是不是能占個先機？

這時候，無人再關心宋王氏母子倆是不是要下牢獄，他們只想知道，碼頭是怎麼一回事。

劉氏也不蠢，看出他們小心思，無論他們如何吹捧探問，她推說一概不知。

如今有兒子、兒媳撐腰，她現在也不怕外頭那些話，她忍不住想攆人，這些厚臉皮的村人，就跟聽不懂一般，死賴著不走。

一大早，孟元傑在縣衙處理公務，值班的小吏跑進來，說有人狀告謀殺，苦主和被告人都在衙門口等著。

他出去一看，這苦主凶神惡煞，被告人倒是個婦孺，還有個嚎啕大哭的小子，這倒是奇了。

霍英上堂拜見，把前因後果說了一遍，孟元傑一聽就知道是怎麼回事，也知道他的主家是林棲，正好藉這個機會走一趟，至於那個婆子，就先關著吧。

「你們二人昨日剛新婚，本官今日到訪屬實打擾了。」

宋槿安笑道：「內人和您家千金情同姊妹，孟大人不用如此客氣。」

林棲擺擺手讓丫鬟們退出去，她親自為貴客倒茶。「我聽倩娘講，孟大人最喜歡清茶，這是西南腹地送來的峨眉雪芽，孟大人嚐嚐。」

孟元傑笑道：「妳和我家倩娘同輩論交，也別那麼見外，叫我一聲叔叔我也擔得起。」

「聽您的，孟叔叔您覺得這個茶如何？」

「明前茶？」

林棲頷首。「沒錯，這才六月，那邊剛製好就送來，路上耽擱了一個多月。」

孟元傑輕嘆一聲。「巴蜀天塹難走，商隊帶著貨物從西南到淮安走一趟，一個多月算是快的。說起商路，我們淮安府有水路放著不用，真是太浪費了些。」

林棲遞了話頭，孟元傑順勢說到碼頭的事情，林棲也沒打太極，直接點頭答應出銀子，她還可以出主要資金，甚至還可以出帳房，但是說好建商鋪的地，必須白紙黑字地寫下契約給她。

「我孟元傑說話算數，妳叫我一聲叔叔，我肯定不會坑妳。但這個帳房是怎麼回事？」

宋槿安無奈道：「家家有本難唸的經，雖說我家和宋家其他人出了五服，但是畢竟祖上就一個姓，正好村裡有幾個算帳的好手，如果碼頭開始建，必定少不得帳房，我們厚臉皮要幾個名額，也是想給村裡人多條路子，也鍛鍊年輕人。」

孟元傑笑道：「你說話倒是老成。不過帳房這事……」

林棲接著道：「縣衙的帳房肯定管總帳，村裡的人肯定不會讓你們帶，我會另外從淮安撥幾個老帳房和管事過來幫忙，這些人不拿工錢，宋家村的人只是跟著他們打下手。」

孟元傑笑著搖搖頭。「你們兩個，什麼話都讓你們說全了。行了，話都說到這兒了，本官就應下了。林家是出錢的大頭，你們家帳房幫著管帳，總比外頭招來的讓人放心些。」

「多謝孟叔體諒。」

孟元傑只知道林棲會做生意，和他家姑娘交好，對於她的家世背景皆不清楚，這次既然特意來一趟，他有心問上一問。

林棲挑揀著說了些，孟元傑聽她說到國色天香，追問道：「國色是京都那家做衣裳訂製的鋪子？天香是那家香料鋪子？」

林棲點點頭，笑道：「沒想到孟叔還知道這些。」

孟元傑看她的眼神變了，能不知道嗎？國色靠著給婦人裁剪縫製衣裳名動京都，官家女子出席宴會如果能穿一身國色的衣裳，那可是非常招人羨慕的。天香更是不得了，賣的香料都是其他香鋪沒有的，最貴的幾種香，據說是十兩黃金一兩香。

林棲見他一副後悔要錢要少了的模樣，連忙說：「別看國色天香東西貴，但是賣的量少，真沒有你們想的那麼賺錢。何況我只是參股的，也分不了多少銀子。」

「當真？」

「我還能騙孟叔不成。」林棲面不改色，她每年要給老師傅分紅利，說自己參股也沒說錯，參股九成罷了。

「據說國色做的衣裳別出心裁，裡面很多布料是從極西之地販運而來，好東西都是有數的，出貨量不大。天香的那些貴價香料也是如此。兩家鋪子背後的主人是個厲害人物。」孟元傑也好奇，或許哪日回京都，藉著林棲的關係，說不定能見上一面。

林棲一本正經地點點頭。「這也沒說錯。」

國色天香背後的主人不明，剛闖出名聲的時候，有個后妃家族的紈袴子想占人家的產業，那掌櫃也是個愣頭青，直接把人告了，還放出話去，誰要想奪他家主子的產業，大不了鋪子不開了。

說到京都就打開話匣子，孟元傑說起他家姪女在國色訂了一套嫁衣，要等明年正月成婚前一個月才拿得到。

林棲記性好，她看過國色的帳本才不久，孟元傑一說，她就知道是哪家，也弄明白孟元傑的倚仗，就是孟家現在官位最高的大哥孟元遲，官拜正二品工部尚書。

難怪孟元傑在桃源縣為官幾年最喜歡修路，經過宋家村這條大道連通隔壁縣，就是他來桃源縣第二年修的。可以說，他在任五年多，桃源縣周圍幾條道都修了一遍，現在還要修碼頭。或許這是跟他大哥工部尚書學的吧。

孟元傑是個健談的人，宋槿安雖然只是個秀才但見識不凡，林棲知道的就更多了，孟元傑談興正濃，這會兒時辰不早了，林棲就留他吃午飯。

午飯也沒去正房吃，宋家那群人還在正房晾著，三人就在東跨院的小花園裡用飯。

宋家的房子原本是個規整的二進院子，東廂房後面有一片地，宋長生在的時候種著些花草、果木。因為這裡靠山，經常有些野物下山搗亂，索性在東廂房後頭圈了個院子，還修了一間房出來作書房，今天他們夫妻就在東跨院這裡招待孟元傑。

用完午飯，孟元傑才說起那個案子，說到底他們家人沒出事，狀告謀殺也判不了，最多罰打幾個板子。

「都是一家人，我們也沒想過要置人死地，只是那家子委實不講理了些，就想敲打敲打他們，以後也少給族裡惹事。」宋槿安不好說話，但林棲是女人，說起那些事情簡直太順口了，說完還要嘆息一聲。「我婆婆是個軟性子，加上在家守寡，不好和人衝突，以至於……」

「本官知道了，回頭給他們點教訓，關幾天也就是了。」

林棲投桃報李。「一會兒我寫封信，把帳房、管事都叫來，快的話，七月您就能開始修碼頭了。」

孟元傑笑呵呵道：「七月初著急了點，怎麼著也要等到七月中旬。」

「看孟叔安排，等我家帳房到了，就送銀子到縣衙。」

都是聰明人，談好條件後，孟元傑也不多留，夫妻倆送他出門。

走之前，孟元傑還專門跟宋槿安說了兩句。「你拿了小三元是幸事，但以後也要勤奮讀書，日日有所得，不要耽擱在日常瑣事中，誤了前程。」

宋槿安拱手道：「多謝孟叔指點。」

孟元傑笑著點頭，一副孺子可教的表情。「本官家裡有一本奉山書院掌院寫的《春秋集注》，回頭我叫人送來給你，望你好生研讀。」

「多謝孟叔，我一定好好讀。」宋槿安激動地行了個大禮。

孟元傑笑著對他們兩人道：「我看著你家好像還有客，別送了。」

目送孟元傑的馬車走遠，林棲才問：「正屋那些人呢？」

春朝上前一步。「婦人們都回家做飯去了，幾個族老，還有宋長庚和宋二一家還在屋裡。」

宋槿安問道：「娘還在正屋作陪？」

「一開始陪著，到飯點的時候，丫鬟找了個藉口把夫人請出來，這會兒夫人和小公子用飯完該是在歇息了。」

「看看，有利可圖，這些人肚子餓都顧不上。」

宋槿安拉著她的手。「一會兒妳別說話，讓我說。」

「好，您是一家之主，該您說。」

宋槿安瞥她一眼。「我做壞人，妳做好人，妳還有什麼意見？」

林棲哈哈笑，扶住他的胳膊。「走！」

宋槿安笑了起來。「別鬧，站好，好好走路。」

第六章

夫妻倆徑直走進去，分別坐在上首主位，一點也沒給屋裡的人留面子。

最注重尊卑的族老們，此刻坐在下首，只淡淡看了他們一眼，無人指責他們不尊老。

丫鬟進來送茶，送完茶出去，夫妻倆端起茶杯喝了口，這會兒換了紅茶，飯後喝養生，味道不錯。

大家都憋著不說話，宋成嘆息一聲，提起精神看向兩人。「碼頭的事情，是個什麼章程？」

宋槿安放下茶杯。「碼頭的事情先不談，說說宋二叔家的事。孟大人說了，宋二嬸和富貴不會下牢獄。」

宋二高興道：「什麼時候放回來？」

林棲說：「等著吧，她作惡不少，雖說不會下牢獄，但是壞了風氣，孟大人準備關她幾日以示懲戒。」

「什麼？」

宋二慌了。「不是說不下牢獄嗎？」

林棲笑著道：「宋二叔您不知道，縣衙後堂右邊牆角修了一排房子，專門關押那些做了小惡又不至於下牢獄刑罰的罪人，還有些待審的輕犯都是關在那兒。」

宋長庚冷笑道：「誰不知道妳和孟縣令的關係，好好的沒犯罪還要被關，說不定就是妳的主意。」

林棲輕笑一聲。「宋村長說這話，是指責孟大人冤枉好人，執法不公？」

「妳……」

宋成冷冷看了宋長庚一眼，宋長庚只能閉嘴。

宋成這才說道：「關幾日也好，讓她長長記性，等人放出來，送回她娘家去。整日在宋家村攪風攪雨，恐怕石磨村更合她心意。」

宋成死盯著宋二。「你記好了，等王招娣出來，你若敢叫她進門，你就滾出宋家村。」

宋二默默地低下了頭。

宋成看向宋槿安。「這樣如何？」

「族長公道。」

「呵，既然滿意了，那就談修碼頭的事吧。」

今日談過之後，兩夫妻都明白，孟大人下一任恐怕不會走，修碼頭也勢在必行。今天打了宋家人的臉，大棗也該給了。

宋槿安淡淡道：「孟大人今天就是來談修碼頭這件事，林棲捐了錢，跟孟大人要了幾個名額，宋家可以選幾位年輕人出來，跟著管事和帳房打下手，能學多少就看他們自己的本事了。」

「當真？」宋成表情激動。

林棲點點頭。「孟大人答應了。」

宋長庚找碴。「說是給名額，人家師傅不教有什麼用？修完碼頭回來還是個泥腿子，碼頭旁邊的商鋪有咱們一間嗎？」

「他們跟的師傅是林棲的人。」宋槿安看了宋長庚一眼。「要商鋪就自己去買，難道還等著別人白送給你不成？」

宋成回頭瞪著宋長庚道：「這裡沒有你說話的分，不樂意待著，就滾出去。」

宋長庚當場被下臉面，氣憤地扭頭就走。

屋裡剩下幾個人，都是能好好說話的人，他們也不貪心，藉著宋槿安媳婦的門路培養家族子弟不怕人說，貪鋪子就不合適了，他們也要臉面。

後面就是商量該選哪些年輕人去，宋槿安建議最好是識字的人，要不然跟去幹什麼？

幾個族老面面相覷，宋槿安他爹在的時候，雖然在村裡開了兩年識字班，「三百千」讀通的人也沒幾個，最多不過是認得一些常用字罷了。

「想去的人抓緊時間學，現在村裡的年輕人，我看宋問、宋明、宋觀可以，腦子靈活，嘴巴會說，師父們肯定也樂意帶。」宋槿安首先屬意這三個。

「宋舉那小子……宋舉他家有些不像話，他小子雖傲氣了些，脾性還行，要不也把他算上？」

另一個族老幫忙說話。「咱們宋家年輕一輩裡，扒拉幾個來回，他都算是拔尖兒的。」

宋槿安道：「幾位族老誤會了，我並不是不支持他去，只是他還要走科舉，我讓他去，他也不見得看得上。」

「這個我去跟他說，就算要科舉，在家讀死書有什麼用，還是要出去多見識，知道些人情世故。」

宋長庚氣沖沖地跑回去，潘氏連忙迎過去。「談得怎麼樣了？王招娣什麼時候放回來？」

宋長庚正在氣頭上，想到在宋槿安家被兩個小輩指桑罵槐，氣得猛搧潘氏一巴掌。

潘氏捂住臉不敢相信，她都是有兒孫的人了，這個老不死的居然敢打她，於是她一屁股坐地上，眼淚直流。「老天爺，祢開開眼啊！我潘氏可是給他宋長庚爹娘養老送終過的，給他養育一窩兒孫，他個老不死居然這樣對我啊！祢還不打雷劈死他……」

屋裡的兒孫不敢出來，宋長庚怒吼一聲。「夠了！王招娣去縣衙坐牢，把妳供出來妳也滾去坐牢，老子明天就把妳休了！滾回妳潘家去！」

潘氏就跟被掐了脖子的鴨子一般，不敢再嚎。「王招娣真的把我招出來了？」

宋長庚氣得過去一腳踹翻她。「妳這個眼皮子淺的婦人，貪心不足，腦子蠢笨，我家都被妳害慘了！」

「夠了！」宋舉走出去扶起祖母，盯著祖父。「您敢說祖母做的事，您一點都不知道？以前不言語，這會兒出了事全怪罪在我祖母身上。」

宋長庚輕蔑道：「想替你祖母出頭，我不攔著你，你自己前程不要了？這次你祖母把宋槿安得罪死，以後你還想不想有出頭之日？」

宋舉站得筆直。「錯了就錯了吧，我去替祖母道歉，求他原諒。」

潘氏眼淚鼻涕糊了一臉，死死抱住孫兒。「不去，咱們不去。你以後可是要當大官的人，怎麼能給一個小小秀才道歉？咱們不去，我沒錯，都是王招娣那個女人想把劉氏家的地弄來貼補娘家，後頭沒弄到就恨上了她家，不關我的事。」

宋長庚冷哼。「老的、小的一樣蠢。」

宋舉說到做到，這會兒被祖母攔住腳，傍晚的時候，還是去了一趟宋槿安家。

這會兒一家人剛用完晚飯，在院子裡閒聊，聽到宋舉上門，林棲和劉氏帶著孩子去跨院，把正屋留給他們。

「我是來為我祖母做的事道歉，對不住了。」宋舉低下頭。

宋槿安沒說什麼，只叫他過去坐。「春朝，上茶。」

宋舉原本以為的羞辱，一樣都沒發生，沒想到宋槿安還請自己喝茶，他愣了一瞬，自己走過去坐下，端著熱茶，不知道該不該喝。

宋槿安沒理會他，只說道：「正好有件事跟你說，下個月縣裡要修碼頭，咱們宋家要送幾個小子去打下手，宋問、宋明他們都去，想問你去不去？本來以為你要一心讀書，沒工夫理會這些，但到底是個機會，還是當面問問你的意思。」

宋舉連忙道：「我想去！」

宋槿安有些詫異。「真去？不讀書了？」

宋舉苦笑。「雖然我不肯承認，但是我知道，我現在的水準考不上秀才，以後不知道還要讀幾年才能去試一試。我年紀也不小了，總要養活自己。」

宋槿安沒再多問。「既然如此，那你就去。」

「多謝！」

此刻，宋舉心裡真不是滋味，又好似如釋重負，承認自己不如人，彷彿讓他心裡放下了一塊大石頭。

翌日，桃源縣要建碼頭的事在宋家村傳得人盡皆知，要選幾個宋家的年輕人跟著帳房、管事打下手的消息也傳了出來。

村裡幾個最喜說長道短的婦人都被警告了一遍，事情還沒落定，她們要是敢把消息傳出宋家村，就都休回家去。

這會兒沒人再說宋槿安夫妻行事太霸道，不顧念同族情分，反而都盼著自己家的人都能選上，以後過上吃香喝辣的好日子。他們趕緊回去把墊桌角的《三字經》翻出來，能多認識幾個字，好被族老們看重。

宋舉和宋問兩個正經讀過書的人就成了香餑餑，這一天他們家都收了一籃雞蛋，都是來家裡請教識字的人送的。

宋舉昨日去道歉的舉動讓宋長庚沒臉，今日也不搭理他，一早下田伺候秧苗去了，隨便他怎麼折騰。

宋子安一早起來用早飯，沒看到嫂嫂，便拿著雞蛋，慢吞吞地往東廂房去。

宋槿安攔住他。「別鬧你嫂嫂，一會兒就來。」

李嬸笑著說：「小郎昨兒鬧著要和少夫人睡呢，晚上在東屋門口站了好一會兒，大郎沒讓他進，今兒一大早起來又去東屋外頭站著，被大郎抱回他屋裡睡了個回籠覺，這會兒醒了又念著少夫人。」

劉氏無奈道：「就算喜歡你大嫂，也別這樣守著，你大嫂事忙，哪有空這樣陪著你。」

林棲笑著走進屋。「子安想我啦？」

看到大嫂，宋子安眼睛一亮，小跑過去撲到林棲懷裡。

林棲一下抱起他。「咱們子安要多吃點喲，怎麼比小娘子還輕呢？」

宋子安忙點頭。「我吃。」

劉氏和宋槿安都笑，這小子今兒怎這麼聽話。

林棲抱著他坐下。「咱們子安真乖，明日大嫂去縣裡，帶你去玩。」

劉氏遲疑道：「不合適吧？回門帶著小叔子惹人笑話。」

「沒事，都是親人，舅舅、舅母他們不會介意，子安這麼乖，他們見了肯定歡喜。」

林棲沒說錯，張毅和姚氏這個年紀，就是盼著家裡小輩趕緊成婚生子，讓他們能享受含飴弄孫的樂趣，可惜家裡兩個兒子，大的都快弱冠了，還不成親，說是沒碰到看對眼的人。今日看到宋家小兒郎，乖乖地拉著他大嫂的手，站在一旁，一看就是好孩子，姚氏連忙叫丫鬟裝些小孩能吃的點心來。

「親家母真會養孩子，槿安玉樹臨風、文采不凡，小的也是這般乖巧可愛，真是生來報恩的，不像咱們家兩個，生來報仇的。」

張紹光蹺腿坐在一旁嗑瓜子。「稀罕孩子就稀罕孩子，可別藉著由頭罵我。」

姚氏給兒子一個白眼。「哼，懶得搭理你。」轉頭又對子安笑道：「小子安，快過來舅母抱抱。」

宋槿安摸著弟弟的肩膀說：「這是舅母，快叫人。」

宋子安叫了聲。「舅母。」

「哎，真是乖孩子。」

林棲跟著笑，這小叔子，誰看了都喜歡。

張毅對宋槿安夫妻倆說：「我們在這兒也耽擱許多時日，明日我們就回去了。」

「舅舅、舅母先回，估計月底我們會去淮安，槿安下月初要考府學。」

「甚好，以槿安的學識肯定能考上，我們在淮安等你們。」

姚氏抱著孩子問道：「你們兩個去淮安了，妳婆母和子安怎麼辦？」

「我們今兒早上跟婆婆說過了，婆婆不願意去淮安，還是想住在家裡，說不想給我們添麻煩。」

「估計妳婆母心裡還是放不下妳過世的公公。」

宋槿安剝了一把瓜子給林棲，抬起頭道：「娘這些日子情志舒展了許多，心裡舒坦，想必在家也會過得好。娘說桃源山上的凌霄道長和她投緣，她會經常去山上走走。」

「那也好，林棲別忘了留下幾個伶俐人兒照顧妳婆母。」

「嗯，春朝我要帶走。我打算把吳嬤嬤留下，吳嬤嬤是家裡經年的老人了，有她在，一是可以照看婆母，總管家裡事務，二是可以照看我師父。」

「妳考慮得很妥當。」

張建業問了兩句修碼頭的事，林棲說了自己的打算後，張紹光不顧宋槿安在，冷哼一聲。「又窮又規矩多的大家族麻煩事一堆，妳倒是有閒心幫襯。」

宋槿安面露抱歉。「跟舅舅、舅母、兩個表哥告個罪，我拖累林棲了。」

林棲霸氣地握住他的手。「不是說男主外、女主內嘛！你家那一檔事，我能搞定，小事情，不用放在心上。」

宋槿安看著她，眼裡都是笑意。「那可不，總歸不會比經營國色天香麻煩。」

張紹光一下從椅子上跳起來，指著林棲道：「妳個沒心眼兒的，妳連底都透給他，不給自己留退路了？」

張毅罵了兒子一句。「多大的人了，說話還這麼不著調。你表妹、表妹夫兩個人的事，要你多嘴。」

宋槿安誠懇表態。「現在我已經占了林棲許多便宜，林棲的生意我也無意插手。」

「哼，你知道最好。」

姚氏氣得四處找棍子要揍孩子，這張破嘴遲早要惹來大麻煩。

宋子安伸出小手，拍拍她的手背。「舅母，不氣。」

姚氏一張臉瞬間笑成一朵花。「看到這麼乖的子安，舅母就不氣了。」

張家人第二天走，劉氏也帶著兒子、媳婦來相送，兩人手握著手，姚氏讓她有空去淮安走一走，看看熱鬧。

劉氏點點頭，目露不捨。自從夫君去世後，這麼些年，親家和她最談得來，這一走，以後見面的機會就少了。

送走張家，吩咐人送娘親和幼弟回去，宋槿安去了趟石夫子家，和季越、孫承正、石川三人商量，預備月底出發去淮安，七月五日開考，他們要留些時日溫習。

「我覺得甚好。」

「我們縣裡這次考中六個秀才，其他兩個聽說已經去淮安了，不過他們排名很靠後，進府學的機會不大。」

孫承正嘆氣。「再靠後，有我靠後？」為了不被槿安落下，中了秀才回來，除了成親那幾日，其他時間他都在家閉門苦讀，作夢都擔憂自己考不中。

宋槿安笑著看他一眼。「所以我給你送好東西來了。」

「什麼好東西？」

宋槿安從懷裡掏出奉山書院掌院寫的《春秋集注》，孫承正都以為自己看錯了，確定自己沒看錯，才大叫起來。

「槿安，我的真兄弟！」

季越羨慕得眼睛都紅了，他也想抄錄一本。

「我也是從一個長輩處得到的，既然拿出來，就是有心給大家抄閱。」

石夫子滿意地點頭，槿安這個胸襟在場幾個無人能比，哎，要不是他學識不夠，真想收為關門弟子。

孫承正不顧形象地抱著宋槿安道謝，季越和石川也說了許多感激的話。

宋槿安拍了拍他的胳膊，讓他別鬧，他轉頭問夫子。「聽說夫子被請到縣學任教？私塾以後還開否？」

石夫子知道這個消息也才兩、三日，還不曾對外說，沒想到宋槿安就知道了，石夫子感慨了下這弟子現在的人脈，才應了聲。「我精力有限，去縣學任教，私塾恐怕開不了了。」

默認的規矩，當地秀才如果自己不去縣學讀書，可以有個推薦名額，宋槿安藉機要了兩個名額。

石夫子想了想，應下了。一來他是小三元，到底和一般秀才不同，二來他初次去縣學任教，厚臉皮多要個名額，縣學那邊應該會給面子。縣學不像州學、府學，學子本就不算多。

「多謝夫子。」

石夫子擺擺手。「縣學名額鬆，這都是小事。你們四個考府學才是大事，別輕看了。」

「我等知道了。」

宋家村。

外管家宋朴帶著從各處商鋪調來的管事和帳房，已經到了桃源縣宋家別院，頭一件事就是把帶來的銀子送進縣衙交差。

林棲跟宋朴交代這些事，不知不覺就傍晚了，宋槿安從夫子家出來後去了別院，就在別院門口專程等她。

林棲帶著一干丫鬟、婆子、護衛走出來，笑盈盈道：「久等了吧。」

宋槿安一臉笑意。「不久，咱們歸家吧。」

林棲不顧還在外頭，藉著袖子遮掩，去牽他的手，被他反手握住。她仰頭看了眼天空，又看他。「今兒天上的彩霞真好看呀！」

「嗯。」

孫承正站在他家大門口看了眼，扭頭回屋裡跟娘子說話。宋槿安那小子看著挺正經的，沒想到居然會接娘子回家，還偷偷牽手，木頭開竅了！

剩下的日子不多了，林棲交代宋朴把帶來的幫手安頓好，又把他介紹給宋成，將宋家選出來的年輕人，由兩人分配給管事和帳房帶，她趕著回去收拾行李，就不久待了。

宋槿安一早叫宋問和宋舉去家裡，給他們一人一封推薦信，如果他們有意，可以去縣學就讀。

信封沒有封口，宋問當著面拆開，驚喜道：「我一個白身去縣學，他們也肯讓我進？」

宋舉沒好氣道：「知道自己是白身就多努點力，進去丟了臉，別人只會說宋家的人不行，走後門。」

「哼，你厲害，我看你以後能不能當縣學第一。」

宋舉把推薦信都攥皺了，他很珍惜這個機會，咬牙倨傲道：「我會努力！」

現成的機會擺在面前，他腦子沒問題都不會往外推，只是，他又欠了宋槿安一份情。

宋問大剌剌地坐下。「我現在讀的那個私塾夫子只會搖頭晃腦地教我們背書，沒啥大用，有機會去縣學，那我肯定去。但是……嘿嘿，我也想去修建碼頭，不知道能不能跟縣學請假？」

「縣學管得不算嚴，只要你們考試能通過，跟掌院稟告清楚，未嘗不能請到假。」

「行吧，那我就去了！槿安，謝謝呀！」

宋舉也跟著道了聲謝，只是他性格彆扭，還沒辦法像宋問一般坦然接受人家對他好。

宋槿安不在乎這些，他願意給他們推薦信，不過是看在同族的情分上罷了，如果不是他們，是宋家其他稍微有點讀書天賦的人，他也會伸手。不求其他，只希望他們能帶著族人明事理，少惹事。

六月二十九，天氣晴朗，微風習習，適合出門遠行。

劉氏帶著小兒子，送到村口，林棲再次問道：「娘，真的不跟我們去？咱們在淮安有宅子住，你們去也能住。」

劉氏捨不得大郎和兒媳，但還是搖頭。大郎是去淮安讀書，住媳婦家的宅子，別人也說不出什麼來，可是她當婆母的帶著小兒子一起住進去，她心裡不安，也怕別人說三道四。

「我在家住得挺好的。大郎要讀書，妳要照看鋪子，我就不去添亂了。」

宋槿安最知道母親的心思，溫聲道：「如果考上府學，以後我一旬才能休一天，恐怕沒時間常回來看娘和子安，娘想我了，就叫護衛送你們去淮安住幾天，也陪陪我。」

「哎，娘想你了就去。」

林棲蹲下身，摸摸宋子安的小手。「除了認字，要記得多吃飯，好好跟著護衛鍛鍊身體，爭取下次別人推你的時候，你能反推回去，讓他們摔個狗吃屎。」

宋子安乖乖地點點頭。「嫂嫂，我知道。」

看他乖巧的樣子，林棲心尖都軟了，抓緊時間抱一抱他。

宋槿安溫柔地看著妻子和幼弟。「走吧，時辰不早了，別讓承正他們等急了。」

林棲鬆開宋子安，擺擺手，上車走了。

見夫人紅了眼眶，吳嬤嬤連忙勸道：「淮安離咱們這裡不遠，要是想見面，咱們套上馬車就去，一早走，下午也就到了。」

劉氏更加惆悵了。「淮安確實不算遠，等到大郎以後真考上進士當官了，天南地北的，不知道被安排到什麼地方去，那時候想見都見不著了。」

「以後的事，以後再煩憂，這幾日家裡沒什麼事，夫人不妨去桃源山上散心，凌霄道長肯定盼著您呢！」

劉氏笑著拍拍她的手。「難為妳了，家裡一堆事，都要妳操心管著。」

「夫人哪裡的話，這都是奴婢該做的。」

「咱們年紀相仿，別說什麼奴婢不奴婢的話，咱們家裡沒那麼多規矩，就自稱我吧。」

「聽夫人的。」

李嬸沒說話，跟在娘子身邊，間或看一眼這個吳嬤嬤，都是當下人的，人家怎麼這麼會說話呢？

宋家車隊到了縣城，季家、孫家、石家的人都等著他們。到了之後，男人們打了聲招呼，女眷們都沒下車，車伕就趕車上了官道。

中午一行人停在一個縣城用午飯，宋槿安扶林棲下馬車，另外三家女眷已經在等他們。一位衣著銀紅色上衣、胭脂色下裙的婦人朗聲道：「林娘子，快些來，聽店家說今日買了兩條大鯽魚，咱們運氣好可是碰上了。」

「這就來。」林棲丟下宋槿安，走進女人堆裡。「這位妹妹穿得真是好看，請問貴姓？」

「哈哈，我是孫承正的娘子，家裡人喚我如意，妳們也這樣叫我吧。我家就住在妳家別院隔壁，妳和宋秀才成親，我們還去了，不過那日妳忙，咱們也沒有見面說上話。」

許家和孫家都是做生意的，許如意和孫承正從小就認識，可以說是青梅竹馬，有孫承正這個調皮的人帶著她，她從小性子就爽朗，很有些商戶出身小娘子的秉性。

相比之下，季越的娘子雲嵐家裡也是行商的，她的性格就內斂許多，不太肯跟人說笑，許如意向林棲介紹她，她也只是矜持地笑了笑。

石川的娘子梅蕊，和石川是表兄妹關係，兩人從小訂親，因為石家有石夫子這個秀才，家裡專門請了懂規矩的女先生教導她，尤重禮儀。

林棲是個會說話又有眼力的人，從下馬車的院子到酒樓大堂這段路，就摸準三人的性格。

啟盛朝風氣還算開放，女子可立女戶，還可經商做生意，但是他們四家女眷才相識，縱使郎君是同窗，也不好坐下一起用午飯，所以席分兩桌，男女各坐一桌。男人們聊著讀書學業，女人們則聊著淮安的吃穿住行。

四個女眷，除了林棲之外，只有許如意跟著爹爹去過一次淮安城，淮安城的吃穿用度可比桃源縣貴多了。

梅蕊小聲道：「走之前我爹爹和公公商量過了，今日到淮安，我們先找間客棧落腳，等到考試有結果了，再考慮住處。」

許如意忙不迭地點頭。「租賃院子可要好好打聽清楚，在咱們縣裡，中等的院子，五、六間房的格局，賃一個月也不過半貫。淮安城沒有兩貫錢，別說這樣中等的院子，差一點的都租不上。聽說府學的學生大多住在外頭的文芳街，那裡的價格就更貴了。再算上一家子吃穿用度，每月花費可不少呢！」

其中三人家裡都是有鋪子，唯獨石家夫妻手頭較緊一些。

「為了相公讀書，也是沒辦法的事。」梅蕊眉頭微蹙，心裡計較著身上帶的銀錢，如若相公考上府學，她少不得要做些針線補貼家用。

許如意看著林棲微笑。「聽說妳家是淮安的，想必是不缺宅子住。」

他們三家出行，最多帶上一個婆子、一個丫鬟，再有就是相公的書僮，加起來最多就四、五個人。只有林棲出門拉著好幾輛大馬車，丫鬟、婆子五、六個，還有十二個身高體壯的護衛跟隨，和他們這樣的小富之家很是不同。

林棲大方地點點頭。「我家在淮安有別院，房子寬敞，離城南府學還近，你們如果樂意，不妨去我家住幾日，等到府學考試之後再打算。」

說這話的時候，林棲抬高了聲量，隔壁桌的四人都聽到了，宋槿安也出言邀請他們去住幾日。

孫承正嘿嘿笑道：「就等著你們夫妻開口呢，我就說嘛，去什麼客棧，不過幾天的工夫，還不如住你們家方便，咱們也好一起讀書。」

宋槿安最欣賞孫承正為人敞亮，也笑著道：「今日到淮安安頓好，明日咱們就閉門讀書。」

石川和季越拱手謝過，孫承正則替宋槿安倒茶，請他幫忙畫重點，那求救的模樣逗得三人笑出了聲。

相公都應下了，許如意、梅蕊和雲嵐都謝過林棲，直說打擾了。

三家人只知道林棲在淮安有院子，孰料，傍晚到林家別院的時候，看到院子裡的亭臺樓閣、流水湖泊、荷葉田田，這哪裡是他們想像中二進、三進的別院啊！

孫承正嫉妒地重重拍了宋槿安一巴掌。「你娘子真有錢，這個院子怕是有一千畝吧！」

宋槿安也是第一次來，笑著搖搖頭。「我不知。」

翌日一早，用過早飯後，林棲還有事要外出，便囑咐春朝照看好客人。離開之前，林棲跟宋槿安說：「咱們都來了，肯定要去舅舅、舅母家一趟，他們白日裡忙，咱們傍晚去蹭飯。」

「嗯，出門在外注意安全，早點回來。」

林棲裝作不經意地伸手快速摸了他的下巴，摸完就跑，急忙甩下一句話。「中午我不回來。」

看她帶著一群人出去，留他一個人在屋裡，宋槿安輕笑一聲，怎麼看，他們家現在都像是女主外、男主內的模樣。

宋槿安重新打起精神，去書房等同窗們。孫承正、季越、石川也起得早，在屋裡用過早飯後，也趕緊去書房讀書。

許如意、梅蕊、雲嵐三人聚在一起，商量後決定出門走一走，去淮安最繁華的主街上看看，再去府學外面的文芳街詢問賃房子的價格。

春朝今日沒有跟著主子出門，知道三位秀才娘子的安排後，她叫來宋朴的娘子杜氏陪她們出去，還叫了兩個護衛一路護送。

春朝恭敬地笑道：「早上主子走之前吩咐我們，一定要伺候好秀才娘子們。杜氏是我們家二管家的娘子，也是宋淮生的娘，她對淮安很熟悉，妳們外出看房子盡可以找她。」

許如意大方地答應下來，梅蕊和雲嵐也沒再推脫，由杜氏引著出門了。

送走三位女客，春朝去別院西邊三層樓的金銀樓辦事。

春朝剛走到門口，在金銀樓值班的小丫鬟馬上笑盈盈地迎過來。「春朝姊姊，您來了，快進來，宋大管家半刻鐘前使人送了冰來，這會兒您屋裡已經涼快了。」

春朝笑著道：「也就是咱們主子體貼下人，暑日裡才這樣好過。」

「那可不，能跟著主子可是八輩子修來的福氣。」小丫鬟又說：「昨兒北方來了人，管事嬤嬤把人安頓在西角門外的院子裡。」

林家別院的西邊建了一座金銀樓，牆角的地方開了個角門，方便來家裡匯報工作的管事進出。西角門外街對面一排院子，也都是林家的產業，專門安頓林家的下人。

春朝正色道：「我去二樓等著，妳去請人進來。」

「欸，這就去。」

春朝是林棲身邊專門管總帳的內管家，來找她的人也多是被派出去巡查的帳房。春朝接到北邊送來的帳本，不敢相信，主子回來才不過幾個月的工夫，帳上居然欠著二千兩銀子，這像話嗎？

春朝合上帳本。「這帳在我這兒過不了，等主子回來，你跟主子匯報吧。」

那人著急道：「不成啊，那邊等著用銀子，老爺說讓主子再給一萬兩，叫我早日送回去。」

春朝瞪大眼睛，老爺不好好在極北之地躲著休養生息，要這麼多銀子幹麼？這件事她更是管不了，一句話，等主子回來吧。

被手下人惦記的林棲，這會兒秘密地去淮安城外一處民房，不大的院子被泥牆圈起來，三間茅草屋看著破落，屋頂的茅草應是去歲換的，經過一年的風吹雨打已經腐朽了。

走進屋裡，看到屋頂破漏洩下的陽光，林棲皺眉。「怎麼把人安頓在這兒？」

霍英站在一旁道：「這丫頭死倔，不肯跟我們走。」

聽到動靜，滿身是傷的韓霜醒了，還沒睜開眼睛，渾身疼得她差點又暈過去。

「她被人追殺跑到懸崖邊，我們在邊上等著，等她跳下懸崖的時候，把她救了下來。」

「看清楚追殺她的人了？」

「領頭的那個人腰上戴著令牌，單一個李字。」

林棲站在床前，看著被包得跟粽子似的人。「就這樣還能倔呢？」

韓霜睜開眼，目露凶光。「妳是誰？」

「救妳的人。」

霍英拿來一張椅子，林棲坐下，認真地看著她。「我救妳一命，以後妳的這條命就是我的，我還差一個女護衛，妳就給我當打手吧。

「怎麼，裝死不說話？我跟妳說，這一套在我這兒行不通。妳看看霍英，當年我救他一命，他這輩子都要給我做牛做馬，妳以為能不答應？我可不是做慈善的。」

韓霜生無可戀，閉上眼睛。「你們還是殺了我吧。」

「呵呵，妳知道為了救妳，我在妳身上用了多少好藥嗎？妳知道為了救妳，我間接得罪了李家嗎？」

韓霜睜大眼睛。「妳知道李家？」

林棲淡淡笑道：「天下姓李的人那麼多，誰還不認識幾個姓李的。」

沈默了許久，韓霜捏緊拳頭。「我答應妳。」

「早答應不就好了，這麼熱的天還要麻煩我跑一趟。」林棲站起來，走到門口，停下腳步。「霍英，把人送到別院養著，找個好大夫幫她調養。」

上馬車後，林棲掀開簾子，對霍英說：「你幫我去外面找兩個厲害的大夫回來。我這麼有錢，不差多養兩個大夫。」

霍英無語，這是差不差錢的事嗎？真正的好大夫，人家缺這點錢嗎？

林棲笑咪咪地道：「聽說你們江湖上有什麼毒醫、藥聖之類的厲害人，總有得罪人，隱姓埋名、生活艱難的，你就去找這樣的人。」

呵呵，這個女人真會想，不過，也是條路子。

林棲表面上跟霍英鬥嘴說笑，其實這會兒心裡很慌。霍英從江湖上買來消息，這個叫韓霜的小丫頭家裡是開鏢局的，因為走了一趟鏢，全家死絕，只有她貪玩在外逃過一劫，她應該知道點什麼，找過去報仇卻被人反殺。如果沒猜錯，這個李家說不定和三皇子有關聯……

按理說，她不該管韓霜的死活，但霍英都把人帶回來了，再加上她總覺得這背後和她爹被流放有關聯。即使從明面上看，她爹是被二皇子一系的人鬥下臺的。

林棲再次掀開簾子，壓低聲音問：「那邊確認韓霜已經死了嗎？」

「渾身是傷還跳下懸崖，要不是我們，她早死了，那邊的人也肯定不會相信她還能活下來。」

「把人帶回去後，你找個有眼色的人守著，她手裡說不定有什麼把柄。」

第七章

林棲辦好事回城已經是下午了，許如意她們還沒回來，宋槿安四人還在書房，趁這個時候，她被請去金銀樓。

春朝跟在身邊，把北邊的事情簡明交代了，林棲咬牙。「那老頭要那麼多銀子幹什麼？果然人不能吃太飽，一吃飽肚子就要瞎折騰。」

見林棲板著臉進門，被老爺派來要錢的陳管事擦了擦額頭的汗，趕緊跟上。

林棲只看了眼帳本，屁股剛挨著椅子就被氣得站起來，就差指著要銀子之人的鼻子罵。

「淮安城街頭擺攤賣麵條的、賣包子的、賣煎餅的，一月能賺到三、四兩銀子就算頂天了。別人一個月三、四兩銀子能養活一家老小，我走的時候給老頭留了一千兩銀子，在極北之地那樣的地方都不夠他瀟灑半年？

「他是去賭錢了還是養小妾？合著真以為我賺銀子容易還是怎麼著？要不是我機靈，他流放的時候，咱們全家都被一鍋端了，現在有銀子花還不知道惜福，他作什麼妖呢？只會向我要銀子，我成親都沒見他給嫁妝呢！」

陳管事趕緊送上一個木頭盒子打開，林棲見了更生氣。

「好歹也是頂著貪污的罪名下放的，摳門到只給我一根木頭簪子？」

「還有。」陳管事又掏出三個木頭盒子，裡面放著三支手藝更加笨拙的簪子，這三支分別是夫人、大公子和小公子雕的。

砰一聲，林棲一巴掌拍在桌上。「說！別找什麼不入流的藉口敷衍我，老頭想幹什麼？」

陳管事欲言又止，春朝悄悄下樓守在樓梯口，不讓人上去。

一刻鐘後，陳管事拿著主子批的條子下來，拿給春朝看，春朝叫小丫鬟帶他去裡間領銀子。

主子還是拿老爺沒辦法，來要一萬兩，卻批了三萬兩的款。

拿到銀子，陳管事笑呵呵地跑出來。「多謝春朝姑娘幫忙，我明日就要回北邊，還煩請春朝姑娘幫忙安排幾個護衛隨行。」

春朝笑著應下並與陳管事說了兩句閒話，就送客出去。見主子還沒下來，她趕緊上去伺候，在一旁磨墨。

過了許久，林棲放下帳本，活動了下脖子，春朝趕緊過去按一按。

林棲享受地閉上眼。「春黛那丫頭最近有沒有信送來？」

「最近沒有，最早的一封信還是六月初送來的，說國色天香一切正常，那些夫人、小姐們也都一切照常。」

林棲在考慮要不要讓春黛去石河，那邊她爹想做大事，但他畢竟是犯官，有些時候不好出面，得有人幫他。

片刻，林棲下定決心。「妳寫封信給她，叫陳管事帶去給她，順路去接她。告訴她，以後極北之地那片地方，我就交給她了。」

傍晚，一輛不起眼的馬車從郊外慢慢悠悠地進城，穿過熱鬧的街坊、喧鬧的人群，最後進了城南林家別院的北門。

同時，林棲和宋槿安兩人坐車去張家。

放下簾子，看了一天書的宋槿安累了，靠著引枕，握住她的手。「聽說二表哥在墨玉書院讀書？」

「嗯，他倒是想進府學，不過他只是個童生，想捐錢進去，人家都瞧不上他。」

宋槿安笑了。「等下次開考，說不定能過。」

「得了吧，他心思就不在讀書上，整天想著做生意掙銀子，想當淮安城的首富呢。」

「各人有各人的長處，行商也沒甚不好。不過，不管做什麼，最好有個秀才的名頭，能省些事。」

林棲笑著對他說：「有了你在，以後幫張紹光補課的事就交給你了。」

宋槿安笑了笑，把這件事放在心上。

張毅和姚氏見了他們夫妻倆，高興不已，姚氏一個勁兒關心劉氏、子安過得可好。

林棲扶著舅母往裡走。「都好，等槿安這裡事情落定了，我回頭請我婆母來淮安住幾日。」

「那可好，到時候我帶她去遊湖。」

林棲一早使人來說了，張建業和張紹光今兒也在，張紹光拍著宋槿安肩膀。「妹夫，你一定要考中府學給我爭口氣啊！吳四郎最近攀上都轉運使副使家的公子，人家是府學裡的名人，吳四郎總拿人說事，去一趟府學接人，當狗腿子還當出優越感了。妹夫，你考上了，到時候帶我去府學轉一轉，也讓旁人嫉妒。」

宋槿安冷靜地揮開他的手。「人家是官，我們是民，不要去爭這口氣。」

「吳四郎不是啊。」

張毅怒瞪。「槿安說得對，別為了爭一時長短，得罪了人。」

林棲坐在一旁嗑瓜子。「吳四郎還沒過繼出去？」

「嘿嘿，快了。」

姚氏招呼幾人入座。「過來吃飯，咱們邊吃邊聊，別耽誤時間，一會兒林棲和槿安還要回去。」

張紹光趕緊坐下。「對對對，別耽誤他讀書。」

用過晚飯，兩夫妻回府時，孫承正等人吃飽飯在院子裡乘涼。

許如意她們在水邊的八角亭裡坐著，看到林棲，她趕忙站起來揮了揮手上的圓扇。「林棲快過來坐，咱們一處說話。」

梅蕊悄悄拉了一下許如意的袖子，壓低聲音說：「妳怎麼直呼林娘子名字？」

「咱們不是外人，叫名字更親近，有什麼要緊。」

梅蕊頗為不贊同。「到底有失禮數。」

雲嵐坐在一旁，沒參與對話。

林棲走進來，笑著道：「什麼禮數？」

許如意拉著林棲坐在她旁邊，有一肚子話對她說：「什麼禮數不重要。我跟妳說，今日我們三個在外逛了一天，看了好幾處房子，哎喲，想賃一套規整的一進院子，地段和房子很一般的那種，一月至少三兩銀子。」

幾個女人討論起這邊昂貴的房租，梅蕊直嘆氣，她公公現在去縣學教書一個月的月錢，都租不起文芳街的一套小院子。

林棲知道文芳街的房子貴，學區房嘛，從古到今就沒有便宜的。不過貴也只是對平民和一般小康之家的人來說。

梅蕊家手頭緊，許如意和雲嵐家比小康之家好一些，但是每月房租和吃穿用度花費超過十兩銀子，還是很心疼。

「最好我們三家都考上，到時候我們三家湊一起合租個小院子一起住。」

「丫鬟、小廝呢？」

「住不下，只能送回去了。」

林棲喝了口水才道：「我聽說府學那邊頭一年學業重，一般都要求學子住書院裡，可以帶一個書僮進去。妳們這樣計劃也挺好，除了他們休息回家住，平日裡妳們住一個院子也不算擠，更實惠。」

宋槿安四人在不遠處的水榭，這會兒天黑了，外頭都安靜了，媳婦們說話的聲音隔著湖他們也聽得到。

石川苦笑。「我以前問我爹，為什麼考中稟生秀才，不去考舉人，連試都不曾試就放棄了，我現在知道了。」

季越沈默，他自己心裡知道，他有這個機會和幾位同窗體面地站在一起，多虧了他丈人和娘子，要不然，就算他家勉強能供他讀私塾，也沒銀錢送他來淮安考府學。

孫承正家裡有兩家鋪子，生意都很好，再加上家裡的田產，一年收入約莫三、四百兩，在桃源縣算是很好的人家了。他只覺讀書辛苦，從未認真計算過這許多花費。

「在桃源縣讀書，一年花費不會超過十兩，往前跨一步居然這麼貴。」

「窮學子有窮學子過日子的法子，節省一些也用不了這些，既然決定踏出這一步，就要認真，上對得起父母，下對得起自己。」

「槿安說得對。」

自開蒙以來，孫承正第一次燃起學習的巨大動力，果然家裡是開鋪子的，說什麼前途都沒有說銀子好使。

七月五日，文芳街靜悄悄的。

文芳街上的人，要麼是靠著府學過日子的商販，要麼是家裡有學子應試跟著陪考的人。大家都知道今日考試重要，不肯發出聲響驚到府學裡的人。

烈日炎炎，到了午時，府學外面的樹蔭下站了許多人，小聲交談著，不時地望一眼府學的大門。這時候，林家的馬車趕了過來，掀開簾子，林棲側首看了外面一眼。

梅蕊揪著手裡的帕子，心裡焦急。前幾日覺得淮安城居大不易，這會兒又覺得銀錢都是小事，求著菩薩讓相公一定要考中啊，考上了府學，有好夫子教導，才有好前程。

「好了好了，妳別扯帕子了，好歹是上好的絲帕，都被妳扯抽壞了。我家相公中秀才倒數第二我都不慌，妳家還是廩生，學識比一般秀才高出一截呢。」

梅蕊小聲說：「第十名，廩生墊底的。」

許如意摸了摸頭上的髮簪。「那我家還是倒數第二，比妳相公好一點？」

雲嵐噗哧一聲笑了出來，趕忙舉起袖子遮住嘴。「對不住了，我不想笑的，沒忍住。」

梅蕊假意生氣。「妳還笑話我呢，妳不擔心？」

雲嵐笑著，臉上笑意淡了。「我不擔心，他考得上我就陪他在淮安讀書，考不上，去沐城讀州學或是回咱們桃源縣讀縣學，我都陪他。」

許如意驚訝道：「妳不擔心他以後沒了好前程？」

雲嵐默了默，只嘆息一聲。她總感覺，相公不是她認識的那個相公，他好像變了。

林棲抬頭打量三人，抿了口茶，淡淡說道：「人嘛，總是會變的，身分變了，心氣高了，想法也就多了。俗話不是說了，仗義每多屠狗輩，負心多是讀書人。還有什麼悔教夫婿覓封侯的詞句，字字句句都是血淚。」

梅蕊、雲嵐、許如意都盯著她，林棲俏皮地眨眼。「我就隨口說說，人和人還是不一樣的，不能一棒子打死。不過，咱們相識一場，看在同為女子的分上，提醒妳們一句罷了。」

許如意猛地握住林棲的手。「咱們英雄所見略同啊，妳說的我早就想過了。孫承正剛考上秀才那會兒，就有人想撬走他，不怕妳們笑話，要不是我豁出去了，我們兩個差點沒能成親。我就想著，他要是考上舉人，到時候撲上來的女人更多，那些人做不成正頭娘子，說不定做妾也樂意著呢。」

梅蕊緊張道：「那妳想過怎麼辦？」

「哼，能怎麼辦？抓緊時間生個兒子，把他綁緊了嘍！如若有了兒子他還敢去外頭找，那就和離，把家產都要到自己手裡養兒子，他要是不給，就一哭二鬧三上吊，去衙門告他寵妾滅妻，看他有沒有臉。」

梅蕊和雲嵐兩個弱女子都驚呆了，還能這樣？

林棲輕笑一聲。「挺好，愣的怕橫的，橫的怕不要命的。」

許如意這時候也覺得自己剛才說的話有些潑辣，不好意思道：「我娘教我的，她說人活一輩子，不能不要臉，也不能只要臉。」

「什麼時候能不要臉？」

「這還用說嘛，搶銀子、搶好處的時候。話本裡不是寫了嗎？什麼皇子搶皇位，連親爹、親兄弟都能殺，何況只是個和離的男人，唔……」

梅蕊慌張地趕緊捂住她的嘴。「好姊姊，妳什麼話都敢往外說，不要命了？」

林棲哈哈大笑，樂得直捶車廂。孫承正這個娘子太有意思了。

「如意呀，我也愛看話本，下次咱們交換著看，咱們還能節省買話本的銀子呢！」

許如意拉著梅蕊的手，笑著應了林棲一聲。「好呀，我最喜歡看傳奇話本，江湖大俠可太有意思了。」

雲嵐羨慕地看著許如意。她生性膽小，即使心裡有什麼想法，也不敢這樣不管不顧地說出來。不過許如意有一句話，她放在心裡了，她該生兒子了，成親一年，怎麼還沒有孕信？

梅蕊怕許如意亂說話，這時候府學的大門打開了，她連忙說：「快看，開門了。」

考試的學子魚貫而出，陪考等在門口的人趕緊迎上去，文芳街又恢復了往日的熱鬧。

林家的馬車很有特點，宋槿安一眼就看到了，快步走過去，對坐在窗邊的林棲道：「來接我？」

林棲輕哼一聲。「不過是今日我正好得閒。」

季越笑著朝林棲拱手問了聲好，林棲往後側了下身子。「雲嵐今日特意來接你。」
季越看了眼妻子，笑著說了聲「辛苦娘子了」。
雲嵐抿嘴笑，心裡、眼裡都是他。
許如意從旁邊湊過來。「孫承正，我也來了。」
梅蕊默默地靠過去。「還有我。」
「妳們是不是猜到我們今日考試順利才特意過來的？我就說我今日運道好，肯定考得上。」孫承正哈哈大笑，周圍的學子都盯著他看。
不是一家人，不進一家門，這兩口子真是一個性子。
林棲趕忙說：「後面還有輛馬車，快上去，咱們回家吃飯。」
孫承正還想說什麼，被宋槿安和石川架著拉走，生怕這小子再口出狂言，惹來眾怒。
其實，今日不只孫承正感覺十分良好，宋槿安、季越和石川亦然。上馬車後，四人說到今日的考試，略說了下答題思路，都覺得不錯。
孫承正嘿嘿一笑。「槿安呀，多謝你那本《春秋集注》，我看了的地方剛好考到了。哈哈哈，就該我孫承正考中呀。」
石川也笑道：「這次咱們機會確實大。第一題送分題，第二題才是拉開差距見真章的時候。」
季越故作風流公子模樣，拿起摺扇敲了敲手心。「看來咱們四個又要同窗幾年了。」

宋槿安淡淡笑了笑，看了眼窗外，馬車已經進別院了。

下人們看主子臉上表情，就知道今日肯定考得不錯，口齒流利的下人一張嘴就是各種喜慶的詞，好話說個不停。

今日大家高興，就沒回房間用飯，林棲挑了一塊湖岸旁涼快的地方，叫下人擺飯，席開兩桌，熱鬧地用完午飯。

考試累了一上午，下午便在家歇息。翌日一早，大家相偕出門去看紅榜，如他們所料，四人皆考上了，宋槿安考得最好。

大家笑著互相恭喜。既然考中了，頭一件事就是把房子賃下來，三家人也不挑日子了，今兒下午就搬出去。林棲也沒多挽留，叫下人趕馬車，幫著他們搬家。

走的時候，許如意跟林棲說：「等過兩日我相公進書院了，我們過來找妳，妳可別嫌棄我煩。」

林棲笑道：「歡迎還來不及呢，雲娘子和梅娘子也來。」

雲嵐和梅蕊笑著點點頭。

待客人都走了，宋槿安和林棲手牽手往後院走，林棲問起季越。

「怎麼問起他？」

林棲不屑道：「隨便問問，他那個面相，總覺得是最期盼升官發財死老婆的那種人。」

宋槿安笑意淡了，也沒有說笑的心思，走了一段路，才說：「季越這個人，心思不純。」

呵呵，何止心思不純。今兒中午，雲嵐那個難看的臉色，就只差把「擔心季越是負心漢」一行字寫在臉上了。

左右瞧了瞧沒人，林棲捏著他的臉頰，嬌聲嬌氣道：「你以後敢負我，看我怎麼收拾你。」

宋槿安只笑，半摟著她一截細腰。「那咱們走著瞧。」

府學公布考中學子的名額兩日後，新生入學，學子們揹著包裹住進學舍，一套院子裡有九間屋，每一間屋裡住四人，住宿條件挺不錯的，還算寬敞。

男人們進府學讀書後，許如意第二日就過來林家別院，笑著說：「小院子房間狹窄，沒了孫承正，自己一個人住，可別提多痛快了。」

林棲哈哈大笑。「為了他讀書，妳也挺不容易的。」

「那可不，我答應每日午時送飯給他呢。小院子住不下人，丫鬟不在身邊，全靠我自己動手。」

雲嵐笑道：「我和梅娘也沒想到，如意居然是我們三個裡面手藝最好的。」

梅蕊連忙點頭贊同。

這會兒被誇，許如意還有點不好意思。「我灶房裡的手藝都是跟家裡廚娘學的，別的沒啥，就是捨得放調料。」

梅蕊抿嘴笑了，這倒也是她做菜的特色。

今兒她們三人來也沒待多久，因為中午還要給相公送飯，這會兒走回去時辰差不多。

林棲送客之後，杜氏就伺候著她去金銀樓。

去年銀子送去極北之地，今年才半年時間，又給那邊送去一筆，又捐銀子給桃源縣修碼頭，還有往年固定的花銷，她手裡流動的銀子不多了。

春朝趕忙把帳本遞過去，讓林棲仔細看了看。「桃源縣那邊追加二千兩？」

「是，宋二管家傳回來的消息，孟大人挨家上門問過桃源縣的幾家大富戶了，他們聽說要捐銀子修碼頭都在推託，即使有商鋪在那兒，大多也是出一、二百兩裝個樣子，所以孟大人就找上我們，宋二管家覺得追加二千兩多換一些鋪子划算。」

孟大人在任五年多，前前後後把桃源縣周圍的大路都修得差不多了。縣衙肯定沒那麼多銀子修路，大多肯定是找桃源縣富戶捐獻，幾年下來，現在都不信任這位父母官了。

「孫承正他們家沒有捐錢？」

「捐了，孫家、雲家、石家今歲中了秀才，礙著面子肯定也要捐一間商鋪支持孟大人。」

「雲家？不是季家？」

「不是。雲老爺子想得遠呢，捐銀子都用雲家的名義，鋪子也在他名下，以後就算他沒了，這些東西都算是雲娘子的私產，和季家沒關係。」

林棲輕笑一聲。「老爺子還是留了一手，挺好的。」

桃源縣那邊，原本說好的林棲出一半，桃源縣的其他富戶出另外一半，商鋪也這樣分，現在林家追加二千兩銀子，桃源縣碼頭的地皮，除了縣衙占的那一塊，剩下的四分之三都姓林。

該給的銀子，林棲絕對不會省錢，銀子很快到位。

孟元傑也沒等她，這些日子招苦力淘河，開山運石頭。由於手裡銀子足，一天給五十個銅板的工錢，如果每日都去，算下來一月能收入一貫半，兩個月就是三貫錢，這個收入比縣裡跑堂的小二都高了，因此報名來幹活的人很多。

上頭有縣衙的管事、帳房把控著總帳本，下面有林家人把關細節處，開工小半月，這件事的進度又快又好。

宋舉、宋問幾人跟著林家管事跑前跑後，一段時日下來人瘦了，黑了，也機靈了。

宋問跟著林家派來的二管家宋朴，這會兒傍晚快下工了，他招呼著小管事們按照今日上工的人數來領錢，有個石磨村的小子想冒領，宋問直接叫人請出去。

「宋問，你跩什麼，不過是個跑腿的，小爺還看不上呢！」

宋問冷冷看了他一眼。「這話別跟我說，回去跟你們村裡人說，看不上就別來這兒礙眼，碼頭也不缺你們石磨村的苦力。」

「我呸！不就仗著林家撐腰嘛，靠女人還有臉了。」

「來人，把這人趕出去，再敢來鬧事就上報縣衙關幾日。」

這一下真把這癟三嚇住了，不敢再嚷，瞅了眼人高馬大的護衛，罵罵咧咧地跑了。

過了會兒，宋舉、宋明、宋觀抱著帳本過來。「聽說石磨村有人冒領工錢？」

「嗯，我認識，姓王，好像和宋二嬸是堂親。」

宋明不屑。「我呸！王家就沒個好東西。」

王招娣在縣衙關了十日，和她作伴的都是些蠻橫凶惡之徒，她徹底被嚇破膽了，被放出去後，剛跑到村口就被大榕樹下閒坐的老人一頓好罵，回到家裡，一家人對她都沒好臉色，兒媳都敢不聽她的話，她氣不過，扭頭回娘家。

在別人眼裡，她是坐了牢的人，娘家那邊不肯要她。

這些日子在縣衙受的苦、宋家的嫌棄，還有親娘的惡毒，直接讓她崩潰了，大中午的，一屁股坐在村頭又哭又罵，說自己被娘家騙了，指使她想法子強占宋秀才家的地，後來沒占成，她又出銀子、又出人情還把自己搭進去了，這會兒爹娘、親弟弟都不管她了，可叫她怎麼活啊！

這一鬧可讓村裡人看夠了王家的熱鬧，後頭親姪女王柳兒端盆水跑出來澆她頭上，惡毒地罵她毀了自己的名聲不夠，還要毀了王家的名聲。

王招娣正在氣頭上哪裡忍得住，兩人直接扭打起來。王柳兒她娘聽說閨女被欺負了，跑出來幫忙，王招娣被摁在地上揍，最後半夜才悽慘地回宋家村，到這會兒都還沒出門見人。

「宋二叔怎麼還不休了她，這個女人留在家裡可是個禍害。」

宋舉皺眉。「長輩的事是咱們能干涉？不管怎麼說，她也為二叔家生了兒子。」

宋問不耐煩聽這些。「你們快把今日帳本拿給我，我統計完好交給管事。」

這些日子，宋家村的人要麼是忙著地裡的事，要麼是在碼頭幹活掙錢，鄰里和氣。

劉氏在家閒得沒事，想念大兒子和兒媳了，找宋朴打聽，聽說月底府學有小考，就按捺住心情，打算等月底考試過了再去。

第八章

府學裡，宋槿安成日不是埋在書堆裡，就是在上課，或者在整理夫子講課的筆記，兩耳不聞窗外事。

中午，宋淮生跑去門口拿家裡送來的食盒，等待的時候碰到隔壁學舍康紹奇的書僮司墨。

「喲，宋淮生，你家今日又送什麼來？不會又是青菜豆腐吧？」

宋淮生暗自翻了個白眼，懶得搭理他，拿到食盒扭頭就走。

司墨冷哼一聲。「神氣什麼，白身家的下人也配和我比？」

旁邊有人連忙附和道：「宋淮生算個什麼玩意兒，哪裡配和司墨大爺您相提並論。您家整日大魚大肉都吃膩了，他們家也就配吃些青菜蘿蔔皮。」

這話聽得痛快，司墨哈哈大笑。

司墨的主子康紹奇不是一般學子，他父親是從五品都轉運使副使，那可是管著鹽稅這樣的實權位置，在淮安這塊地方，他們可不怕誰。

原本他們沒把宋家主僕倆放在眼裡，誰知道入府學後沒幾天，宋槿安跟同知家的公子裴錦程走得近，他主子和裴錦程互看不順眼，自然對宋槿安沒有好臉色。

此時學舍裡，大家都餓得無心學問，裴錦程裝模作樣地拿著一本書，眼睛卻看著窗外，當他看到宋槿安的書僮提著特製的五層大食盒進來，把書一扔，跑了出去。「淮生啊，快進來，你家今日送什麼來了？」

宋槿安也放下書本走過去，宋淮生把食盒放在桌上，一邊俐落地把飯菜端出來，一邊笑著說：「您自己看。」

「白灼菜心、酸辣油煎豆腐、海菜蛋花湯，喲，今日還有肉菜，這是什麼？」

「這是益州那邊的菜式，蒸扣肉。」

「哈哈，你家女主子總算捨得給槿安吃肉了，這道菜真香。」

宋槿安笑道：「平日裡素菜也沒見你少吃。」

「嘿，沒辦法呀，你家做素菜比做肉菜還好吃。來來來，我家今日送的菜也到了，咱們一起吃。」

裴錦程是個身材圓滾滾的吃貨，進府學的第一日就看上了宋家的飯菜，兩人既是同窗、又是飯友，一日日地就親近了。

兩人正吃著飯，外頭傳來一陣哄鬧的聲音，扭頭就看到康紹奇仰著高傲的頭，屁股後面跟著一群吹捧的狗腿子走過。

裴錦程吃飯的好心情沒了，罵了句晦氣。

宋槿安挾了一筷子扣肉給他。「嚐嚐，我家的肉和別處的肉不一樣。」

扣肉的香味實在是太饞人了，裴錦程嚥了嚥口水，沒抵擋住，一口吃下去，眼睛一下瞪大了。「怎麼這麼好吃？一點都不腥臊。」

宋槿安笑道：「我家裡吃的豬肉都是自己養的，餵養得好，還有秘方，才能做出這麼好吃的肉來。」

裴錦程來勁了，趕忙又挾了一筷子。「哎，真好吃，果真是不一樣。」

「好吃，你就多吃點。」

裴錦程享受著宋家好飯食，他家裡送來的飯菜，和往常一般，被書僮拿去和宋淮生分了。

吃飽肚子心情好些，裴錦程滿足地揉了揉肚子。「聽說康紹奇家的書僮這幾日找你麻煩？」

「我家升斗小民，哪裡配從五品大官家的公子找麻煩。」不過是他身邊的下人看人下菜碟罷了。

裴錦程不屑道：「不用怕他，我家老爺子正五品，壓他一頭。康紹奇啊，心胸狹窄，從小就是看不慣別人比他好。我從小讀書比他好，這會兒他還是個秀才，我已經是舉人了，他看我就更不順眼了，你也是被我連累的。」

「不招人妒是庸才。」

裴錦程哈哈大笑。「我就喜歡你這脾氣，兄弟，以後他再找你麻煩，我給你打回去。」

宋槿安輕笑道：「那就麻煩裴公子了。」

「咱們都是同窗，住一室的兄弟，不說這些外道話。」

翌日休息，林家的馬車等在門口，宋槿安和孫承正他們告別，撩起袍子上馬車。

林棲今日沒有出門，在金銀樓處理事情，宋槿安回到家，特意去金銀樓接她。

下人來報。「姑爺來了。」

林棲放下毛筆道：「以後別叫姑爺，叫大公子。」

林棲站在二樓窗邊往下看，只見他笑著仰頭看她，她輕笑一聲。「等著我，馬上下來。」

她跑得太快，看到他欣喜，沒注意腳下，在門口的時候被門檻絆了下，要不是他連忙扶住，肯定要摔一跤。

「妳看妳。」

林棲輕哼一聲。「叫人過來，把門檻改了。」

「是。」看門的小廝連忙應下。

晚上，兩人坐一起用飯，林棲提了這些日子家裡的瑣事，宋槿安也說起府學的學業。

「裴錦程這個人有些意思，喜愛口腹之慾，看著好相處，廣交朋友，實則外圓內方，行事有度。」

「姓裴？他爹是裴同知？」

「對，就是那位。」

「二把手啊。每日替你送飯的婆子回來說，康家的書僮欺負宋淮生。」

林棲在淮安扎根已久，生意做大了，官場上常來常往的那些人，她雖然接觸不到，但是心裡都有數。康家和裴家二代互相看不順眼，已經不是什麼新鮮事了。

宋槿安道：「畢竟是在府學，康紹奇要面子，不會和我正面衝突。只是淮生這些日子辛苦了。」

林棲反倒是無所謂。「正面衝突咱們也不怕，咱們家惹不起從五品，但也不怕他們。康紹奇他爹挺貪，把柄不少。」

宋槿安還是覺得不到萬不得已，最好獨善其身，用功讀書考上功名是正經。

宋淮生跟主子回到家後，主子叫他下去休息，他扭頭就出去找相熟的兄弟打聽康家的消息，特別是那個司墨。

「司墨是誰？你要找他麻煩？」

宋淮生冷哼。「敢來小爺面前耀武揚威，不回敬回去怎麼行？」

「行呢，交到我身上，我認識東街上胭脂鋪的小丫頭，他們鋪子和康家做生意，能進去康家後宅，我託人打聽打聽。」

「要快，別耽擱。」

宋淮生回府後，杜氏正在家裡等他。「娘子叫你明日上午去找她，我估計是要問公子的事，晚上我去找娘子的時候，在門口約莫聽到兩句康家、裴家的話。」

「正五品裴同知家，還有從五品都轉運使副使康家。」宋淮生三言兩語把前因後果說了出來，冷哼道：「康家那個公子是個中看不中用的，我看難有大出息。」

杜氏罵兒子。「人家再不成器，他爹也是當官的，以後見了躲遠點，少給主子惹事。」

「哎呀，我知道了，我就是跟您說說。」

上午，用了早膳，宋槿安去書房讀書，林棲把宋淮生叫來，聽了些細節，賞給他五十兩銀子。「託人辦事怎麼能不給銀子，你看著去辦，錢不夠回頭找你春朝姊姊拿。」

宋淮生這個機靈鬼，一下明白主子的意思，嘿嘿一笑，作了個揖就退下了。

一日後，再回到府學，跟在康紹奇身邊的書僮換人了，換成名叫司硯的。

中午去門口拿食盒的時候，宋淮生故意湊過去，問他知不知道司墨是怎麼沒的。

那日之後，司硯再碰到宋淮生就客氣許多，那些狗腿子們摸不著頭腦，不解前後行事為何差別這麼大。

沒有身邊人慫恿，康紹奇碰到宋槿安，照常冷哼一聲，昂著頭走了，宋槿安笑了笑也沒放在心上。就是裴錦程說要幫他出氣，他都攔著。

待到月底，上午考完小考，下午就放學子休息，宋槿安和往常一般準備回家，季越叫住他，請他去院子裡坐一坐。
他們賃的小院子就在文芳街上，走兩步就到了，三間屋住三家人，沒有空房招待客人，就坐在院子裡的柳樹下。
「宋兄決定以後跟裴同知家的公子了？」
宋槿安詫異萬分。「季兄何出此言？」
季越一副看透他的語氣道：「咱們農家出身，要想往上走，少不得要多認識些人，說不定什麼時候能幫一把，以後前程就順了。不過我覺得，裴家的公子看著呆憨，實則聰敏，不如康家公子好說話，你說呢？」
宋槿安臉色漸漸冷了下來。「季兄，你奔你的好前程，看在同窗之誼，我宋槿安祝福。至於我，就不煩勞你操心了。家中還有事，告辭。」
宋槿安站起身出門，在門口碰到剛回家的孫承正和石川。
孫承正叫住他。「哎，我剛回來，你就要走？」
宋槿安笑著拍了拍他肩膀。「家中有事，我娘和子安今日來淮安，下午要去城門口接。」
石川忙道：「那我們明日再上門拜訪伯母。」
「好，我等著你們來。」
宋槿安走後，孫承正進屋看見季越，便問他明日去不去林家別院。

「我還有事就不去了，幫我問聲好。」季越抿了抿唇，說完，也出門去了。

院子裡只有石川和孫承正兩人，對視一眼，孫承正認真道：「季越這些日子不對勁，不專心學業，只顧著攀關係，今兒槿安過來，肯定和他說什麼事了。」

石川也不傻，看這樣，兩人估計談崩了。「我不管他們如何，我只想專心學業，早日考中舉人，才對得起家裡為我讀書節衣縮食。」

孫承正點點頭。「我也這樣想。」

他家不像石川那樣缺銀錢，但是花了家裡的錢在書院不幹正事，他良心過意不去。再說，他很明白，自己也沒腦子幹那些事。

唉，原本關係親近的同窗，來淮安才不到一個月，這就有隔閡了。

宋槿安回到家，裴錦程比他先到一步，看到他就嚷嚷道：「我一出府學就看你被人拉走了，索性沒等你就先到你家來了，快吩咐你家廚子上好吃的，我要吃你家廚子做的扣肉，還有那個酸菜魚。」

「行，不過要等會兒，先跟我去書房坐一坐吧。」

家裡有男客來，林棲知道，也沒過去，待到用飯的時候，才去見了客。

宋槿安送她出門，扭頭進屋，裴錦程嘿嘿一笑。「你小子有福氣。」

從季越那裡回來後，宋槿安情緒不高，此時聽到這話才露出個笑。「快吃吧，別廢話了，吃完就回家去，下午我還有事。」

「我就是來吃飯的，肯定不耽誤你，等我走的時候送我幾斤你家的豬肉唄。」

相處這麼久，兩人說話都很隨意，也沒有食不言、寢不語的規矩，家長裡短的也能說幾句，從他嘴裡，宋槿安知道不少府衙裡的小道消息。裴錦程隨口說說，宋槿安卻記在心裡了。

送走裴錦程後，他去後院找林棲，小廝準備好溫水，他漱洗完換了身衣裳出來，只見她獨自躺在榻上看書，地上不遠處擺著兩盆冰。

宋槿安抽過她手裡的書，看了眼。「女鬼和窮秀才？」

「嘿嘿，妖女和秀才都是絕配。」

宋槿安無奈地搖了搖頭，把書放在桌上，在她身邊躺下。「季越選了康家。」

林棲絲毫不覺得奇怪。「是他的性格。」見他說了一句後不肯說話，她支起身子扭頭看他。「怎麼了，不高興啊？」

「倒沒有不高興，只是有點感慨，以後，我和他之間怕是要漸行漸遠了。」

科舉考試，他們不過才踏出第一步，連舉人都還不是，季越就這般汲汲營營。康紹奇再心高氣傲沒腦子也是憑自己本事考上了秀才的人，就算他沒腦子，他爹也沒腦子？就任憑他季越拿捏？

宋槿安想了些事，不知不覺睡著了，待到下午申時才起來，去城門接人。

申時末，夫妻倆在城門口接到人。宋子安看到大哥、大嫂，樂得把頭伸出窗口，開心地揮手。

林棲連忙快走幾步迎上去，先叫了聲娘，趕緊把迫不及待的小叔子從馬車上抱下來。

「哎呀，小子安可想我了吧。」

宋子安紅著小臉。「想大嫂了，也想大哥。」

林棲高興地親了口肉嘟嘟的小臉。「真乖！」

宋槿安一把將幼弟從她懷裡抱過來。「他重，我來抱。」

宋子安緊緊摟住大嫂的脖子，掙扎著不讓大哥抱。「我不重。」

兩兄弟互相注視著對方，誰都不肯認輸。

劉氏扶著小丫鬟的手下馬車，幫大兒子說話。「子安這一個月確實重了些，臉上、身上都長肉了。」

宋子安嘟嘴，生氣！

林棲哈哈大笑，哄他下來。「你還沒來過淮安吧，我牽你手，帶你逛一逛。」

「好，大嫂牽我。」

坐了一天馬車，劉氏累了，也跟著走一走，她嘴角含笑望著走在前面一大一小兩個人，跟大兒子說：「林棲費心了，你們剛走的第二日，她就送來一個廚子，那廚子做菜合子安胃口，子安吃飯都積極起來，晚上睡覺前還要加一餐點心。加上他每日一早要跟著護衛鍛鍊身體，現在整個人都壯實了些。」

宋槿安眼裡含笑，如若林棲這時候回頭，肯定能發現，宋槿安看她的目光甜得能流出二兩蜜來。

「林棲沒跟我說過送廚子的事。」

劉氏高興道：「她呀，是個有心人，做的比說的多。能娶到林棲，是我們家的福氣，更是你的福氣。」

「娘，我知道，我心裡有她。」

劉氏停下腳步，轉頭看他，她從來沒有像這一刻覺得，大郎真的長大了。

宋子安身體好了，性子也開朗許多，有林棲帶著，從城門口到林家別院，一路邊逛邊買，跟著的馬車堆滿他們買的小玩意兒。

走了一路也餓了，晚上一家人胃口大開，都吃撐了，由丫鬟、小廝在前頭掌燈，一家人去逛園子。

宋子安不停地說：「嫂子，妳家好大呀，還有湖，湖裡有魚嗎？」

「有呀，明兒我們撈兩條上來，一條紅燒，一條清蒸。」

「我喜歡吃沒刺的。」

「咱們就吃魚肉丸子，那個沒刺。」

「好，明兒我早些起來。」

「哈哈哈，那我也早點起。」

偌大的院子，平日裡都安安靜靜的，宋子安來了，家裡好似熱鬧起來。重要的家人都在身邊，宋槿安心裡高興。

翌日下午石川、孫承正夫妻過來，又熱鬧許多。

許如意拉著林棲去一邊說：「雲嵐身子不適，就沒來。」

「沒事，等她方便了，咱們再聚。」

許如意欲言又止，最終還是沒忍住話，在她耳邊小聲說雲嵐身子沒事，就是不好意思來。

平日男人們在裡面讀書，她們三個女子朝夕相伴，情誼深厚，又住得近，夫妻倆關上門吵嘴，隔壁兩家都能聽到，雲嵐家的事想瞞她們是瞞不住的。

林棲沒把這件事放在心上，雲嵐卻是個心思重的，什麼事都藏在心裡，把自己都急病了，拖了一日不見好，被許如意和梅蕊拉著去醫館買了兩帖藥回來吃。

雲嵐心焦得了病，府學裡的季越也不好過，月底小考的成績貼出來，宋槿安排在第二，連石川都在他前頭，孫承正學業上從來不如他，這次居然排在他後頭一位，讓他有些接受不了。

和季越一樣糟心的人還有一個，那就是康紹奇。裴錦程那個小胖子壓他一頭，看在他是個末尾的舉人也就罷了，一個鄉下來的小秀才壓他一頭，這就過分了，對得起他爹花錢給他請的那些名師嗎？對得起他從小到大挨的那些揍嗎？

這次成績他比以往都考得好，排名第三，要不是有宋槿安這個新來的，他就進前二了。這會兒康紹奇看宋槿安十分不順眼，偏偏這個小子離得遠遠的，讓他找不到機會。

站在三步遠的裴錦程白了他一眼。「你個小心眼，欺軟怕硬，瞪人家宋槿安幹麼？沒有宋槿安，你也在我後頭。」

裴錦程冷笑著打量他。「嘖嘖，為了你讀書，從小到大給你請夫子的錢都夠在淮安城買好多套宅子了吧？」

康紹奇平生最恨人家看不上他，這話瞬間激怒他欲衝上前打人了。

宋槿安不欲生事端，趕緊拉走裴錦程，康紹奇卻不放過他們。「裴胖子你給我站住，小爺今兒不打爛你那張破嘴，小爺就不姓康。」

小廝趕緊死死抱住他的腰，忙不迭地勸。「公子，可不能打！那是裴公子啊！」

「我去你媽的裴公子，小爺還是康公子。」

裴錦程被宋槿安拖走，聽到這話還嘴道：「有本事衝我來，我裴錦程等著！」

這一場鬧劇，後頭趕來的掌院和夫子沒有抓到人，喚人把裴錦程和康紹奇叫去罵了一頓，罰抄十遍府學守則。

裴錦程沒說錯，康紹奇是個小心眼又欺軟怕硬的人，不敢惹裴錦程，就把怒火集中在宋槿安身上。康紹奇回去就叫書僮把季越叫來。

「你說，你和宋槿安是同窗，跟我說說他家的事。」

季越躊躇了一會兒才道：「宋槿安出身農家，家裡只有寡母和一個幼弟，唯有他妻子林氏，還有點可說的地方。」

康紹奇來興趣了。「哦，你說清楚些，我倒要好好聽聽。」

季越對林棲的了解不算多，但從林家別院推算，也知道她生意做得很大。他沒見過林棲的爹娘，但是知道有個舅舅叫張毅。

說到張毅，只顧吃喝玩樂以及讀書應付他爹的康紹奇不知道，但他找人去打聽，自然有知道內情的告訴他。張家原來有個正三品的吏部右侍郎姻親，不過去歲因罪被流放到極北之地去了。

康紹奇摸了摸下巴，這就是說，張家、林家都是普通的商賈了？

「原來那個吏部右侍郎姓林，該不會與林氏有什麼關係吧？」

康家的門客搖搖頭。「應當只是遠房表親，據說京都林家只有兩個公子，沒聽說過有小娘子。」

「呵，那就好辦了。」

自古以來，民不與官鬥，這裡面的意思，大家都清楚。

連續幾日，林家和張家在淮安的鋪子都有潑皮無賴上門找碴，前日有個潑皮還想砸店，被林家的護衛一腳踹出門去。

原本林家鋪子的生意都歸二管家宋朴打理，宋朴受命去桃源縣修碼頭，而今由宋石——林家大管家、宋朴的親兄長，暫代掌管。

宋石跟著主家從無到有打下這偌大家業，這一齣事背後若沒人指使，他把頭砍下來給人當球踢。

淮安這塊地，他熟得不能再熟了，很快順藤摸瓜找到江升，江升他爹江聞道是正六品判官，屬於都轉運使副使下面的人，助理鹽政，督管各場、倉鹽課司。

江升這個人和林家往日無仇、近日無冤，唯有都轉運使副使家的公子康紹奇和主子有些牽扯，前些日子他姪子宋淮生還找認識的人打聽過康紹奇身邊書僮的消息。

宋石搞清前因後果後，向主子匯報。

林棲問他。「這幾日損失了多少？」

「損失倒是不大，不過這樣長久下去，也不是辦法。聽說舅老爺那邊鋪子也有些不著調的潑皮去找事。」

林棲輕哼一聲。「今兒你親自去府學送飯，問問淮生，裡邊又在折騰什麼了。」

「是。」宋石躬身退下。

八月炙熱的天氣，曬得人一臉油汗，不得已要外出的人，都靠著街邊的屋簷走。

宋石坐在馬車裡，旁邊放著一小盆冰，還算涼快。馬車的門敞著，坐在車頭的小子也能借點涼氣。

「大管家，淮生出來了。」

宋石應了聲，提著食盒下車，宋淮生看到自家大伯時驚到了。「今兒什麼好日子，能吃上大管家送來的飯。」

宋石皺眉。「不准皮，好好說話。」

宋淮生笑嘻嘻地應下。「大伯找我啥事呀？」

「家裡的大事。」

宋石抓緊時間把查到康家指使地痞流氓砸家裡鋪子的事簡要說了，再問他府學是不是發生什麼事了。

府學門口這會兒聚集著不少人，都是來送飯的人，宋淮生左右看了看，把大伯拉到角落，小聲嘀嘀咕咕地才把前幾日小考排名鬧出的事說了。

「明明是同知家公子和他起衝突，他不敢拿裴公子出氣，倒是有臉把帳算到我們家頭上。媽的，我……」

「我什麼我，你閉嘴！你回去跟大公子說，娘子知道了，娘子會看著辦。」

宋淮生感覺不對，拿過食盒。「大伯您且等一等，我一會兒就來。」

宋淮生著急地提著飯盒跑回去，裴錦程正等著他。「小淮生呀，這麼熱的天你跑這麼快幹麼，晚點吃飯又沒有什麼要緊。」

宋淮生放下食盒。「公子，家裡出事了，康家找人砸咱們家鋪子。」

宋槿安和裴錦程同時站了起來，裴錦程大怒。「康紹奇那個蠢貨，出生沒帶腦子的傻子，比不過人家就找麻煩，還欺軟怕硬衝你家去，看小爺我打不死他。」

裴錦程捋起袖子要走，被宋槿安拉住，宋槿安扭頭問淮生。「查清楚了嗎？」

「查清楚了，我大伯查到那些地痞流氓收了江升小廝的銀子，咱們家和江判官家沒有來往，江家和康家的關係不是明擺著嘛。」

裴錦程更加肯定了。「江升就是康紹奇的應聲蟲，肯定是康紹奇指使他。」

宋槿安又問：「是康紹奇自己指使還是康家？」

「這有什麼區別，還不都是一起算帳。」

宋槿安苦笑道：「咱們小門小戶，如果是康家看我們不順眼，我們這日子就沒法過了。如果只是康公子，他家不知道，或許，康大人能體諒我們，給我們一個申辯的機會。」

裴錦程哈哈大笑。「槿安，還是你想得明白。康紹奇找江升辦事，不敢用自家人，明擺著他爹不知道，康紹奇他爹那人，我爹說他最重面子。要不也不會明明家裡是武將出身，偏要掛一個文人的名頭，逼著家裡兒孫讀書上進。」他拍著胸口保證。「說起來也是我給你惹的麻煩，我肯定幫你辦好了。」

裴錦程把他的書僮叫來，吩咐一番，叫他跟著宋淮生出去。

宋淮生跟著宋石回府，去主子跟前稟報。

「裴公子已經派下人知會裴大人了，裴公子讓我們家放心，他們會處理。」

林棲冷哼一聲。「裴家能出面最好，但我們家也不是任由他們捏扁揉圓的。」

「宋石，去給四海商會陶會長下個帖子，明日上午，我在四海商會會館等他。」

「是，一會兒我親自去送帖子。」

當年四海商會建立之初，陶家當家的還是老家主，他生性謹慎保守，不願意冒險，最後還是他兒子，也就是現任四海商會會長陶潛，聽了林棲的話，背著他爹掏出大半身家，投入到海運中。

那個時候船出去還沒回來，陶潛幹的事情被他爹知道了，雖然沒被打斷腿，據說屁股也腫了半個月。

林棲有遠見，手裡還掌握著淘回來的海船製造技術和工人，加上四海商會的另外十一個會員有錢有人，最後也是運氣好，送出去的商船完整無缺地都回來了，為大家帶來巨額的財富。這一次的成功，讓陶潛他爹意識到，他們家掌舵的人該換了。

四海商會的成功，讓很多人動了小心思，都想分一杯羹，還想在商會裡當家作主，林棲一個都沒讓，她掌握的造船技術和人才，還有陶家的全力支持，讓她輕易地壓下所有的不服。

那一場風波後，林棲沒有自己當會長，反而扶持最有錢、最有人脈的陶家當會長，這麼一年年發展下來，即使有其他新成立的商會加入到大航海中，也無法撼動四海商會的地位，迄今為止，四海商會依然是在海航中最賺錢的商會。

四海商會如今當家作主的是陶潛沒錯，四海商會能有今天，林棲功不可沒。所以林家倒了的時候，淮安城裡才沒人敢明著動林家和張家的產業。

要說林棲真的不願意自己當四海商會的會長嗎？那也不是，主要是思量之後，陶家是最合適的人選。

陶家祖祖輩輩都在淮安，祖上做南北貨起家，家族裡跑船的好手不少，據說太平年間他們都是正經商人，改朝換代天下大亂的時候他們就是水匪。

別人當這話是說笑，林棲卻當真了。有陶家鎮場子，她的想法才能得到落實。並且，陶潛腦子聰明，是個好的合作對象。

第九章

翌日，林家標誌性墨黑大氣的馬車出現在四海會館門口，守門的小子弓腰送上臺階，最先下來的人是春朝，小子討好地叫了聲春朝姊姊好。

春朝點點頭，伸出手去，林棲扶著手下來，邁步往裡走。

一早就在二樓等著的陶潛已經快步迎下來，三十出頭的男人還算英俊，此刻臉上掛著溫和的笑容。「咱們的副會長來啦，樓上有請。元寶，快去給咱們副會長準備一壺上好的碧螺春。」

「欸，這就來。」

林棲笑道：「上次從海外帶回來不少咖啡豆，怎麼沒見你喝？」

陶潛搖搖頭，撇嘴道：「聞著還行，喝起來跟喝藥汁似的，太難喝。」

兩人說笑著上樓。陶潛的小廝送上碧螺春和茶點之後，和春朝關門退出去，守在門口。

屋裡，陶潛慢慢悠悠地為她倒茶。「妳成親都沒通知咱們商會一聲，今兒怎麼有空給我下帖子？」

林棲成親動靜小，好多人都是林棲上個月回淮安才知道她成親了，當時不知道多少人氣得拍大腿，好好的一個撈錢的金簍子，居然嫁給一個窮秀才。

這還不算，林棲成親就成親吧，都是多年的老交情了，小丫頭居然不邀請他們。好在大家都沒被邀請，他們也不好計較，林棲回來後，四海商會的人都給林棲補了一份賀禮。

林棲端起茶輕輕吹了吹，茶水泛起微紋，抿了口茶，她才道：「你們陶家的人手遍布江南，我舅舅他們拉著嫁妝出城，你會不知道？我記得你們陶家三房有個叔叔就在城門處當差吧。」

陶潛笑了笑，沒再提這件事。「聽說康家那個小子找妳家麻煩？」

林棲勾起唇角。「可不是嘛，他爹一門心思低調撈銀子，他這個兒子倒是和他老子有些不一樣。」

陶潛敏銳地感覺到她的語氣不對，正色道：「妳想對付康家？別忘了人家是官，咱們是民，惹不起。」

「呵呵，你們陶家拉下的官還少？」

陶潛尷尬地笑了笑。「那也不是我們家拉下的，是別人動手，我們只是提供些證據罷了。」

林棲沒心情跟他扯這些。「你知不知道新陽那個小漁村附近新弄了個鹽場？」

「不知道，誰告訴妳的？」陶潛一下坐直了身體。

「別管我怎麼知道的。我告訴你，那個小漁村本來沒什麼耕地，吳家的人半年前過去買地，還弄了好多苦力過去，重活就不說，吃喝跟不上，還整日挨打，據說小半年死了一百多人。」

「私鹽？」

林棲舒服地靠著椅子，垂下眼眸，淡淡道：「我記得十年前的吳家，也就是個不入流的小商人，這幾年攀上康家，才得了個掌管鹽倉的差事，撈了不少油水。陶潛，我還是那句話，掙銀子嘛，大家各憑本事。但是，像吳家、康家這樣造孽，我看不過。」

陶潛欲言又止，他從小到大見過大大小小的商人不計其數，狠毒的人不少，有良心的也多，但是既有良心又能掙大錢的，他僅見過林棲這麼一個。

林家的下人過得好，這是四海商會裡的人都知道的，只要你有本事給主子辦事，不僅月錢高，還住得好、吃得好、穿得好，走出去都比別家的下人風光。

據說林家不打罵下人，還有獎金抽成，鋪子裡厲害的掌櫃，一年光獎金也有上百兩；據說林家的下人不幹事之後還有月錢領，以前拿多少銀子，不幹事之後就拿一半……

都是這些據說，讓林家成為下人們最想去的地方，四海商會看門的小子對林家的丫鬟都格外客氣些，都盼著有一日自己能去林家。

林家對下人好，下人也肯對主家盡心盡力，同時也給林家的商鋪帶來好名聲，生意越做越好。當然，背後肯定少不了罵她的人。

林棲直視他的眼睛。「咱們這樣的人家，幾輩子都不缺吃穿，賺再多銀子也花不完，還要低調行事以免被當官的宰了，肥了別人。既然如此，少掙點錢，給後代子孫積點福氣不也挺好？」

兩人又商量了些具體的事，快到午時，這才散了。

從四海會館出去後，陶潛推掉了一個宴請，叫車伕掉頭回家。

陶家子嗣繁茂，人口眾多，旁支分出去後，主支都住在城東。陶潛回到家，洗過手陪他爹娘用飯。

陶老爺子問他。「聽說你去四海會館了？」

「嗯，林棲下了帖子。」

「哦，那個小丫頭下帖子給你，為了什麼事？」

陶潛把康家和吳家，還有近日康家那個二愣子找林家麻煩的事說了出來。

陶老爺子笑道：「都說婦人心軟，這還真是。」

陶老夫人瞪他們父子一眼。「什麼心軟？心狠毒就能發財了嗎？怎麼不說人家有眼界、有手腕？再說林小娘子也沒說錯，錢哪裡有賺得夠的時候，存金存銀不如給後代存點福氣。存再多金銀，碰上哪代出個敗家子，幾把就賭出去了。」

陶潛笑了笑。「娘說得是，再者，我們家能有今日，也託了她的福，她既然開口了，我肯定是要給她辦好。」

陶家做南北貨起家的沒錯，但是在兩淮地區，誰不知道高檔絲綢是最好賺銀子的？

他們陶家雖然有織染坊，也有自己的綢緞鋪，就是沒有獨一份的東西。這些年家裡的綢緞生意只能說不溫不火。陶潛有膽子做海航，也是聽說絲綢在海外其他地方很值錢，他想打開一條新路。

如他所料，在淮安一帶平平無奇的普通綢緞，送到海外換來十倍百倍的財富。並且，林棲好似對織布、染布很有心得，從德里蘇丹國帶回來的染料，讓他做出從未見過的孔雀錦和朝霞緞，這兩種珍貴的布料只供應宮裡和官宦人家，兩家合作賺了不少銀子。

陶老爺子嘆氣。「要不是你比那丫頭大了十來歲，人家看不上你，否則我傾盡家財，都要幫你聘來這個媳婦。」

陶老夫人撇嘴。「難道這還怪我？當年難道不是你娘催著生兒子的？」

陶潛偷笑，陶老爺子尷尬地咳嗽一聲。「我就是隨便說說，妳看妳，生氣幹什麼？咱們家大兒媳挺好，端莊大方，誰不誇咱們家娶了個好兒媳？」

「哼，你知道就好，老不死的孫子都有了，說話還這麼不經腦子。」

眼看老倆口要吵起來了，陶潛見事不對，趕緊撤了，他下午還要去丈人家接妻兒回家。

林棲回到別院，換了身衣裳準備去陪劉氏吃飯，在水榭那兒碰到韓霜。

「喲，能走了？專門在這兒等我呢？」

韓霜認真道：「聽說有人找妳麻煩，我可以幫妳殺了，當作妳救我的報酬。」

林棲呵呵一聲。「那小子在我這裡可不值錢，妳答應了我，以後妳可是我的人，別想跟我一刀兩斷。得了，別胡思亂想，好好休養吧，養好了去替我趕車。」

林棲扭頭就走。韓霜盯著她的背影，她這麼多下人，缺她趕車嗎？上個月讓她當打手，這個月又叫她去趕車，女人，真善變。

裴淵明昨日知道兒子和康紹奇的爭端殃及他人，考慮了半晌，今兒去官衙的時候，特別留意了康政，中午邀他去酒樓吃飯。

裴淵明說了些兒子小時候的趣事，康政摸不著頭腦，不知道裴同知想說什麼。

直到酒過三巡，裴淵明說兩個孩子小時候打打鬧鬧，沒想到這般大了，都到成親的年紀了，還像小孩似的吵嘴，有些不像話。

這個時候，康政想到他兒子的狗脾氣，再聽裴同知的語氣，就大概知道怎麼回事，連忙道：「裴兄，咱們都是老相識了，就別打謎語了，你說，是不是我家那個臭小子不好好讀書在府學惹事了？」

裴淵明哈哈一笑。「這次確實鬧得有些出格，他們倆吵嘴，還牽連了別人，砸了人家鋪子，你說說，這事情鬧的。」

康政仰頭乾了一杯酒。「這幾日我跟著指揮使查鹽帳，天天在外頭跑，沒空管他。那個臭小子，回頭我就教訓他。」

話說到這分上，裴淵明就不好再說了，舉起酒杯。「不說這些，喝酒。」

晚上回去後，裴淵明琢磨，自己應該把話說到位了吧。康政那個老小子最好面子，人又奸猾，肯定知道該怎麼辦。

康政不是個拖拖拉拉的人，下午就把管家叫來。管家不知道有這件事，趕忙去打聽，把司硯叫來，才知道差點打架的事。

被老爺瞪著，司硯嚇得發抖，結結巴巴地道：「少爺只叫我去墨玉書院給江公子送了封信，後頭我就不知道了。」

江公子就是江升，他只是個童生，沒資格上府學，現今在文芳街那頭的墨玉書院讀書。書院裡面聚集了一批有錢有勢的公子哥兒，像江升這樣學業不精的官宦子弟，還有張紹光這樣的商人子弟，大都被送到墨玉書院，說白了，就是個建立人脈的社交場所。

知兒莫如父，康政不想問後頭的事了，也不想知道姓張的、姓林的是誰。

「管家，回頭準備一份禮，給張家和林家送去，就說是我家孩子對不住了，回頭我一定好好教導。」

「是。」

他是官，林家和張家是民，康政覺得自家都道歉了，張家和林家想必不會有意見，這件事就這麼過了。

康家的管家上門，沒見到兩家的主子，同樣是管家接待他，特別是林家的管家，說話時皮笑肉不笑的，康家的管家覺得很是不舒坦。

康家的人一走，稟報上去，不到一刻鐘，康家走正門送來賠罪的禮物，就從林家後門丟了出去。

後日才是休息的日子，康政明日又要走，顧不上兒子，只能讓家裡長輩好好教訓他一頓，還帶話把他罵了一頓。

康紹奇一開始還害怕，知道他爹明日又要走，他就放下心來。

江升來找他。「我爹把我罵了一頓，還停了兩個月的月例。」

康紹奇丟給他一個香囊，江升捏了一下，估計有二、三十兩，他笑了笑。「康哥，這件事沒辦成，小弟再幫你想想辦法？」

「算了，下次吧。我爹讓我老實點。」

「哈哈，那就下次，想收拾一個小秀才，什麼時候都來得及，不過是順手的事。」

康紹奇笑著輕哼一聲，也對，小事罷了。

宋槿安知道了結果，專門找了個空檔，鄭重謝過裴錦程。

裴錦程擺了擺手說小事情。「嘿嘿，你家的肉，還有吧？」

宋槿安看向宋淮生，宋淮生連忙點頭。「有呢，明兒要殺一頭豬，家裡沒有豬油了。」

裴錦程期待地搓搓手。「能幫我留兩隻蹄子嗎？」

「兩隻應該還行，不過只能一隻前腿、一隻後腿，我家女主子說了，豬蹄要留著補身體吃一頓好的。」

「哈哈哈，明兒下學，槿安回家就能吃上了。」

宋槿安這會兒確實想早日歸家，以他對林棲的了解，她不是個受了氣，別人道歉就算了的人，這會兒她沒動靜，他心裡反而掛念。

林家別院。

張毅頂著大太陽專門跑了一趟。「我跟妳說，人家道歉了，這件事就這麼過了，妳可別再想什麼鬼主意。」

林棲靠著搖椅，享受著冰鎮水果。「舅舅放心，我什麼時候衝動過？」

「妳最好別有，妳知道咱們家現在是什麼情形，低調點沒壞處。」

「哎呀，知道了、知道了。舅舅，家裡明日殺豬，您和舅母、表哥他們過來吃殺豬菜。」

張毅沒忍住笑。「也只有妳了，誰家高門大戶這麼不講究，還在自家宅子裡殺豬。」

林棲無所謂地道：「家裡這麼寬敞，人手又多，殺個豬有什麼。你們明天傍晚過來啊，等宋槿安下學回來剛好。」

「行，知道了。」

劉氏還沒回桃源縣，此時住在別院裡，林家別院夏日裡綠樹成蔭、荷葉田田、蟬鳴陣陣、清風徐徐，還有丫鬟貼心照料著，有兒媳說說笑笑，她住得甚是開心。
來這裡住了一旬，兒子又要休息了。她想再住兩天就回去了。
林棲給婆婆上了碗酸甜冰涼的酒釀小湯圓。「喜歡住就住著，別院本就寬敞，家裡好幾處院子，您覺得不自在就住得離我遠一點。您知道我是個有什麼說什麼的人，也不跟您說那些客套話，我是真心想留您，您可不要跟我瞎客氣。」
「那怎麼使得，遲早要回去的。」
林棲笑著說：「這幾日天氣太熱，坐馬車回去可有些難受，我看不如等到中秋過了再說。另外，碼頭那邊，我聽宋朴說，桃源縣的碼頭修建得快，再過些日子估計就要完工了，到時候您走水路坐船回去多好，都不用一日，半日就到了。」
「這麼快就修好了？」
「給的銀子多，來做事的人多，自然就修得快了。」
「聽妳的，那就等碼頭修好了再回去，我也想看看修建得如何。」
「對嘛，到時候碼頭修好了，您再想來淮安，早上想我們就出門，還能趕上午飯。」
劉氏笑開了花。「妳這個丫頭，真是會說話。」
兩人說起明日殺豬，劉氏問是不是還要請個殺豬匠來。
春朝笑道：「夫人，咱們家這麼多護院呢，殺豬用不著請人。」
小丫鬟連忙點頭。「就是，家裡殺豬殺得勤快，小廝們都會了，連淮生都會殺豬呢。」

劉氏驚訝道：「淮生那瘦高的個子，能奈何得了豬？」

屋裡屋外的人都哈哈大笑起來，春朝笑道：「夫人，淮安可是跟著護衛練過的，瘦是瘦了些，但人還是有些力氣的。」

宋淮生他娘杜氏站在一旁笑。「夫人不信，明兒讓淮生殺一頭豬給大夥瞧瞧。」

這話又惹來一陣哄笑。

宋子安趴在大嫂腿上，好奇地問：「多大的豬呀？」

「和咱們家門口竹熊一樣大的豬呢。」

宋子安驚呼。「好大呀！」

要說林家別出心裁，別人家大門口都是放一對石獅子之類的鎮宅，就林家門口放著一對竹熊。

當時林棲專門讓宋朴找上好的白石和黑石，請師傅雕刻而成，放在大門口憨態可掬，剛擺上的時候，經常有鄰居家的小孩在林家門口玩。

第二日下午，沒等到宋槿安回來就開始殺豬了，等到他們回來，豬蹄都快燉脫骨了。

裴錦程原本想拿到肉就回家，結果一進林家後院就被殺豬菜的香味饞得走不動了。

在林家，每個月殺豬都是大日子，男女老少都盼著大師傅的手藝，沒事的人都在後頭幫忙。林棲找的廚娘手藝好，做大鍋菜也有滋有味。

裴錦程等不了了，一屁股坐下就挪不動了，等著開飯。

劉氏招呼他坐近一點。「聽我家大郎說，他和你住同屋，多謝你照顧他。」

裴錦程不好意思地撓撓頭。「夫人見笑了，都是他照顧我比較多。」

張毅大概知道他的身分。「住一個屋的同窗，大家互相照顧著最好，一起好好讀書進步，以後都有個好前程。聽說你喜歡吃家裡的肉，晚上你多帶點回去，給你爹娘也嚐嚐。」

「嗯，多謝張老爺。」

「不敢、不敢！」

晚上天都黑了，沒見到兒子回家，裴淵明叫人去問，才知道那小子又去林家蹭吃蹭喝了。

裴夫人回味了一下上次吃過的肉。「以前我從不吃豬肉，總覺腥臊味遮都遮不住，沒想到林家養的豬居然那麼好吃，實在是美味可口。」

裴淵明不以為意。「自己吃的豬，和鄉下人養出來的豬肉可不一樣，聽說是純糧食養的，吃的比人還好，豬的味道能差了？」

「聽說還有秘方呢。」

「不等他了，咱們開飯吧。」

裴錦程吃飽肚子回到家，看到親人都在，嘿嘿一笑。「你們看看我手裡的是啥？」

「豬肉？」

「豬蹄？」

「猜對啦！林家殺了一頭豬，總共四隻蹄子，我要回來兩個，嘿嘿！」

裴夫人饞林家的肉。「林家的肉好吃，不過你別吃了，看看你那身肉，翻年你就要成親了，你看看你這樣一身肉去迎親怎會體面？」

「不是還早嘛，不著急。」裴錦程叫來人，把肉送到後廚，讓他們放冰窖裡保管好，明兒再吃。

一家人說說笑笑，睡前，裴淵明叫小兒子去書房一趟。裴錦程知道他爹要問什麼，三言兩語就先交代了。

知道康家登門道歉了，裴淵明滿意地點點頭，康政那老小子還算不錯。

且說康政不在家，康紹奇回到家就是個霸王，家裡祖父母和娘親，別說教訓他了，說話都是哄著的。還是他大哥，讓他這些日子規矩點，爹忙公事忙得焦頭爛額，脾氣不好，小心挨揍。

康紹奇本來想暗地搞點什麼，被他大哥這一警告，就收心了。

在家熱鬧了一日，學子們又回府學苦讀。

一個普普通通的夜晚，月明星稀，河邊的水草裡，蛙鳴響徹兩岸，河裡航行的兩艘商船在前頭渡口被攔下。

「大膽，是誰敢攔爺的船。」
「來人，放箭！」
箭矢還沒射出去，就被河裡的水鬼爬上船，所有膽敢反抗的人直接被卸掉胳膊。
黑漆漆的，船上的人都沒看清楚敵人的臉，就連人帶船全部被打劫了。
一個身形精瘦的男人，腳點竹篙飛身上船，自有人掀開簾子，舉起的火把將船艙裡照得通明，一袋袋私鹽白晃晃地扎眼睛。
一陣急促的腳步聲由遠而近。「主子，帳本。」
「嗯，不用看了，你們也別看，收起來放著，等人來贖。」
「是。」

康政在新安忙完，在酒樓宴請下屬喝酒，這次公事算是圓滿成功了。幾個判官恭維他萬事有安排，做事有條理，等上面的都轉運使大人升上去了，他由副轉正肯定是板上釘釘了。
康政心裡得意，嘴上還謙虛道，都是為皇上辦事罷了，職責所在，都是應當。
今兒酒席才進行到一半，康家一個門客慌亂地跑進來，腳下一軟跪倒在地。
康政皺眉，怒斥道：「好端端的，掃什麼興。」
「大、大人，不好了……咱們的兩船鹽被劫了，還有帳本在船上。」
「什麼？」

康政扔下酒杯，站起身大步往外急奔，留下一屋子不知所措的小吏。

淮安這地界，自古以來就是繁華地，肥沃的土地和暢通的水路養活了許多人，哪朝哪代都是收稅納糧的重地。

這樣一代一代傳下來，當地家底厚實的人多了，也有水匪強盜。走南闖北的人自然知道如何拜碼頭，關係不到位，縱使你是當官的在這兒也不一定好使。

康政這回攤上事了，剿匪不好剿，人都找不到，你上哪兒剿？再說他也不敢聲張，那兩艘船上的私鹽和帳本，就是一把懸在脖子上的大刀，不知道什麼時候落下來，康家全家就人頭落地了。

新安在淮安府西北部，縱使走水路，順流而下，找最厲害的船老大，順風順水回淮安府，也需要一、兩日工夫。

康政在船上著急地睡不著覺，消息送過來一、兩日，他接到消息回去再一、兩日，等他到淮安，若是有心人透露，該知道的人都知道了，他怎麼封口？

船剛到碼頭，岸邊站著一排身著黑衣腰掛大刀的侍衛，康政鬆了口氣，這是轉運使家的人，想必他已經知道消息了。

轉運使是他的上級，他出了事，他也有連帶責任，想必會幫著他遮掩過去。畢竟，真撕破臉，誰也別想好過。

新陽小漁村那邊，不用康政發話，事發當晚，看守鹽田的人見事情不對就聯繫上康家的大管家，把那邊的人都散了，辛苦經營的鹽田也平了。

轉運使多少給了康政一些面子，派馬車過來接人，管家找機會攬了趕車的差事，收了好處，侍衛也當作看不見。

管家壓低聲音語氣急促地把這幾日的事情交代了，總結成一句話，那就是事情敗露，給人抓到把柄了。

康政振奮精神。「轉運使還能派侍衛來接我，這是我還有救的意思？」

「說不準，但是我看他們沒有捅穿的意思，畢竟，沒幾個人是真的乾淨。咱們的陛下最恨貪污瀆職之人，我們要是有個萬一，他們也怕老爺您和他們魚死網破吧。」

管家意有所指，看了北方一眼，康政目露精光。「你說得對，咱們背後也是有人的。」

如他們所料，轉運使把康政罵了個狗血淋頭，康政唯唯諾諾地佝僂著身子不敢回話，等到轉運使罵夠了，才說：「等你明年任期滿，自己換個地方吧。」

康政沈默地點點頭，淮安這地界，他待不了了，可惜他經營這麼多年。

從轉運使府裡出來，康政揉了揉臉，快步離開這裡，他要去碼頭見一個人。

夜風低低掠過江面，燥熱的風翻滾幾遍帶著一絲涼意，拔地而起晃蕩過一排排院子，樹葉嘩啦啦作響，風又溜進半掩的門窗。

「如主子所料，康政一回來就去都轉運使府裡，出來後直奔碼頭找老黑，想藉著老黑搭上線，看來還是想偷偷私了。」

陶潛輕哼一聲。「他說私了就私了？」

來報告消息的人笑著道：「這事肯定還是要私了，但是想不張揚就把事解決了恐怕不行，該知道的人都知道了。再說了，他捅出這麼大簍子，縱使留住了官位，明年任期到了肯定也要被趕出去。」

陶潛覺得沒什麼意思。「罷了，你跟他們說，要銀子十二萬兩，就把他的人連同帳本和船都給他。」

「小的知道了。」

書房的門打開又關上，過了會兒又被推開，是妻子徐氏推門進來。「相公，叫後廚給你煮了一碗綠豆粥，且嚐點？」

陶潛坐直身子。「冰了嗎？」

徐氏含笑點點頭。「冰了會兒，我剛才試過了，涼森森的。」

「多謝娘子。」

徐氏坐在一旁陪他吃粥。「聽娘說，你動水上的人了？」

「嗯，林棲那邊的事。」

夫妻倆小聲聊了聊這幾日的事，徐氏說：「咱們認識林棲多少年了，當年第一次見到她的時候才十來歲，那時候就是這樣的性子，有手腕又有良心，到現在都沒變過。」

陶潛笑出了聲。「對那些鹽工來說是有良心，對康政來說那就是索命的厲鬼。」

十二萬兩銀子，動手的人收二萬兩，另外十萬兩給鹽工。死了的多分點，還活著的少分點，每個人最少也能拿五、六十兩，這些銀子夠鄉下一家人五、六年的開銷了。要是想蓋房子，也能修建三間瓦房，還夠給鄉下漢子娶媳婦。

就是康政要肉疼了，銀子沒撈著，葬送了仕途，還要掏空大半家底。

「你讓他們做事仔細點，別讓人知道是林棲。」

陶潛搖搖頭。「康政那人很傲，肯定猜不到會是咱們這些小商人。不過知府大人和裴同知他們倆肯定猜到了。」

他們淮安府的知府瞧著不顯山、不露水的，但不可小覷，陶潛也摸不準他知道多少陶家的事。裴家那邊，作為知府下面的二把手，他知道不少事情，猜一猜約莫就八九不離十了。

淮安的官場中人確實在猜測，康政得罪了什麼人。康政自己也在猜，自從他站隊投奔三皇子之後，知道的人都要給他三分薄面，這次栽了這麼大的跟頭，他想不到是誰要搞死自己。

康政坐在前院院子裡，管家帶著帳房、小廝忙著清點銀子，裝銀子的箱子擺了一地。

「主子，十二萬兩清點好了。」

康政心疼，擺了擺手讓他趕緊送走。

這時候，康政親娘披散著髮絲跑出來，半夜天黑，沒注意臺階摔了一跤，但她顧不得疼，爬起來往前院趕。

老太太看到院子裡敞開的大箱子裡頭的銀子，心疼地張嘴就罵。「康政你個敗家子！就這麼點家底，你全掏出來是要送給誰，你在外養女人了還是養兒子啊？這個家要被你給敗光了！」

「老太太求您小聲點，大晚上的，被外頭的人聽到可怎麼得了。」管家急得跺腳。

康政他爹也到了，瞪著康政。「你這是要幹什麼！」

康政嘆氣，把爹娘拉到屋裡。「咱們家得罪人了，這些銀子是拿去平事的。」

老太太心頭一跳，捂住心口，小聲急問道：「什麼事？」

「抄家滅族的大事。」

老太太嚇得後退一步，哆嗦著嘴皮子。「這麼凶險？」

康家掏空家底，連夜把銀子送到碼頭，收銀子的人露出得逞的微笑。「康大人是吧，在這兒等著，半個時辰後，你的人和船就給你送來。」

康政惱恨這些人對他的態度，但這時候不是發官威的時候，只能點點頭，吹著江風，乖乖等著吧。

收錢辦事的人還是有些信譽，半個時辰後，吳家家主帶著兩艘鹽船過來，看到臉黑如墨的康政更加驚慌失措，不知道這幾日出什麼事了。

這裡不是說話的地方，康政帶著人上船，讓人把船開到偏僻的地方，頭一件事就是問帳本。

「康大人放心，帳本在我這裡，他們的人找到帳本一眼都沒看，一直是我保管著。」

康政鬆了一口氣，所幸這不是最壞的結果，帳本若被人看了去，他這條賤命保不保得住都得兩說。

「燒個火盆。」

吳家家主知道他的意思，趕緊點燃一盆火，康政幾下把帳本撕碎丟進火盆裡，再將燒過後的灰全部倒進江裡。

「大人，這鹽……」

康政一咬牙。「丟水裡。」

吳家家主心疼，他也知道，這些東西現在出不了手，見不了光，只能全部丟了。漁村那邊的鹽田毀了，人都散了，只當作這件事沒做過。

康政趕在天亮之前上岸回城，吳家家主帶著人和兩艘空船去台州府拉糧食，準備出去避風頭，過段時日再回來。

第十章

卯時三刻，已經有天光了，夜色散開，天空慢慢變白，賣朝食的小販已經推著小車、扛著柴火出來擺攤了。

食物的香氣在空氣中飄蕩，街上行人多了起來，淮安城慢慢活了過來。

林棲今兒想吃西街的蝦米雞蛋餅，打發人出去買幾張回來。

春朝手腳俐落地掛好床簾，一邊忙、一邊道：「霍英一早來報，說昨晚碼頭那邊一直沒個清靜的時候，康大人把銀子送過去，接到送回來的船後就跟船走了。據說帳本燒了，鹽也丟江裡了。」

林棲打了個哈欠。「他還沒查到背後的人？」

「看樣子還沒查到。」

「呵呵，陶家藏得真深。」

春朝叫小丫鬟端來洗臉水，親自擰了張濕帕子遞過去。「辦事的人和陶潛家早已經出了五服，還改名換姓，和陶家真是一點關係都不沾。」

「康家現在是什麼情形？」

「據說一早去官衙了，看樣子還是一切照舊。」

外面看一切如常，裡面早就開始爛了，康政這會兒如驚弓之鳥，康紹奇依然在府學耀武揚威。

康紹奇見排名榜出來了，跑到裴錦程面前，說他堂堂一個舉人考不過宋槿安一個秀才，舉人的功名莫不是他爹幫他舞弊得來的吧。

此話一出，學舍裡聽到這話的其他學子驚得瞪大眼睛。

這話是能說的嗎？說當官的幫自家兒子舞弊，不管真假，這說出去還得了？

裴錦程靠著圓滾滾的身體一頭把康紹奇撞倒，一屁股坐他身上，按住狠揍，康紹奇被揍得嗷嗷叫。

裴錦程今兒懶得罵人，反正這蠢貨也聽不懂，浪費口水，摁住了就往死裡打。

康紹奇的書僮司硯趕緊上去拉，卻一腳被宋淮生踹開。

宋淮生開心地笑。「主子之間的事你可別摻和，上去就是個死。」

司硯一想，宋淮生說得對，他腦子還不算差，撒腿跑去找夫子和掌院，又哭又號，全府學都知道他家公子被揍了。

夫子們怒氣沖沖地跑到學舍，果然看到裴錦程把康紹奇打得臉腫，一看就是裴錦程仗勢欺人。

宋槿安趕緊上前解釋，夫子們也懵了。

說裴同知幫他兒子舞弊？康家生了個什麼玩意兒？豬都比他有腦子。

又是一拳揍到胸口，康紹奇吐血，他也想知道裴錦程是不是有病，他不過是故意噁心他一句，居然真敢動手。這個仇，小爺記住了。

康紹奇該打，但是都吐血了，這也夠了吧。夫子嫌棄地撇嘴，把人拉開。

等到掌院過來，一看這情形，各打五十大板，一人罵一遍，都滾回去抄書，書沒有抄完，明日休息過後也不用回來了，什麼時候抄完、什麼時候回來。

「掌院大人，要不先請個大夫看看再送回去？」

宋槿安特地看了眼康紹奇臉上的傷口，掌院也反應過來，趕緊叫雜役去請大夫，並讓康紹奇的書僮給他換身衣裳。他爹怎麼說也是個從五品的實權官，多少要給點面子。

當掌院這麼多年，他深知無法無天、口無遮攔的官宦子弟最是難搞。掌院咬著牙暗自道，他要是有奉山書院掌院的本事，一定要給這些蠢貨一點顏色看看。

這一旬的小考提前了，昨兒甲乙丙丁幾個班，夫子出了個題目，學子們盡可以發表自己的觀點，言之有理即可。

宋槿安表現得最好，不僅發表了自己的觀點，還抓住了別人的漏洞，被夫子們評為第一，裴錦程第二，這才惹來康紹奇的挑釁。

康紹奇見裴錦程不說話，掌院和夫子怕再鬧出事有些服軟，這會兒他膽氣又上來了。

他看了眼宋槿安，鄙視道：「你考第一又如何，你也不見得考得中進士，就算考中進士，你也不過是被發配到哪個聽都不一定聽過的地方，去當個七品芝麻官，嘿嘿，這就是你們這些寒門學子的命。」

宋槿安笑道：「未嘗見得。史記世家有言，王侯將相寧有種乎，我看說得極好。」

「哈哈哈哈，傻子，都是寫來騙你們這些傻子的。」

一屋子人不說話，有些人低頭，有些人嘆氣，有些人憤怒，只有宋槿安目光沈靜，胸有成竹。

裴錦程冷笑一聲。「康紹奇，我看你也別看大夫了，回家去瞧瞧，看看你家還有多少銀子，我怕你看了大夫付不起診費。」

康紹奇冷笑。「呵呵，不用你操心，我家的錢財夠我這輩子、下輩子用了。」

裴錦程一點都不生氣，反而笑咪咪的。「別急嘛，先回去問問再說。」

兩人從小鬥到大，康紹奇見裴錦程這副表情，感覺有些不妥，冷哼一聲，扭頭走了。

宋槿安深深看了裴錦程一眼，也沒再多留，跟夫子請了半天假，他有事要回家。

夫子擺擺手。「不用請假了，反正明兒休息，你們想走的這會兒可以提前走了。待後日回來，好好讀書，用心些。」

「是。」學子們躬身作揖退下。

康紹奇如往日一般下學回家，沒著急去找他娘，反而去前院找他爹，張口就問：「爹，咱們家沒銀子了？」

康政目光銳利如箭。「誰告訴你的？」

「裴錦程啊！」

康政猛地站起來。「你仔細說。」

這有什麼好說的，康紹奇幾句話就說完了，說完還補了一句。「裴錦程那小子越來越小心眼了，說他一句居然打我。」

「不肖子孫，我康政怎麼會生出你這麼個蠢貨來！來人，上家法。」

康政怒不可遏，一想到家裡遭的這些罪可能是他引起的，康政就恨不得掐死這個不孝子。

康紹奇見勢不對要跑，這次康政鐵了心思要揍他，就不可能讓他跑掉。

一家人守在書房門外，聽到裡面木板打在肉身沈悶的聲音，終於，康紹奇的娘忍不住衝進去，看到兒子一身血，趴在板凳上一動不動，她只覺肝腸寸斷，絕望怒號。「康政，你瘋了，那是你親兒子啊！」

康政眼神迷茫，臉和脖子緋紅，嘴裡喘著粗氣，鬆開手裡的棍子，棍子掉到地上，發出一聲響。

「來人，快來人！」

「叫大夫來！」

司硯撲上去，抱起公子。「夫、夫人，公子好像沒氣了。」

「啊，康政我要你給我兒子償命！」

管家衝過來，掐住手腕。「夫人冷靜，少爺還有脈象。」

康家好一番折騰，請來十幾個大夫，康家小兒子差點被打死的事一時間傳得滿城風雨。

林家別院書房。

林棲靠在丈夫懷裡，抬頭看他。「熱不熱？」

宋槿安淡淡一笑。「不熱，今兒還算涼快。」

林棲又靠過去。「哎，原以為你們還沒當官，同窗之間應該還算和諧，沒想到這才讀了一個多月，就鬧出這麼多事情來。」

宋槿安應了聲。「哪裡有人，哪裡就有爭鬥，在所難免。」

「要不，咱們拜個名師？跟著老師讀書，想必會少些麻煩。」

宋槿安搖搖頭。「躲不得，待以後，未必能這樣獨善其身，或者有師長庇護，還是要靠自己。」他繼而又笑道：「我都是白說，這些日子都是靠妳，靠妳才能這麼快解決事情。」

林棲哈哈大笑起來，笑完了才道：「有沒有感覺到女強男弱的痛苦？」

捏捏她的嫩臉，再靠近一些，兩人目光纏綿，呼吸相聞，他翹起嘴角道：「早前有言，我宋槿安是個吃軟飯的，宋家村的人誰不知道？」

她的手指頭勾著他的髮尾，親暱地蹭了蹭他的下巴。「我在淮安經營了許多年，就如同你在科舉這條路上一般，你才開頭罷了，我不催你，你也別著急。」

看著她清亮的眼眸，鳳眼、瓊鼻、朱唇，此刻他很急，他現在就慌得不行，慌到不知不覺間，就把她摟得那般緊，現在就想吃軟飯。

林棲只覺渾身嬌軟，窩在他懷裡，連推開他一根手指頭的力氣都沒有。

「有人。」

宋槿安含糊地應了聲，雙臂使勁，抱著她去裡屋。

今日天氣涼爽，有些人待在屋裡出不了門，有些人想出去，在院子跟拉磨的驢一般轉了好幾圈，走到門口了，又轉身回去。

孫承正在屋裡看書，許如意推了他一下，孫承正笑嘻嘻地看她一眼。「妳也想躺著呀，上來，我給妳留個位置。」

說話間孫承正丟下書，往床裡面挪開一個位置，示意她趕緊上來。

兩人面對面躺著，許如意湊到他耳邊，小聲問：「季越是不是出什麼事了？每次他回來，雲嵐好幾天都會不高興，有時候還偷偷在屋裡哭。」

孫承正臉上笑意淡了，瞥了眼關得嚴嚴實實的門窗。「季越的事，妳別問，也別管，至於他娘子，看在妳們相交的情分上，能勸就勸，不能勸就算了。」

宋槿安找他和石川聊過，季越想攀附康家走捷徑，他們三個只想好好讀書以求中舉，和季越已經不是一路人了。

季越一向以自己的學識自傲，除了槿安還算看得上眼之外，當時私塾裡的同窗們，他都沒放在眼裡，特別是他這個考試從來衝不上前面排名的。季越從未宣之於口，但是誰又是傻子呢？

現在季越的心思沒在讀書上，每次小考排名下滑，他們都看在眼裡。

能走上科舉這條路，有誰不是為了名利？但是太急功近利，反而會適得其反。

孫承正和石川在讀書上天賦一般，宋槿安讀兩、三遍就能記住的書，石川要讀十遍、二十遍，他可能要讀一百遍，他最知道自己為了不被槿安落下付出了多少，他不能就這樣半途而廢，怕自己有一天會悔不當初。

孫承正內心忐忑。「如意，有一天，等妳見過了更多的人，妳會不會覺得我太蠢，嫁給我倒了八輩子的大楣。」

許如意拉著他的手，驚訝地扭頭看他。「你怎麼會這樣覺得？我這麼聰明的人，如果真覺得你蠢，你覺得我還會嫁給你嗎？」

孫承正愣了一下，哈哈大笑起來，抱著他的娘子猛親一口。「放心，我以後肯定會努力讀書，讓妳當上官夫人。」

許如意難得溫柔對他說話。「現在這樣努力就很好了，不用再多努力啦，再多努力，你就沒有時間陪我啦！」

小夫妻倆卿卿我我靠在一起說悄悄話。

對門的雲嵐靠著牆落淚。

砰一聲，季越推門進來，面對同窗和外人的溫和全沒有了，對她的時候只有不耐煩。

「給我十兩銀子，我要出門一趟。」

雲嵐抹乾眼淚，連忙問道：「幹什麼去？」

「上門拜訪。」甩下幾個字，季越不肯再多說一個字，她也不敢問。

季越猶豫了那麼久，還是出門了。

等季越一走，另外兩家的門窗都打開了。

許如意站在窗口喊道：「雲嵐呀，今兒涼快，晚間咱們去河邊走走可好？」

梅蕊從屋裡伸出腦袋，也朝季家的方向大聲道：「聽說河邊有人挖嫩藕呢！咱們去買點回來，用滾水燙一燙，涼拌著吃。」

雲嵐從屋裡出來，臉上掛著笑。「哎，我跟妳們去。」

康家此刻因為請大夫鬧得人仰馬翻，季越上門無人接待，小廝從偏門打開一條縫，打量他一番，直接說：「我家公子這會兒沒空見你，主子們也忙著呢。既然你說是公子的同窗，就在府學等著吧，等我家公子去府學讀書，你就見著了。」

說完，砰一聲關上門，他送上的禮物被原封不動地塞回來。
季越沈默半晌，才轉身離開，身後的夜色，越來越沈。

最寵愛的小兒子被揍得下不了地，康政只看了一眼，大夫說沒大礙之後，他頭也不回地離開，不管家裡女人如何哭罵。
他找來門客商議裴家的事，鹽船被劫，是不是裴淵明那個老雜種為了替他兒子出氣故意整他，就是為了讓他出紕漏，把他趕出淮安？
幾個門客商量來、商量去，有兩個法子，一是趕緊給京都那邊寫信，別猶豫，把事情全盤托出；二是去裴家拜訪，試探他的態度，魚死網破肯定不至於，要不也不會勒索銀子就把鹽船送回來，還連帳本都沒看。
康政冷笑。「裴淵明那個老狐狸，我就是把帳本送他手裡，他也不會看，惜命著呢。」

隔天休沐日，天氣依然涼爽。
康政放下臉面，帶著笑臉上門，到了裴家才知道裴淵明那個老匹夫不在家。
康政心裡氣憤，語氣不冷不熱地道：「不會是見我來了才有事要辦吧？」
「康大人哪裡的話，今兒休沐嘛，天氣又涼爽，老夫人想去城外廟裡燒香，老太爺就說一家人都去走走。」

康政冷哼一聲，一甩袖子離開，過了會兒，小廝來報，裴家今兒一早確實出城了。今兒天氣涼爽，出城遊玩的人還不少。

無奈，康政只得回去。

第十一章

林家別院。

好不容易碰上涼爽的天氣，宋槿安又在家，林棲指揮著後廚準備一些在野外方便吃的小點心打包帶上，今兒他們也出城遊玩。

宋子安跑過來，笑著問大嫂。「城外有河嗎？我想釣魚。」

「有，想釣魚就把你的魚竿帶上，你要是釣到魚，咱們中午烤魚吃。」

「大嫂等等我，我這就去拿。」

別人家的小孩都鬧騰，宋子安喜靜，別院裡有湖，養著魚，他最喜歡跟廚子每日坐在柳樹下釣魚，手裡日常拿著一本啟蒙的書，背書、釣魚兩不誤。

既然準備烤魚，林棲隨手叫來一個小丫鬟，讓廚娘跟著一起走，準備好調料，到時候在野外烤魚。

宋淮生跑過來。「主子，馬車準備好了。」

「好，你去叫宋槿安快點，咱們走。」

城郊樹木綠樹成蔭，掩映著一條從山上流淌而下的小溪，溪邊的石頭被沖刷得乾乾淨淨，席地而坐，滿目綠意盎然。

「淮生，這兒平坦，把篷搭在這邊。」

宋淮生從馬車上扛下一捆東西，拆開後從裡面拖出一小捆細長的棍子，後又拖出厚實的布料，找個人搭把手，很快撐起來兩個篷子。

小丫鬟擺好簡易的椅子，林棲扶著劉氏過去坐。

「您先休息，緩一緩氣，一會兒咱們去前面林子裡挖野菜，煮一鍋湯來喝。」

劉氏含笑點頭。「妳忙妳的去。」

宋槿安笑道：「出來玩罷了，有什麼好忙的，她就是貪玩。」

林棲輕哼一聲，不搭理他，扭頭去拿木桶。「子安，你的魚竿呢？快拿來，我們去下面釣魚。」

「在這兒。」

篷子的下風口處，廚娘指揮護衛找石頭搭了三口灶臺起來，她捋起袖子去溪流淺處翻石頭，動作熟練，一看就是老手，一會兒工夫翻出十幾隻小兒手心般大的小螃蟹。

「這個好，油炸一番撒上特製粉料，又香又麻又辣。」

「螃蟹還可以用來煮粥喝呢！再去撈些小蝦米，一起煮一鍋粥。」

林棲聽得饞了，大聲問：「帶蔥薑了嗎？」

「帶了，帶了。」

「那先煮一鍋粥出來。」

霍英帶著幾個護衛沒事幹，留下兩個護衛幫忙，叫上其他人去林子裡獵野兔。

幾人在進山的路口處，碰到去山上廟裡燒香的小娘子，小娘子看他們身上掛著刀、弓箭的裝備，就念叨著。「阿彌陀佛，廟宇山下也敢殺生哦……」

霍英抬頭挺胸地走過去，嘴裡也念叨了一句。「酒肉穿腸過，佛祖心中留。」

這話讓剛下山的裴錦程聽得哈哈大笑，真是個妙人。

裴錦程大喊道：「幾位壯士是要進山打獵嗎？可否帶上我？」

霍英嫌棄地撇嘴，這麼圓潤的身體跟他們進山，怕是會拖累他們。

「裴公子，恐怕不太方便。」

「霍護衛，別這麼嫌棄嘛，我跑得挺快的。」裴錦程去過林家別院幾次，還一起吃過殺豬菜，跟霍英還算熟。

呵呵，真的嗎？我不信。

霍英指著他們來的方向。「我家主子就在前頭，我們帶了廚娘過來，中午在前面溪邊野炊。」

裴錦程立馬改主意了。「那我去找宋槿安，你們快去快回，多帶點肉回來呀！」

「放心。」霍英朝他行禮告退，帶著人躥進林子，生怕有人在後頭追一般。

裴錦程撇嘴。「真這麼嫌棄我？」

裴錦程走路快，衝在最前頭，裴淵明夫妻攙扶著老爺子、老太太，這才下山來，剛才他們說的話，他只聽到了大半。

裴淵明擦擦汗。「你同窗在前面？」

「嗯，宋槿安。」

裴淵明道：「既然如此，那我們過去坐坐。我也很想見一見這個年輕人。」

「那走吧，祖父、祖母都累了，咱們去他們家吃點好吃的。」

裴夫人猶豫道：「剛才聽你們說肉，咱們才拜完佛下山來就吃肉？」

裴錦程拉著他娘走在前頭。「哎呀，剛才人家不是說了，酒肉穿腸過，佛祖心中留。佛祖不會怪罪的。」

「你個臭小子，一堆歪理。」

裴錦程拉著他娘走了一段路，聽到溪流的聲響，又聽到說話聲。「宋槿安，在做什麼好吃的呢？」

宋家四口人扭頭看去，只見一個小胖子拉著一位弱柳扶風的貴婦人。

「錦程，這是……」

裴錦程趕緊道：「這是我娘，我們一家剛從山上下來，在路口碰到你家護衛，知道你們在這兒做好吃的，就過來湊熱鬧啦！」

這時候，裴淵明扶著父母也過來了，宋槿安笑著道：「歡迎，不過我們還在撈蝦米、釣魚，飯菜還沒開始煮。」

「哈哈哈，撈蝦米怎麼撈，我也想玩。」

裴淵明還沒走近，就眼睜睜看著他兒子跑了，留下他們和宋槿安大眼瞪小眼。

宋槿安有眼色，猜測穿靛藍色長袍的應該是裴錦程他爹，拱手道：「見過老太爺、老夫人，見過裴大人、裴夫人。」

裴淵明向來不苟言笑，此刻見到一表人才的宋槿安也笑著點點頭。

林棲扶著婆婆走過來，邀請他們過去坐。

劉氏原有些拘謹，裴夫人是個體貼人的性子，拉著她說話，說她家裴錦程不懂事，哪有把爹娘丟在原地，自己就這麼跑去玩的。

「錦程挺好的，熱情又懂禮，每次他來家裡，我們全家人都高興著呢。上次他還陪子安釣魚。」

裴夫人臉上的笑容真誠了些，扭頭跟婆婆說：「怪不得錦程最愛往槿安家跑，有妳這樣的長輩寵著，可不得天天都想去嘛。」

劉氏不安道：「我們普通人家，哪裡敢當錦程的長輩。」

裴老夫人樂道：「你們呀，盡往他臉上貼金，那個臭小子哪裡懂禮了，明明是看中了妳家的肉。」

在場眾人不禁大笑起來，這話說得實在。劉氏也笑開了花，沒承想這些官夫人說話也這樣有趣。

聊得開心了，林棲見劉氏不膽怯了，便向裴老夫人和裴夫人告了個罪，找小崽子去。

裴老夫人溫和道：「妳家這個大兒媳，很是不錯，選得好。」

劉氏笑著看了眼湊在一起的兒媳和小兒子，高興地點點頭。

另一邊，宋槿安陪著裴淵明說話，裴淵明問起他的功課，少不了考校一番，考校後有心指點他。

「你底子打得牢，又因農家出身，對田桑之事了解，這是你的長處。你的短處是你學得太粗淺，你想更好，以後就要往深裡學。你可知道僅僅一部《春秋》就有多少本注釋？你又看過了幾本？」

「裴大人說得是。」

宋槿安坦然面對自己的不足，尤其是和裴錦程這樣的官宦子弟相處了一個多月後，他更加了解自己的弱點和長處。他上次小考能勝過裴錦程，也是因為夫子問到他擅長的方面。

裴淵明越看這個年輕人越滿意。「你呀，缺少名師指點，照現在這樣學下去，勤學苦讀，考個舉人問題不大，但是要中進士，怕是有些難。」

聊了學問，裴淵明問他。「你們家和陶家有什麼關係？」

宋槿安老實道：「我娘子和陶家是一個商會的，硬要說什麼關係，應該是熟人的關係吧。」

裴淵明哈哈大笑起來，心想這個小子真是避重就輕，如果只是點頭之交的熟人，人家犯得著為他們夫妻得罪從五品的實權官員？

別說康政現在還不知道，他還有一年才走，細心留意，肯定會發現陶家的痕跡，畢竟能做到這個位置且攀上皇子，也不是全靠運氣。

宋槿安笑了笑，沒再提這話。「大人，釣魚嗎？」

「釣魚？以前就想試試，一直抽不出工夫。」

「今天試試吧。」

「成。」

宋槿安陪著他去小溪下面的一個小水潭，林棲和子安蹲在岸邊，聽說裴大人也想試試釣魚，林棲大方地分了一根魚竿給他。

於是乎，水潭邊蹲著一排四個大小蘑菇。

等了好一會兒，只有風吹落的兩片樹葉落在水面上激起一點漣漪，魚線一動不動。

裴淵明扭頭看這三人，小的那個認真地盯著水面，大的兩個在偷偷牽手，一點也不顧及光天化日之下，還有他這個外人在。

「林娘子。」

宋家三個人扭頭看他。「裴大人，您叫我？」

裴淵明笑呵呵道：「聽說妳給桃源縣捐了銀子修建碼頭？」

「是有這回事。」

「妳也是咱們淮安人吧，妳怎麼沒捐給咱們淮安？」

林棲不解，淮安富得流油，修建碼頭還需要她捐銀子？那些做南北貨的商家不是爭著搶著送銀子嗎？

林棲見裴大人還在等她回答，只能說：「裴大人，我家的商鋪，每年的稅銀都是準時交足了，我家帳本您隨時可以查。」

她的意思是，我沒有偷稅、漏稅，就算給淮安做貢獻了。

「哈哈哈，那倒不用。」

作為知府手下的二把手，他的本職就是管錢糧收稅，淮安的幾大納稅大戶，他都心裡有數。海運那個不算，林家的鋪子，交稅最是積極。

他第一次來淮安任職的時候，私下還跟知府大人聊到，第一次見到納稅這樣積極的商戶。那時候知府只對他笑，說時日長了，他就明白了。

他現在明白了，又好像沒明白，今兒是兩家私下相聚，他想問個明白，為什麼她在交稅上這麼認真，那真是一文錢都不少。

林棲淡淡笑道：「國家興亡，匹夫有責。太平年間，咱們作為一個普通人，能做的貢獻就是好好幹活，好好交稅，國家才有足夠的稅收去強兵，去修繕河道，教化萬民。」

林棲輕飄飄的一句話，把裴淵明和宋槿安震住了。

「所以妳才那麼恨康政販賣私鹽？」

這個林棲可不會認，她眨巴著眼睛問她相公。「康政是誰？」

宋槿安淡定地搖搖頭。「不認識。」

裴淵明不禁搖搖頭，這兩夫妻啊……

不提康政，裴淵明問宋槿安對稅制有什麼看法。

宋子安一下站起來，三個大人都看著他，不解怎麼了。

宋子安小聲咕噥。「你們把魚嚇跑了。」

林棲笑出聲，去牽他的手。「走，咱們不釣了，讓他們說去，我們去看看蝦米粥熬好了沒有。」

「好。」

把魚竿塞給兩人，林棲牽著小崽子走了。

看到宋子安，裴老夫人特別高興。「哎呀，這就是妳的小兒子啊。乖孩子，快過來讓奶奶瞧瞧。」

宋子安乖乖叫人，叫了人就挨著大嫂不肯說話。

裴夫人笑著對劉氏說：「還真是像妳說的，孩子不愛說話，怕生沒什麼，長大點就好了。」

「夫人說得是。」

那邊霍英他們回來了，打回一些野雞、野兔，一群人圍過去幫忙，裴錦程也擠進去，鬧著要吃烤的。

霍英被他煩得沒辦法了，答應了他，讓他先閉嘴。

裴錦程不介意宋家的下人沒大沒小，反而高興大家這麼對待他，幹活都更有幹勁了。

兩家人，大大小小二十多口人，護衛們在烤肉，廚娘和丫鬟們一起熬粥、炒野菜、炸魚。在野外缺少調料，但是肉和菜都新鮮，在山間野炊，吃起來別有一番風味。

用了午飯後，裴家兩老要休息，裴家人就先回城了。劉氏知道他們喜歡家裡的豬肉，就說下次殺豬請他們到家裡吃殺豬菜。裴夫人一點不嫌棄殺豬菜，高興地應下。

裴家馬車上，裴錦程上了他爹娘那輛馬車。「娘，您真吃得下殺豬菜？」

「廢話，你爹當年去窮鄉僻壤當知縣的時候，為了入鄉隨俗，我連蟲子都吃過，殺豬菜算什麼。」

裴錦程豎起大拇指。「娘，還是您厲害。」

裴夫人有些小得意。「別以為我只能吃好的、用好的，平民日子我也過得。還有，除了他們家肉好吃之外，我覺得這家人不錯。你別看我們是官宦人家，他們是普通百姓，那一家老的小的都挺好，特別是你同窗夫妻倆，以後，說不定對你有幫助。」

從小在官宦之家長大，見多了人，裴夫人還是有些看人的本事。

「娘，我真拿宋槿安當朋友。」

「知道了，我又不是讓你算計他們，多來往加深感情，不是挺好的嘛。」

裴淵明贊同道：「你娘說得沒錯。」

過了半個月，宋家又要殺豬，專門挑了個休沐的日子，兩家人聚在林家別院裡，熱熱鬧鬧吃了一頓。

兩家來往的事不知道怎麼傳了出去，傳到康政的耳朵裡，就覺得裴淵明整他，一是為兒子出氣，另外一個緣由，說不定是為了姓宋的小子出氣。

康政氣得胸口疼，他都親自上門求見幾次了，那老小子都找藉口推脫不見他。想到這兒，又想去後院揍兒子。

康紹奇受了一頓皮肉之苦，趴在床上養了大半個月，屁股上的傷口才結痂，痂還沒掉呢，就被他爹趕去府學讀書，還不准家裡送飯，讓他自己去吃府學飯堂。

康家老太太捨不得孫子，康政大吼道：「家裡為了他丟出去十多萬兩銀子了，還有我的官途，他有吃有喝的還想怎麼樣？」

一家人都被康政的暴怒嚇住了，沒人敢幫他說話，康紹奇只能老實去府學飯堂用飯。

季越等了好些日子，總算在府學看到康紹奇了，笑著迎過去，還沒靠近就被康紹奇罵了一頓，康紹奇罵痛快了，末了直接叫他滾開。

大庭廣眾之下，被這樣下臉面，季越只覺得臉上如火燒，腦子糊成一鍋粥。

不顧大家指指點點，他強裝淡定地轉身回房間，關上門，他才徹底軟在地上，冷汗直冒，這些天沒想明白的事，他這時候才明白，自己做了一件錯事。

太愚蠢了，愚不可及！

我以為我是誰，我想攀高枝人家就能讓我攀？我憑什麼攀得上？讀書人最重臉面，被這人打臉，他還有臉留在府學讀書嗎？不會惹來一頓恥笑嗎？

季越從地上爬起來，靠著門站直，瘋了似的念叨。「不行，我不能離開這裡，離開府學，我就徹底沒機會了……」

他發了狠，總有一天，他要康紹奇跪在他面前磕頭謝罪。

中秋節的前兩日，廚房管事寫了張單子交給大管家，宋石拿著單子去稟報主子。

「我要鹹蛋黃的冰皮月餅，其他的你們看著辦。」這一世，林棲對食物的愛好和生活習慣，或多或少還有上輩子的影子。

淮安這邊喜愛吃酥餅，餡料也是各種花瓣、紅豆、核桃仁之類的。林棲喜歡吃冰皮的，還喜歡鹹蛋黃，沒人會做，她就給了方子，讓廚娘慢慢琢磨。

廚娘做出來後，家裡每年過中秋節的時候，都要做一大堆冰皮月餅送給親朋好友，這已經成了林家的特色。

林棲把單子遞給宋石。「問過夫人和子安了嗎？他們想吃什麼口味，你都準備好。」

「老奴一會兒就去。今年月餅要送哪些人家，還請主子定奪。」

林棲沈吟半晌。「把去年的單子拿出來，今年添上裴家，給裴家送的就只送吃食，不要送多餘的東西惹人多想。還有就是陶家，今年要送厚禮，回頭你擬定一個單子拿給我看看。」

陶潛前些日子幫了她忙，謝禮正好趁過節的時候送過去才不引人注目。不過，陶家巨富，送禮給他們家真要費些心神。

宋石點了點頭，又道：「府學那邊，是否需要給夫子送禮？」

「這個你去問宋槿安，聽他的。」

「是。」

明兒家裡要做月餅了，有空閒的下人都去廚房那邊幫把手，做餅之前先要殺頭豬，取豬油熬好，烤月餅用得上。

廚房的管事高聲道：「家裡今日忙，就不做殺豬菜了，一會兒分了肉，你們自己去後巷找間廚房弄來吃。不過吃了肉，可得幫我們幹活，沒有大夥兒幫忙，咱們可忙不過來啊。」

「您就放心吧，家裡每年烤月餅，咱們都會了。」

「就是，不過冰皮的還要您幾位來，咱們粗手粗腳的弄不會。」

負責做冰皮的主力廚娘得意道：「外頭那些人都猜到冰皮是糯米做的，他們不知道方子，做出來就是沒有咱們家的好吃，這可是獨一份的手藝。」

幾個在廚房打雜的小廝、丫鬟們，趕緊恭維道：「可不得等著您出手，家裡給達官貴人們送禮，就指望您了。」

廚娘哈哈大笑起來，不過還知道些分寸，不敢過分張狂。「方子是主子給的，我也不敢獨占，今年你們幾個都跟著學，明年八月十五，你們也能幫把手。」

林家下人待遇好，這會兒主子正是用得上他們的時候，沒人敢偷懶。廚房這邊動起來，院子那邊剛宰殺的豬已經燙毛掛在架子上了。

劉氏聽丫鬟說，家裡的冰皮月餅如何有名，她好奇過來看看，就看到廚房裡熱火朝天的一幕。

廚房管事快步跑來，點頭哈腰道：「夫人，您來了，想吃什麼東西，您儘管吩咐，咱們家裡好幾個大廚，什麼菜都能做。」

劉氏輕笑一聲。「還沒到飯點，且不餓呢，就是聽說你們做月餅，過來瞧瞧。」

「冰皮月餅今兒還做不了，那個皮不好保存，往年咱們都是一早起來做，午時前打發人送出去。」

「這樣啊，那你們早起幹活辛苦了。」

「哈哈哈，不辛苦，小的們該做的。」

廚房管事陪著她說了會兒話，劉氏才走，散步走到金銀樓，見到林棲就說：「家裡的下人管得真好，廚房裡忙，別處當差的丫鬟、小廝們有空閒的都去幫忙了，一點兒都不懶散。」

林棲笑著道：「聽娘這麼誇他們，後日過節，該給他們發賞錢了。」

伺候的小丫鬟端來一杯溫茶，劉氏端起抿了一口，待小丫鬟退出去，她才小聲問：「只給家裡伺候的發賞錢？外面的管事不給？要不就不發了吧，這麼多人，又要花一大筆銀子吧。」

林棲噗哧一聲，手裡的毛筆一抖，帳本差點被滴落的墨汁弄髒了。

「娘，您放心，家裡給下人發賞錢的銀子還是有的。」

府學那邊，宋淮生收到消息幫忙傳話，問公子明日送禮的事宜。

宋槿安心裡有數。「準備五盒月餅，只要月餅就夠了，其他不用準備。」

「好呢，我這就去回。」

裴錦程一邊打開宋槿安的食盒，一邊問道：「只給講課的夫子，其他夫子不給？我聽說有幾個已經放話出來，說要給夫子敬上厚禮。」

宋槿安頷首，表示自己知道。「我家境普通，心意到了就成，夫子們體恤我們求學不易，肯定不會挑剔咱們。」

裴錦程哈哈大笑。「你小子，在我面前裝窮，你也好意思。」

宋槿安正色道：「我父親去世前只是個秀才，也沒有留下多少家產，現在都靠我娘子養活，能節省的地方還是要儘量節省。」

裴錦程被他一席話弄得目瞪口呆，這話是能說出口的嗎？人家上門女婿都知道扯條遮羞布，你倒是好，居然大大方方說出來，吃軟飯還吃出心得來了嗎？

裴錦程豎起大拇指。「兄弟，還是你厲害。」

宋槿安淡淡一笑，坦然處之。

中秋節當晚城裡有燈會，淮安的各個書院也會放假一日，中秋節頭一日，該送的節禮都要送到。冰皮月餅尚且不急，烤製的酥餅晚上才要開始做。

林棲叫春朝吩咐下去，後日中秋節，不當值的人都放他們休息。

林家買來的下人裡面尚沒有世僕，除了像宋石、宋朴兄弟倆這樣全家買來的，其他的都是單一個人，大都和相熟的同伴約著一起過中秋。

是夜，林家的大廚房燈火通明，下人們聚在一起，有說有笑地幫著烤製月餅，還能頭一波嚐味道。

之前林棲指揮修建的土烤爐相當好用，平日裡烤雞、烤鴨、烤紅薯，節日裡還能烤點心。香甜的酥餅味道從烤爐裡飄散出來，大家饞得瘋狂吸氣。

主子領頭帶得好，林家從主子到管事，就沒有吝嗇的人，廚房管事大手一揮，在場的見者有份，一人一塊。

「食盒準備好，先裝上。」

「早準備好了，都清洗過了。」

翌日卯時，負責做冰皮月餅的廚娘精神抖擻地進來，熬了一夜做酥餅的人都給她讓出位置，打著哈欠回去睡覺。

辰時，林棲起床收拾好自己，去飯廳和婆婆一起用飯，冰皮月餅已經放在桌上了。

宋子安好奇地看，這個餅真好看啊！

林棲先為兩人挾了一塊放在碟子上。「娘您嚐嚐，看合不合胃口。」

廚房辦事妥帖，鹹的、甜的各上了一碟。待嚐過一輪，劉氏指著紅豆餡的月餅。「還是這個更適口。」

宋子安和林棲喜歡同一個口味。「我覺得鹹蛋黃的好吃。」

劉氏笑著對林棲道：「大郎也更喜愛鹹的，家裡就我一個愛吃甜的。」

「那以後叫廚房隔幾日做一碟給您嚐嚐。」

劉氏嘆道：「還是媳婦貼心，我養的兩個兒子，連我愛吃什麼口味都不知道，也不曾問過我，跟他們爹一樣粗心。」

林棲哈哈大笑起來，回頭可要把婆婆的吐槽告訴她親兒子。

淮安城裡許多人家今日都忙著送節禮，林家送出去的酥餅和冰皮月餅如往年一般受歡迎。

宋石是家裡的大管家，帶著人挨家去送，首先送去張家，且說好了明兒中午主子要來張家吃午飯。

姚氏道：「你跟林棲說，我和她舅舅等著她，人來就行了，別送禮，咱們都不是外人。」

宋石送到陶家，陶潛剛巧在家，陶家管事請他進去，沒什麼重要的事，就是問冰皮月餅如果還有多的，他想再要一點，他們全家人都愛吃這個。

宋石笑著道：「家裡還有，今兒送來的您先吃，明日一早再送新鮮的過來給您。」

陶潛點點頭。「行吧，明兒再送來，你去忙吧。」

「小的告退了。」

陶家管事送宋石出去，站在屋簷下目送林家的馬車走遠了才進去。

「公子，我見宋管家往東街那邊去，前頭拐彎進了饅頭巷，那條是去官衙那邊的近路。」

陶潛心滿意足地吃完一塊冰皮月餅，喝了口清茶，慢悠悠道：「不奇怪，林棲她相公和裴同知家的小公子關係親近，還經常去林家串門子，宋石去裴家送節禮也正常。」

陶潛揮揮手，管事行了個禮躬身出去了。

徐氏說道：「林棲這小娘子又在打什麼主意？」

陶潛心裡大概有數，但是不能說，他笑了笑，站起身來。「一會兒妳給爹娘屋裡送一碟冰皮月餅過去，我去鋪子上看看。」

「你去忙吧。」徐氏還沒解饞，又吃了一塊月餅，才叫下人進來。

且說宋石送完親朋好友，趕著回去，重新裝了八盒月餅，三盒先送到文芳街公子的三個同窗家，其餘五盒和食盒一起送到府學。

明日才是中秋節，今天已經熱鬧起來了，有走親訪友的、有動手製花燈的，街上人來人往。

淮安城裡提前熱鬧起來，只有康家今日冷冷清清，和這熱鬧的氣氛格格不入。

「老爺，今兒到現在大半日工夫，家裡收到五份厚禮，我們和往年一樣也給各處送禮，有好幾戶人家推託了，沒收咱們的禮。」

收到的厚禮，康政不用動腦子也知道是自己手下的人送來的，便冷聲道：「誰家沒要咱們家的節禮？」

「頭一個是葉知府，後頭還有裴同知、趙通判、于通判……」

越說到最後，管事聲音越小，康政怒上心頭，手一揮，手邊的茶盞飛出去，茶盞碎在地上，茶湯灑了一地，嚇得管事和下人膝蓋一彎，跪在地上。

康政怒吼一聲。「好啊，好啊，他們一個個的，真覺得我康政以後沒有出頭之日了，都來打我的臉，真當我康政好欺負不成？」

聽到書房的動靜，趕緊跑來的管家連忙勸道：「老爺息怒，別氣傷了身體。」

「傷了身體又如何？他們恨不得我死。」

管家嘆息一聲，叫屋裡的下人出去，關上門才道：「老爺您還要等到明年才能走，就算……咱們也不能硬著來。」

康政發洩過怒氣之後，才沈下心來，長嘆一口氣。「下午你去宋家送一份重禮，不，你去不行，把那孽子叫回來，叫他去送，讓他去道個歉。」

管家沈默地應下，這樣也好，既然已經沒臉了，那就放低身段，徹底服軟。

宋家既然和裴家來往密切，給宋家送禮也是做給裴家看。裴家不收康家的禮，宋家不敢不收。且公子親自上門致歉，意思到了，誰也挑不出一個錯來。

只是，公子要受些委屈了，以後在府學，那就徹底在裴錦程面前低下了頭。

稍晚，康紹奇散學回家，被押著去宋家道歉，他抵死不從，差點又被他爹揍，還是管家把他拉到一邊說了他一頓。

過了會兒，康紹奇紅著眼睛跟管家從隔壁屋裡出來，看了他爹一眼，舉起袖子抹了一下眼睛就出去了。

看著兒子那委屈的模樣，康政心裡難受得喘不過氣來，這是他從小寵大的兒啊，如今竟然……唉。

熱熱鬧鬧和悽悽慘慘總是在某種情形下互相對應著，康紹奇去宋家致歉，他逼著自己低頭。這一幕被躲在一邊跟來吃冰皮月餅的裴錦程看在眼裡。

「前次是我家管家來送的禮，是我不對，我做錯了事就該親自來，還請原諒。」宋槿安沒有故意為難他，收下他的禮，回贈給他一盒月餅。「知錯能改，善莫大焉，你的歉意我收到了。」

兩人無話可說，康紹奇喝了口茶，起身告辭。

裴錦程感概萬千，沒想到康紹奇那樣一個飛揚跋扈、眼睛長在腦袋上的人，也有這一日，想必心裡十分不好受吧。

裴錦程也沒了玩樂的心情，提了一食盒冰皮月餅就回去了。

文芳街，孫承正一大口咬掉半塊冰皮月餅，嚥下去後迫不及待地說道：「味道真好吃，不像其他烤月餅那樣乾，又好入口。」

許如意贊同。「開一家專門賣這個餅的鋪子肯定賺錢，又好看、又好吃，誰能不愛？」

梅蕊道：「聽以前教我規矩的女先生說，有底蘊的高門大戶，幾代傳下來，手裡都有獨一門的各種方子，只有他們家才做得出那個味道，其他家想做都做不出來，就算照著做也是畫虎不成反類犬，不是那個味。」

石川笑道：「要是那麼容易被仿製，那也不是獨一份了。」

他們四人說得熱鬧，季越和雲嵐夫妻倆只低頭吃餅，一言不發。

許如意打量著雲嵐的臉色，建議道：「雖說我們不會做好吃的月餅，但禮尚往來還是應該的，要不咱們一會兒去街上買一盒月餅送去宋家？」
石川夫妻倆同意。「槿安和林娘子不是計較身分的人，要不也不會專程給咱們送節禮。」
雲嵐還是低頭不說話，季越同意了，主動說：「我跟你們一起去。」
孫承正笑著道：「那我們要趕緊的，好久沒嚐到槿安家廚娘的手藝了，他們的魚做得可真有味。」
「哈哈哈，我也這樣想，咱們趕緊走，去一趟肯定得吃一頓好的。」
表面和諧的六個人，鎖好門一起上街去買月餅。

第十二章

孫承正幾人上門，宋槿安和林棲夫妻倆熱情地把他們迎進去。

許如意一看到林棲就對她家的月餅大誇特誇，誇完又說：「妳家做的月餅真好吃，我們可不會做，只能上街買了兩盒給你們送來，妳可別嫌棄。」

林棲笑著道：「買得正好，我家廚娘就做了這幾樣月餅，我想吃點新鮮口味都吃不著，正要叫人去買些回來。」

雖然知道林棲說的是客套話，大家還是樂得哈哈大笑。

許如意挽著林棲的胳膊道：「我可不想吃外面的，就想吃妳家廚房做的。」

「那還不簡單，咱們去後院涼亭，一邊賞景、一邊吃。」

林棲帶著許如意、梅蕊、雲嵐走在前面，宋槿安帶著孫承正他們稍微落後一點，商量著夫子交代的課業，中秋節作一首什麼詩合適。

路過跨院，許如意一抬頭看到林家的大總管正在清點東西，幾個打開的箱子上還擺著新鮮的果點，一看就知道是外面送來的。

「誰家大老爺這麼豪氣，送這麼重的禮？」梅蕊也看到了，院子裡的箱子都是一個樣式的，肯定是一家送的，她好奇地打聽。

林棲微微一笑，毫不避諱地道：「康家送來的。」

孫承正聽到康家兩個字，扭頭問宋槿安。「誰？康家？康紹奇家？他家給你送這麼厚的禮？太陽打西邊出來了吧！」

宋槿安看了眼跨院那邊，引著他們往後院去。

「前兩個月，康紹奇找地痞流氓壞家裡鋪子的生意，他家長輩知道後叫他家管家送了賠禮，剛才康紹奇又親自來了一趟。」

孫承正不傻，聽到這兒冷笑一聲。「頭一回賠罪叫管家來，今兒又親自來，中間還隔了兩個月，他打什麼主意？」

石川不著痕跡地看了季越一眼，沒接話。

宋槿安淡淡道：「不管他打什麼主意，以後，他再也不能了。」

季越突然抬起頭，宋槿安這是說康紹奇，還是說他？

到了涼亭，林棲坐在雲嵐身邊，打量她一番。「臉色怎麼如此蒼白？是不是病了？」

雲嵐摸了摸自己的臉。「這幾日身子確實不適，可能是睡得不好的緣故，應該沒什麼大礙。」

林棲點點頭。「那就好。咱們還年輕，有病可要儘早治，以免延誤病情，壞了身子。」

小丫鬟送來一桌點心、果子，也有許如意喜歡的冰皮月餅，她笑著拿起一個。「這個怎麼是紫色的？」

「廚娘染了色，妳咬一口嚐嚐，裡面是葡萄餡的。」

許如意咬一口，細細品味。「還真是酸甜可口、口感柔軟，好吃。」

孫承正感慨道：「妳家廚娘真是把這樣點心做出花兒來了。」

「喜歡吃也要少吃點，留點肚子，今兒家裡有海貨，晚上咱們吃海鮮大餐。月餅給你們裝兩盒帶回去吃。」

眾人說笑著，不知不覺天色已黑，廚房那邊已準備好，管家過來請了。

劉氏帶著小兒子到飯廳，石川領頭，趕緊拱手問好。

劉氏笑呵呵的。「別客氣，快入座。」

席開兩桌，男女分桌而坐，宋子安不愛跟大哥坐，蹭到大嫂身邊。

林棲招手，叫下人把他特製的椅子拿過來，放在她身邊。

許如意有段日子沒看到宋子安了，今日見到，笑著對林棲說：「真好，孩子和妳真親近。」

劉氏高興道：「他嫂嫂忙到不見人影，都要問一問嫂嫂去哪兒了。」

宋子安不好意思，扭著小屁股往後挪了一步，躲在大嫂後面。

林棲拉住他。「彆扭了，自己上去坐好，開飯啦。」

這一頓飯吃得賓主盡歡，待到月上中天，大家才散場，宋槿安吩咐馬房的小廝套馬車送他們回去。

等馬車的時候，季越走到宋槿安面前，認真道：「可否和你單獨說兩句？」

宋槿安點頭，引他去旁邊跨院。

孫承正和石川看著他們的背影，又對視了一眼，明亮的月光下，兩人都看明白了對方眼裡的擔憂。

林棲也看到了，她扭頭和許如意說話，假裝什麼都沒看到。

季越心裡已經想了無數遍要和宋槿安說的話，可真當和他面對面的時候，他發現自己原來想說的話，他的苦衷，不過是好笑的藉口，宋槿安憑什麼體諒他，憑什麼原諒他。

他心想，萬一呢？或許，他不知道？可笑，又怎麼可能呢？康紹奇都上門道歉了，他怎麼會不知道。

等了半晌，不見他開口，宋槿安主動問：「你有什麼想說的話就說吧。」

「沒有，我無話可說。」季越一臉苦澀。

宋槿安沈默地點點頭，轉身要走。

「慢著。」季越大聲叫住他，宋槿安停下腳步，扭頭看他。

季越有些緊張，身體繃得直直的，深呼吸一口氣，才道：「康家的事，我不該多嘴，對不起！你能……原諒我嗎？」

宋槿安正視他，正面回答他。「不能！」

季越眼裡希望的光滅了，他苦笑一聲。「也對，換作我，我也不能原諒兩面三刀的朋友。」

兩人一時無話，牆角花叢裡的蟲鳴，襯得院子裡過分安靜。

林棲笑著過來。「馬車趕過來了，你們說完了嗎？」

「說完了。」宋槿安往前幾步，走到她身邊。「給承正他們的冰皮月餅有帶上嗎？」

「帶了，給他們裝了兩盒，放在陰涼處，明早起來還能當早飯吃。」

夫妻倆邊說邊往前走，季越走在後面，或許，他們的同窗緣分，就到此為止了吧。

送走客人，宋槿安牽著她的手，兩人慢慢走回後院，走到一棵柳樹下，林棲不想走了，拉他坐下。他坐石凳上，她坐他身上。

林棲摟著他的脖子，趴在他胸口。「我重嗎？」

宋槿安笑著虛摟著她的細腰。「不重。」

她調皮，藉著夜色和樹影的掩護，親了一口他的唇，他的下巴，他的喉結。

宋槿安心熱，身體瞬間被喚醒，他連忙捂住她的嘴，不輕不重地訓斥一聲。「在外面呢。」

「在屋裡就可以？」

宋槿安無語。「……」

林棲嘲笑他。「看你這副口是心非的模樣，真讓人討厭。」

她這麼一鬧，他也不再想剛才的事了，就隨風而去吧，有人來就有人走，又有多少人會始終跟隨你走一輩子？人生無常是有常。

宋槿安摟緊懷裡的人，親吻她的臉頰。「當時妳那一疊畫像裡，除了我和承正，還有誰？」

林棲安靜地笑，手裡玩弄著他的髮絲。「不告訴你。」

他溫聲問：「為什麼選我？」

「我喜歡你呀，喜歡你長得好，還喜歡你假正經的樣子。」她捏著一縷髮絲撩撥他的臉。

宋槿安只覺臉上很癢，握住她搗亂的手。「既然選了我，以後也要一直選我才是。」

「沒看出來呀，宋秀才這麼霸道。」林棲故意裝作一臉驚訝。

他抱緊了她，恨不得兩人連成一體。「妳就當我霸道吧！」

兩具年輕的身體緊緊貼在一起，他沒有明說，她也明白此刻他內心的感受，堅定地應了一聲。

不管以後如何，先答應著吧。她也希望，以後面臨種種考驗和抉擇的時候，他能堅定地選擇她。

想到她那流放都還不老實的爹，她有些不確定，以後他是不是能禁受住考驗。不管了，先抱緊再說。

八月十五中秋佳節，夫妻倆都起晚了，宋子安知道大哥、大嫂今日休息，一起床就跑去清夏居。

可惜，守院子的人不讓他進，兩個小丫鬟哄著他去後院廚房吃好東西，還說主子昨兒忙累了，今日好不容易休息一天，不要吵著他們。

宋槿安習慣早起，子安來的時候他就聽到動靜了，怕吵醒懷裡的人就沒動。陪著她又睡了會兒，打量外面的天色，估算著快巳時了，才叫醒她。

「乖，先起來，咱們要去舅舅家用午飯，用了午飯回來再睡。」

宋槿安溫聲哄著，林棲慢慢醒過來，嬌哼一聲。「都怪你。」

「是是是，都怪我，是我不對。」

林棲揉揉眼睛坐起身來。「今兒你伺候我洗臉。」

「行，還要我幹什麼？」

看他這麼積極，林棲笑了，理了一下亂糟糟的頭髮。「給我梳頭。」

春朝帶著丫鬟在門口等了好一會兒，聽到屋裡有動靜，主子沒喚，她們不敢進去。

過了好一會兒，門從裡面打開。「我來吧。」

宋槿安端走她手裡的水盆，過了會兒又出來拿帕子，然後順手把門掩上，春朝幾人就在門口呆站著。

「哎，你輕點，扯著我頭髮了。」

她們娘子嬌嬌軟軟地說了句，又聽到她們男主子低沈的聲音，小聲哄著。

「你手輕點，頭一回伺候人嗎？我臉都被你搓紅了。」

得，主子今兒不用她們。春朝擺擺手，帶著丫鬟出去，去院門口等著。

兩個人在屋裡打情罵俏，等他們收拾妥當已經午時了，舅家都派人來催了，這才急忙出門。

到了張家，姚氏和劉氏寒暄一陣，轉頭問林棲。「妳這個丫頭，說了叫妳早點過來，怎麼這時候才來，還是要我去妳家接妳？」

林棲笑嘻嘻地撒嬌。「人家想打扮得好看點嘛，這不就晚了。」

姚氏打量她幾眼才道：「小臉白裡透紅挺好看的，妳這頭髮怎麼梳的，毛毛躁躁的，這就是打扮了半日的成果？」

林棲指著宋槿安。「他梳的，不關我的事。」

屋裡眾人看向宋槿安，張紹光不敢相信，這成了婚，還要負責給娘子梳妝打扮？家裡是養不起梳頭丫鬟還是怎麼的？

張毅板著一張臉。「林棲，妳去廚房看看，問管事什麼時候開飯，我餓了。」

「怎麼使喚我？叫張紹光去。」

張紹光懶洋洋地回了一句。「我不去，妳一個小娘子不管廚房的事叫我去，妳看合適嗎？」

林棲雙手扠腰就要罵人，宋槿安趕緊拉著她。「我陪妳去。」

張毅尷尬地轉移話題，把兩個沒羞沒臊的年輕人支走。

姚氏拉著劉氏的手道：「小夫妻感情好是好事，說不定明年就能抱上孫子。」

劉氏笑道：「不著急，槿安跟我說了，他忙著學業，林棲忙著鋪子上的事，抽不出空來，等一、兩年再生孩子也行。」

聽到這話，張家人對宋槿安可滿意了，姚氏高興到眉毛都飛揚起來了。「過一、兩年也好。子安還小，等子安再長大一、兩歲，身子更健壯一些，到時候妳也能抽出空來帶孫子。」

劉氏連忙點頭，她也是這般想的。

今兒主要是家裡人聚會，沒像宴請外客那般準備一些大菜，菜都是按照大家喜好下去準備的。

林棲今兒吃得高興，到了午休時間才準備回去。

姚氏挽留她。「這麼熱的天何必再跑一趟，就在家裡休息，吃了晚飯等天黑了，看了花燈，你們再回去。」

林棲倒是無所謂。「娘，您覺得呢？」

劉氏覺得都好，想留下也成。「妳舅母說得對，今兒天氣確實熱。」

於是，一家人留下來去後院休息，房間早準備好了，放了冰，很涼快。林棲沒去屋裡，就在榻上休息。

宋槿安陪她睡了兩刻鐘後起來，去院子裡走一走，大表哥張建業請他過去書房。

張家父子三個都在，宋槿安喊了聲舅舅。

張毅叫他坐。「我問你，聽說昨日康家的小兒子親自去家裡道歉了？」

「去了，還送了厚禮，我收了。」

張毅知道林棲託人去找康家，但是具體怎麼找的他不清楚，只知道當時康家的大管家送了賠禮，後頭鋪子就一如往常，沒人再去鬧事。

他以為這事只是公子哥兒使小性子搗亂，他家長輩應該還算是個明事理的，那事就這麼了了。昨日康家小公子親自上門賠禮，他才覺得不對勁。

張建業問道：「不是送過賠禮了嗎？怎麼又送？」

「頭一回只是為了做面子給別人看，昨日才算真心來賠罪。」

宋槿安說了攔截私鹽的事，嚇得張毅摔了茶盞，急道：「康家知道是林棲做的？」

宋槿安搖搖頭。「現在應該還不知道。再說，也不是她做的，是別人做的，查不到她頭上來。」

張毅氣急敗壞。「林棲那個死丫頭，這麼大的事也不跟我商量。」

宋槿安趕忙認錯。「都是我的不對，要說源頭，還是因為我得罪了康紹奇，才惹來這一樁麻煩事。」

張紹光冷笑。「關你什麼事，你什麼也沒做，就是因為比他讀書好，他就看你不順眼，那是你的問題嗎？」

張建業也覺得表妹做事膽子太大了些，對宋槿安道：「回頭你勸勸她，有什麼事，你們夫妻商量著辦。」

宋槿安也無奈。「我在府學，都不知道這件事，她就把事情辦了，我管不了她。」

說完，他看向張家父子三人，表示你們一個是舅舅，兩個人是表哥，你們都管不了她，指望我能行嗎？

張家父子三人也明白了，宋槿安就是個不中用的。

林棲一覺睡到用晚飯的時辰，用了晚飯後，歇了歇就天黑了，換了身輕便的衣裙準備出門。

「娘，您跟我們去吧，今兒晚上熱鬧，錯過這次就要等明年元宵節了。」

劉氏笑著搖搖頭。「你們自己去，我和子安走路回去也能看燈會，就不跟你們湊熱鬧了。」

宋子安想跟大哥、大嫂一起去，但是他晚上睡得早，還有一個時辰就是他上床休息的時候，他娘不讓他去。

林棲看一眼舅舅和舅母。「你們也不去？」

姚氏搖搖頭。「你們兩個自己去，我和妳舅舅另有安排。妳表哥也不去，兩個大男人又沒有娘子，出去做什麼？還不如留在家裡幹活。」

行吧，都不去，她和宋槿安去約會也挺好的。

到了街上，兩人順著人流往東邊走，聽說東街上的狀元樓訂做了一個兩人高的大燈，大家都是去看熱鬧的。

街道兩邊，有些手藝人也做了方便拿的小燈籠來賣，林棲看中一個兔子燈，宋槿安掏出十文錢買給她，林棲高興得直扯他袖子。

宋槿安只覺好笑。「別扯了，咱們趕緊走。後頭人越來越多了，人多容易出事，咱們先去看妳最想看的大燈，咱們再慢慢回去。」

跟著人潮慢慢地走了半個時辰才走到狀元樓，狀元樓前人潮摩肩接踵，林棲扶著他的手臂踮起腳才看清楚了。

「哎呀，是走馬燈，上面一層畫美女，下面一層畫才子，還有人猜謎語呢！」

「說是全部猜對，狀元樓就送一桌一等席面。」

「嘖嘖，這麼多謎面，誰能都猜對呢，狀元樓也太賊了。」

「誰說沒人猜對，剛才就有個舉人全部猜對了，帶著一群人進去吃席面了。」

「這麼厲害，怪不得人家是舉人老爺。」

「那可不，聽說是奉山書院的學子，以後都是要做大官的老爺。」

眾人驚呼，可了不得了。

林棲小聲問他。「你要不要去試試？」

宋槿安笑著搖搖頭，擋在她身後護住她。「咱們快離開這兒，好多人湧過來，太擠了。」

林棲扭頭往後看，影影綽綽的燈光下，密密麻麻全是人。

「咱們快走。」

人擠人，走了一刻鐘才走出狀元樓這條街，一出這條街，人就少了。林棲趕緊幫他揉手臂。「痠不痠？」

「不痠。」

剛才人太多了，她的兔子燈禁不住擠，這麼長時間，全靠他一直舉著她的兔子燈。

林棲笑著說：「回去把燈留著，以後我晚上點著燈，在家逛園子用。」

宋槿安也跟著笑，十文錢也值得她這般在意。

東街上人太多了，他們準備繞兩條街回去。走到一條偏僻巷子的時候，林棲認不得路，往回走了一段。「不是這條路，咱們走那邊。」

兩人掉頭回去時，突然聽到隱隱約約孩子的哭聲，還有大人威脅孩子的聲音，這一聽就不是正常大人管教自家孩子說的話。

宋槿安還來不及反應，林棲已經三兩步跑過去猛地跳起，趴在低矮的牆頭，她手上沒力，剛看了眼就滑下來了，宋槿安嚇得丟了兔子燈趕緊接住她。

林棲拍了拍手上的灰，小聲說：「是拐子。」

「幾個？」

「三個男的，一個長得和你差不多高，還有兩個矮小的。」

「趕緊去報官。」

「來不及了，他們馬上要從後門走。今兒有燈會，衙役都去街上維持秩序了，沒人。」

宋槿安死死地拽住她。「妳別想逞英雄，人販子走不了，我馬上叫人過來。不對，妳去叫人，我在這裡守著。」

兩人還在拉拉扯扯，後院的門打開，一輛牛車停在門口，來不及了。

宋槿安不鬆手，林棲大喊一聲。「快來人啊，拐子偷孩子啦！」

四周安靜，沒人響應他們，拐子愣了一下，掏出棍棒朝他們走來。「敢壞爺爺的好事，一起綁走賣了。」

宋槿安見勢不對，一把推開她，操著他跟護衛學的三腳貓功夫衝上去。

宋槿安畢竟是個身高八尺的年輕男人，猛地衝過去，輕易就把其中矮小的那個撞倒，撿起他落在地上的棍子和另外兩個人打起來。

林棲身形小，偷摸到後面，解開綁住小孩手腳的繩子。「小崽子快跑。」

說完，她撿起塊石頭努力丟出去，運氣好，砸中高壯的那個拐子的手臂，他手沒力，手裡的棍子鬆開，宋槿安抓住時機猛地一棍子揮出去，那人慘叫一聲，倒在地上。

「祖父啊，我祖父，快來救我，祖父啊……」小孩卯起勁哭喊，四周還是安靜如初，明明有一家屋裡有燈光，家裡有人，就是沒人開門出來幫把手。

正在林棲深覺人心不古的時候，一個老頭帶著三個年輕人衝了過來，看裝扮都像是讀書人，不知道能不能打。

林棲大吼一聲。「快點抓住他們，人販子要跑了！愣著幹麼，衝啊！兩個大男人壓不住一個人販子，幹什麼吃的？我相公一個書生都敢跟三個人販子正面對上，你們怎麼這麼弱？還是不是男人？」

那三個和人販子搏鬥的讀書人氣得咬牙。妳相公那麼厲害，叫他上啊，妳攔著他幹麼？

宋槿安見他們壓制不住，拎著棍子要衝過去，林棲趕緊一把抱住他的腰。「你別去，你打上半場，他們打下半場，公平。」

「沒事，我去幫一把。」

「不准，我不讓你去。」林棲死攔著，搶過他手裡的棍子，丟給對面站著不動的老頭。

「你上！」

那老頭估計也沒想到，這兩個年輕人如此不尊老。罷了，他捋起袖子衝過去，一張老臉皺成一團，在黑夜中看起來凶惡萬分。

林棲得意。「你看，他們四個打三個，沒問題。」

老頭是個陰險的，比那三個打架縮手縮腳的讀書人，更知道怎麼挑人要害下手，有他加入，瞬間打破僵持局面，不到半刻鐘，撂倒了三個人販子。

這時候，幾個奉命維護燈會秩序的捕快路過，聽到動靜跑來。「你們幹什麼？打架鬥毆是吧，跟我去衙門走一趟。」

「祖父啊，我的祖父，我是你最愛的小狗子啊，我差點就被拐子賣了，嗚嗚……」身著秋香色錦衣的小胖子坐在地上越哭越大聲。

老頭一副受不了的樣子。「給我滾過來，要不是你偷跑出去買什麼勞什子花燈，怎麼會被人拐走？」

自稱小狗子的小胖子閉嘴了，嚎啕大哭變成小聲抽噎。

林棲偷偷問宋槿安。「我們以後有個這樣的兒子怎麼辦？」

宋槿安一頭黑線。「只要妳以後別亂教，孩子肯定會和子安一樣乖巧。」

捕快終於弄清楚前因後果，躺在地上爬不起來的三人是拐子，那對夫妻是見義勇為的好人，這邊一身狼狽的四人是丟了孩子的苦主。

每年的中秋燈會、元宵節燈會，除了防範失火、踩踏這些事件之外，丟失孩童也是一大難題。往年抓到的拐子被苦主打死也不是沒有的事，今兒這樣的小場面他們見得多了。

宋槿安和林棲走了，留下苦主和捕快一起去衙門一趟，三個拐子自然要綁走。

林棲撇嘴。「幫了他們的忙，居然連一句道謝都沒有，還讀書人呢，一點都不知道人情世故。」

「做好事求的是心安，人家謝不謝無所謂。」

林棲正色道：「你這樣就不對了，做好事的人即使不求回報，但是受了恩惠的也該對人家表示感謝，這樣以後做好事的人才會越來越多，風氣才會越來越好。你看今晚，咱們在這兒又喊又叫的，我就不信沒人聽見，你看有人出來幫把手沒有？以後你當了官可要好好引導教化。」

宋槿安想了想，十分贊同。「妳說得對，做了好事該被讚揚，也該被宣揚。」

林棲得意地輕哼一聲，高興起來，走了兩步發現不對。「哎呀，我的兔子燈。」

「忘了。」

「快回去找找。」

兩人趕回去，那條巷子裡乾乾淨淨，她的燈沒了。

林棲欲哭無淚，宋槿安哄她。「一會兒咱們再去買一盞。」

最終他們買了三盞，給婆婆和小叔子一人帶了一盞。

回到家後，家裡安安靜靜的，出去看熱鬧的人還沒回來。

清夏居裡，春朝居然在。

「妳沒出去？」

春朝笑著道：「出去了，人太多，擠來擠去沒什麼意思。」

林棲把兔子燈交給她放好。「娘睡了嗎？」
「夫人一個時辰前回來，這會兒已經休息了，小郎君也睡了。」
春朝手腳俐落地準備好主子漱洗的東西，轉身出去，悄悄關上了門。
林棲打了個哈欠，拉著宋槿安去隔壁淨房。「衣服脫了，我看看你的背。」
「沒事，就挨了一下。」他那會兒反應快，往後退了一步，那一下挨得不重。
林棲拿著燈走近一看，後腰處有一塊瘀青。兩人漱洗後，她去櫃子裡找到傷藥，讓他趴下，慢慢幫他把傷處揉散。
「快睡吧，時辰不早了。」
明兒他還要早起去府學讀書，是該睡了。
宋家夫妻倆依偎著睡了。

剛才那個打起人來十分凶惡的老頭，帶著孫子小狗子從衙門出來，小狗子手裡提著一盞兔子燈傻笑，鼻孔裡冒出一個鼻涕泡來。
「臭小子，還不擦一擦，髒死了。」
「董秋實，你給我擦。」
「什麼董秋實，叫祖父。我救你那會兒，你不是還叫我祖父嗎？這會兒又不叫了？」
小狗子不認帳。「我不要，你叫我小狗子，我就叫你董秋實。」

別以為他不知道，小狗子是賤名，說出去都會叫人恥笑的。

小狗子扭頭和董秋實商量。「你叫我大名，你叫我董子歸，我就叫你祖父。」

「哼，愛叫不叫。」

董秋實雙手背在後頭，快步走了。

小狗子在後頭追。「董秋實，你等等我，我追不上你，別又讓拐子把我抓走了。」

董秋實停下腳步。「知道自己腿短就走快一點，我才不等你。」

跟在後頭的師兄弟三人捂嘴偷笑，這爺孫倆真是有意思。

哎喲，不能笑了，再笑身上的傷又要疼了。

「快些，咱們回狀元樓去，上好的席面，才吃兩口就跑出來找小狗子，還挨了一頓揍，今兒也夠倒楣的。」

「哼，都怪那個小娘子，要不是她攔著，多個幫手，咱們會挨揍嗎？」

「唉，早知道我也該早點成親，成親了，也有小娘子護著我，羨慕呀！」

「你呀，羨慕不來，你沒看到那個小子身高八尺，長相俊美，就你這身段，怎麼和人比？」

「至少我有才華呀！我可是奉山書院掌院最寵愛的小弟子。」

「呵呵，有才華只能在欣賞才華的小娘子那裡才吃得開。」

「呵呵，你罵剛才那個小娘子膚淺，背後罵人豈是君子所為？」

「嘿，你個老四，幫你說話還說出錯來了。」

等在前頭的董秋實回頭罵了一句。「一個個的就不能走快點？還要我老頭子等你們，像話嗎？」

小弟子乖巧地第一個跑過去。「嘿嘿，師父別生氣，咱們來啦！」

後面兩個師兄心裡暗罵，臭小子果真奸詐。

第十三章

翌日一早，宋槿安悄悄起床去書房，鋪紙磨墨，寫下一首五言絕句，用了早飯回來墨已乾，收拾好放進書箱。

宋淮生趕緊搶先一步提著書箱。「公子，馬車準備好了，咱們走吧。」

「嗯。」

到了府學，宋槿安先去夫子那裡交課業，進了夫子的休息室，他發現夫子們好像格外地關注他，對他的態度和藹了許多。

教他們詩詞的高夫子接過他的課業，搖頭晃腦地讀起來，讀完還回味似的點點頭。「你這句『暑退九霄淨，秋澄萬景清』寫得格外出色。不過前面兩句有些落俗套，好好斟酌斟酌，或許能更好些。」

「多謝夫子指點。」

高夫子對他的態度甚是滿意。「孺子可教也。宋槿安，我看過你的課業，你作文章很不錯，就是寫詩上欠缺了些，你若願拜我為師，我定然好好教導你一番。」

宋槿安謙遜地拱手道：「夫子能被請來坐館教授我等學業，自然是人品貴重、有教無類，能和眾同窗在府學受夫子教導，是我等福氣。」

此話一出，屋裡的夫子們，還有門口一起來交課業的學子們，此刻都愣住了。

高夫子也沒想到，宋槿安居然拒絕自己，話雖然說得漂亮，但是他被拒絕的惱怒一點沒少。在這麼多夫子和學子面前丟了臉面，那還得了。

高夫子冷笑一聲。「宋槿安，你別以為搞些邪門歪道讓康紹奇對你低頭，你就傲起來了，學問不過關，你……」

「哎呀，你們都交課業了？還沒有？還沒有交的還不趕緊交過去，夫子一會兒要批改呢。」裴錦程大剌剌地走進來，吆喝著一群同窗趕緊交課業。

說完，他攀著宋槿安的肩膀笑著說：「你家做的冰皮月餅又好看、又好吃，我祖母和我娘可喜歡了，我祖母說，等到下旬休息，我們全家去你家蹭飯，一定要有這道點心啊！」

宋槿安微微翹起唇角。「一道點心罷了，也值得你說。一會兒跟淮生說一聲，下午送去你家。」

「哈哈，最好不過了。你課業交了嗎？交了咱們一起走吧，別杵在這兒耽誤夫子時間。」

宋槿安有禮地告退，其他學子也流水一般退了，屋裡就剩下幾個夫子。

高夫子氣得發抖。「裴錦程剛才做什麼？用他家的身分壓我嗎？太放肆了，還有點讀書人的樣子嗎？簡直豈有此理！」

其他夫子沒有應聲，心裡卻在冷笑，府學裡那麼多寫詩不好的學子，怎麼沒見你收人家為徒？這會兒見宋槿安背後有人，就這麼上趕著，真以為你自己是什麼人物不成？

宋槿安能用書僮，還有每日家裡人來送飯，他的出身在府學裡不算最差，也不算最好。來府學兩個多月，他靠著成績名列前茅入了一些夫子的眼，但是讓府學所有人知道宋槿安這個人，卻是前日下午康紹奇攜重禮去宋家賠罪。

康紹奇是什麼樣的性子，誰人不知？他能親自上門道歉，態度還那樣誠懇，本身就是一件奇怪的事。

府學的夫子們在淮安這個地方還是有些人脈，把打聽到有限的前因後果一串起來，大家猜測宋槿安背後的人很厲害，能壓從五品都指揮使副使家一頭，肯定不一般啊。

宋槿安送來獨一份的月餅，讓幾位夫子開了眼界，也讓高銘動了心思。能收一個有點背景還有人脈，但是還未出頭的秀才當關門弟子，是個好打算。

他萬萬沒想到，宋槿安居然敢當面拒絕他，真是氣煞老夫也。

宋槿安走進學舍，大家都一臉敬佩地看著他，敢當面拒絕高夫子，有勇氣。

裴錦程拍了拍他的肩膀。「拒絕得對，高銘的水準就那樣，當年他考舉人也就是個倒數三、四名的水準，拜他為師完全是浪費了你的才華。」

眾人一臉羨慕，也就是裴錦程敢這麼說，他們這些小秀才，能有個在府學坐館的夫子肯收他們為徒，已經是天大的好事了。

宋槿安笑了笑。「不說這些，張夫子要來了，今兒是講《論語》吧。」

中午，宋淮生得了公子的吩咐回家一趟，一是送兩碟冰皮月餅過去裴家，另外一件事就是向主子打小報告。

「主子您不知道，當時啊，那個高夫子強逼公子拜他為師，公子拒絕了，他就威脅公子，罵公子搞邪門歪道，學問差。當時要不是裴公子進去解圍，還不知道要怎麼樣呢。」

「那高夫子學問很好？」

宋淮生一臉鄙夷。「高夫子是個排名倒數的舉人，學問一般，就寫詩還過得去。府學裡好多人都在說，他教書不認真，一心鑽營，去歲還被掌院點名了，說他心思若不在府學，叫他趁早走，不要耽誤學子。這事是府學的雜役傳出來的，好多人都知道。」

宋淮生跟著公子也有一段時間了，他知道公子腦子聰明還肯努力，以後前途差不了。這麼好的公子，怎麼能有高銘那樣的老師？

宋淮生說了一堆高夫子的壞話，朝主子傻笑。「主子，要不您給公子找個老師唄。」

林棲輕笑一聲。「不用找，老師自己就會送上門來。」

「什麼樣的老師？厲害嗎？」

林棲摸了摸下巴。「一個打高銘那樣的十個不成問題吧。」

宋淮生滿意了，給主子行禮後高興地回府學去了。

裴家那邊，下午收到宋家送來的兩碟冰皮月餅，還有兩條豬後腿、十斤五花肉。

裴夫人好奇道：「你家主子怎麼送來這麼多肉？」

宋石笑著道：「今日早晨，府學那邊發生了點事，娘子說，多謝裴公子幫我家公子解圍，特地送來冰皮月餅和十斤肉感謝您家公子。」

裴淵明走進來。「發生什麼事了？」

宋石拜見裴大人，裴淵明坐下，叫他起來說話。「你說說，怎麼回事。」

宋石把高夫子強收他家公子為徒的事說了一遍，裴淵明笑著說：「高銘那人，宋槿安不肯拜他為師是對的。行了，回去吧，跟你家主子說，你們家的禮我們收到了，很滿意。下次等你家主子有空的時候，請他們過來坐坐。」

「是。」

宋石走之前，細心提醒裴家的管家，豬是下午剛殺的，晚上吃不完記得放在陰涼處，冰皮月餅最好晚上吃完，明兒再吃，味道就要差一些。

「我知道了，多謝宋管家。」

「哪裡的話，以後咱們打交道的時候說不定很多，不必這樣客氣。」

裴家的管家客氣地送宋石出去，才回去稟告主子，宋家送來的兩碟冰皮月餅，已經吃了半碟。

裴淵明端起茶喝了一口，指著桌上的冰皮月餅。「半碟你們拿去分，那一碟給老夫人屋裡送去。」

「是。」

府學裡，宋槿安不管外面那些閒話和紛擾，專心致志認真讀書，就連下午高夫子講課，好幾次找他麻煩也沒放在心上。

宋槿安沒有反擊，高夫子上完課出來，只覺得神清氣爽，他卻不知，在明白人眼裡，已給他打上人品低劣的烙印。更糟的是，府學掌院在學舍外面站了一堂課，等到要下學了，才一臉嚴肅地背著手離開。

宋槿安能安然處之，隔壁學舍裡的康紹奇卻臭著一張臉，大家都知道他的事，但畢竟身分在那兒，無人敢當面看他笑話。

季越就不一樣了，當面譏諷、背後笑話他的人不是一個、兩個。他告訴自己要穩住，要專心學業，無奈還是會受影響。

下學後，在路上碰到宋槿安，季越點點頭轉身就走，宋槿安忍不住道：「別忘了你來這裡幹什麼的，也別忘了你能坐在這兒讀書有多麼的不易。」

季越停下腳步。「多謝。」

這一天後，季越強迫自己放下那些鑽營，誰家的公子、哪家官眷的表親，他都不關注了，一心專注學業，每日天剛亮就起來背書，晚上也是最後一個離開學舍的人。

剛開始那幾日，惹來許多人注目，多過幾日，就無人再關注他了。季越八股文寫得不錯，後來還有學子專門來請教他。

季越起初還很驚訝，後來明白了，府學始終是讀書的地方，只要你學問夠好，自然有人朝你靠攏。他主動放棄經營關係的那點忐忑不安，隨著他的心定下來後，慢慢都隨風而散了。

季越能轉過彎來，最為他高興的就是石川和孫承正，兩人拍了拍他的肩膀，一切都在不言中。

季越苦笑一聲，原來，他一直是自作聰明。他私下做的一切，他們都看在眼裡。

這一句還未過完，掌院通知大家，高夫子因故不能擔任他們的詩學夫子，新的詩學夫子三日後才能到任，今日的詩學課讓他們自學。

甲班的學舍裡，聽到消息後，大家的目光都落在宋槿安身上。

裴錦程哈哈大笑。「我就說吧，高銘那人學問一般不說，人品還不行，早晚要被心明眼亮的掌院大人送走。瞧瞧，我說什麼來著，應驗得這般快，你們以後可要叫我裴神算。」

裴錦程看著同窗，高聲道：「你們怎麼不說話，難道我說得不對？」

掌院背著手站在後頭。「裴神算，你幫我算算，新來的詩學夫子學問如何，人品如何。」

裴錦程慢動作一般扭頭，看到掌院黑著一張臉站在學舍後面，他猛地回頭，雙手舉起書本，假裝自己在認真讀書，剛才發生的一切都是錯覺。

掌院冷哼一聲，轉身走了。

裴錦程確認掌院真的走了，凶巴巴地回頭狠瞪了這些人一番。「你們一個個的，不講義氣，枉為我裴神算的同窗。」

宋槿安忍住笑。「別鬧了。」

傍晚府學散學，文芳街上的私辦學院也跟著散學。

張紹光今日散學走得十分急切，他的書僮小六子早就收拾好包裹等在學舍門口。

「小六子跑起來，咱們快一點。」

小六子緊跟著公子。「公子，咱們去哪兒？」

「去府學。」

張紹光跑到府學，見表妹夫還沒走，他攔住馬車，索利地爬上去，一屁股坐下，長舒一口氣。「總算是攔住你了。」

宋槿安替他搖扇子，散散他身上的汗氣。「這麼急著找來，有什麼事？」

「我有事找林棲，回去再說。」

林棲沒想到，張紹光居然有為吳家那個庶子打聽消息的一日。「你們倆不是打過架嗎？還是仇人的關係，難道我記錯了？」

張紹光撇嘴。「我看吳家以後長久不了，吳長慶的苦日子還在後面呢，我就是看他可憐罷了。」

「他怎麼可憐了?」

張紹光嘆氣。「聽說吳長慶的姨娘前些日子病死了,加上出了私鹽那件事,吳家的當家主母說是他們母子倆壞了家裡的風水,要把他趕出去。他姨娘屍骨未寒,吳長慶氣不過頂撞了幾句,就被打得下不了床。」

「他爹呢?你不是說他爹對他還算可以,要不也不會出大錢送他去墨玉書院讀書。」

「他爹去台州府了。」張紹光小聲說:「我猜是因為私鹽的緣故嚇破了膽,躲出去了。」

販運私鹽被戳破,康政一個從五品官員現在都過得如此艱難,吳家不過是下面看管鹽場的小嘍囉,能得什麼好?

「那你今兒找我是幹什麼?」

張紹光嘿嘿直笑。「妳幫我打聽打聽,吳家是不是真要完了。」

宋槿安搖搖頭。「不用林棲去打聽。販運私鹽是重罪,現在知道這件事的人不少,康家現在還沒出事,不過是那些官員們的默契,害怕爆出去自己受牽連。再說,就算有些人跟鹽稅無關,能洗脫關係,不是死敵的情況下,也不會輕易得罪都轉運使和康家背後的人。」

「萬一呢?」

林棲接話。「萬一真發生了,管理鹽場的人是吳家,販運私鹽的人是吳家,被抓的是吳家，如果康政背後的人厲害，說不定他只會落個治下不嚴的罪名，還能被撈起來，吳家呢？」

張紹光喃喃道：「抄家滅族？」

「你這不是想得挺明白嘛。」林棲露出一副你還不算笨的表情。

張紹光一下跳起來，衝了出去。他做不到看著吳長慶就這麼沒了。吳長慶那個人囂張跋扈，那也是因為庶出，自卑罷了，罪不致死。

他嘴巴臭、說話經常得罪人，卻也沒做過傷天害理的事，偶爾還有發善心的時候。前年冬天冷得要死，他在街頭見到吳長慶給乞丐買包子，還送了乞丐幾件棉襖。

他進不去吳家，吳長慶現在也出不來，張紹光想了個辦法，打聽到經常進出吳家的大夫，花了點銀子買通大夫，扮做小廝跟了進去。

吳長慶身上的傷還沒好全，趴在床上等大夫過來換藥，看到張紹光，他驚得就差從床上跳起來。

張紹光連忙按下他，怕招來人，小聲說：「你知不知道你爹販運私鹽？」

「胡說，我爹是江大人手下最得力的人，前途大好，用得著賠上性命幹這樣的事嗎？」

張紹光不是來跟他吵架的。「我跟你說，你爹販運私鹽證據確鑿，一個多月前被抓了，讓康紹奇他爹湊銀子贖回來後，你爹帶著人和船去台州府了，現在還沒回來，你自己想想吧。」

「你這個人嘴巴壞，看著就是一副挨揍的面相，看在你偶爾還有點善心的分上我勸你一句，你三叔家想過繼個兒子，你要抓住這個機會。」

聽到小廝在外面敲門，張紹光也沒多待。「該說的我都說了，你自己看著辦，你想找死那也是你自己的事。」

吳長慶都來不及說話，就看到張紹光出去了。張紹光走後，他仔細想著家裡這些日子發生的事，拼湊出真相。

張紹光今日所作所為，讓吳長慶內心五味雜陳。他出了事，往日那些捧著他的人一個都沒出現，他跪舔的那些正經官家公子也沒人提醒他大禍臨頭，倒是他一直看不慣的張紹光偷溜進來讓他早做打算。

外面天色已黑，給他送飯的小廝又沒有按時給他送飯，家裡嫡母一手遮天，爹又不在，他嘆氣，或許他該聽張紹光的。

吳家三房，他的三叔不是祖父、祖母的孩子，是吳家族裡一個秀才的小兒子。當年老秀才死了，兩個兄長鬧分家，年紀還小的吳三叔沒人管，他祖父把他三叔接回來養，養大後娶了妻，就分出去了。

說起來，他家只是幫著養大三叔，族譜上，他三叔的名字沒有改到他祖父名下，真論起來，兩家也是出了五服。

吳長慶身上傷口痛，肚子又餓，臉色蒼白，嘴巴起皮。他摸黑爬起來，跑到他祖母屋裡，一下跪倒在地，淚流不止。「祖母，救救孫兒。」

林家別院，一家人剛用了晚飯，林棲和宋子安一人拿著一個兔子燈在湖邊夜遊，林棲拿了一會兒就遞給宋槿安，在湖邊提著燈走，太招蚊蟲了。

宋槿安無奈地笑。「不玩了？」

林棲揚起頭，嬌哼一聲。「不玩了，等冬天再玩。」

宋子安嘿嘿笑，林棲叫他趕緊閉上嘴巴。「小心蚊蟲跑進你嘴巴裡去。」

宋子安趕緊捂嘴。

宋槿安吹熄燈火，兔子燈一下暗下來。「按照進度計算，縣裡的碼頭這幾日也該修建好了。」

「已經在收尾了，昨日送過來的消息，碼頭那邊十月前就會通航。」

現在已經是九月下旬了，通航的時間就是這幾日了。

「我們家銀子出得多，等到通航那一日，我肯定要去看看，露個臉。」

宋槿安計算著日子。「如若不是休沐那一日，我就不能陪妳去了。」

走在後面的劉氏突然道：「等到通航那一日，我跟林棲去。來淮安好些日子了，該回去了。」

林棲和宋槿安停下腳步，轉身等著劉氏慢慢走過來。

「你們也別勸我，我出來這麼久，該回去看看了。」她溫和地對林棲說：「妳的心思我知道，我也不跟妳說什麼客套話，以後我想你們了，不用妳請，我就來淮安看妳。」

林棲笑著說：「看我，不看相公？」

劉氏白了兒子一眼。「他有什麼好看的，我在家等他一個月，只能看得見三日。」

宋槿安無奈地笑了，他也是沒有辦法。

宋子安望著母親，又去看大哥、大嫂，林棲察覺到他的目光。「子安不想回去？」

宋子安搖搖頭，又說：「我陪著娘。」

劉氏欣慰地笑。「等你明年開蒙，少不得還要麻煩你大哥、大嫂，我們明年春天再過來。」

宋槿安微微皺眉。「娘，都是一家人，不要這樣說。」

林棲也跟著表態。「子安叫我一聲嫂子，我肯定好好跟相公一起照顧他長大，讀書、娶媳婦，我們都管。」

宋子安撲到她懷裡，林棲拍拍他的背。「要我抱你是吧，你現在長肉了，我抱不動，叫你大哥抱你。」

宋槿安拉著他的娘子，一手還要拿著兔子燈，看都不曾看幼弟一眼。「明年都是要讀書的人了，自己走。」

宋子安撇嘴，扭頭看他娘，劉氏躲開他的目光，她也抱不動了。

林棲偷笑。「走，嫂子牽著你。」

翌日，宋槿安醒來，林棲也醒了，且不像她往日一般就算醒了也不起床，今兒她睜開眼睛就起床穿衣，叫下人進來伺候她漱洗。

宋槿安覺得詫異。「今兒不睡了？」

林棲坐在妝檯前照鏡子，手裡拿著一支玉簪子，對著鏡子比劃。「不睡了，一會兒你跟我出門，去見個人。」

宋槿安走上前，拿過她手裡的簪子，替她簪好。

林棲扭頭打量一番，站起身來，走到門口。「我今兒帶你去討債。」

用完早飯，夫妻倆出了門，乘坐一輛馬車，由四個護衛騎馬隨行，大清早的氣勢洶洶往城外跑。打著哈欠上街覓食的人見了都要多看兩眼。

林家養的馬都是塞外買回來的好馬，高大健壯，耐力又好，就算拉著林家特製的大馬車，一般馬匹也跑不過牠們。就算這般，也跑了兩個多時辰才到地方。

感覺到速度慢下來，宋槿安撩開簾子，他們正要進城，城門上頭正中央寫著兩個字「奉城」，字跡龍飛鳳舞，一看就很不凡。

林棲笑著說：「當時在玉清觀的時候，我跟你說，我能給你找個好老師，今兒咱們就去拜見老師。」

宋槿安心有所感。「奉山書院的夫子？」

「奉山書院的夫子哪裡配得上，必須得找最厲害的那個，狀元才知道怎麼培養狀元之才。」

據他所知，奉山書院裡最有名的一個狀元，應當是奉山書院的掌院，董秋實。

林棲嘿嘿一笑。「巧了不是，他就是咱們今日的討債對象。」

車伕熟門熟路地趕著馬車到一戶沒有掛牌匾的人家門口，護衛跳下馬去敲門，開門的小廝見了人，什麼都沒問，俐落地打開偏門，卸掉門檻讓馬車進去。

小狗子吃完早飯在院子裡玩，家裡就他一個孩子，隨便他怎麼折騰，也沒人管。他提著兔子燈跑到馬房鬧著要騎馬，這時候一行人進來，他仰起頭，震驚了。

這幾匹馬真俊啊！

「我不要這個馬，我要他們的。」

霍英一馬當先，勒住轡繩，駿馬傲然揚起前蹄，高聲嘶鳴，揚起地上的煙塵，迷了人的眼睛。

小狗子捧住心口，他好想有一匹這樣的駿馬呀！

宋槿安從馬車上下來，和小狗子對視了一眼，小狗子就看了他一眼，然後悄悄蹭到跳下馬的霍英身邊，小聲問：「我能摸一摸你的馬嗎？」

林棲扶著宋槿安的手下馬車，輕哼一聲。「我說我的兔子燈怎麼不見了，原來是被你撿走了。」

小狗子認出林棲，大聲反駁。「是妳不要了，丟在路邊，我才撿的。」

宋槿安看著他娘子。「你們認識？」

「不僅我認識，你也認識。」

小狗子想摸一摸駿馬，但霍英不搭理他，氣得他跺腳，拿著兔子燈往內院跑，邊跑邊喊：「董秋實，錢串子又來咱們家了。」

林棲大笑一聲，跟宋槿安說：「小狗子爹娘在邊關，家裡就他一個寶貝兒子，他祖父以前也是當官的，捨不得孫兒吃苦，致仕後就把他帶到淮安來了。」

林棲湊到他耳邊，悄悄道：「他祖父就是董秋實，原本是吏部尚書，內閣大學士。我爹之前能做到吏部侍郎，也是他一手提拔起來的。」

董秋實在朝廷的時候，就是奉山書院的精神領袖，他提拔人只看才能，就算不是出身奉山書院的人也有希望得到提拔，她爹就是這樣。

董秋實有眼光、有手腕，還得皇帝信任，唯一的缺點就是身子不太好。啟盛朝延續前朝的規矩，一般都是七十致仕，他身子不好，六十就退下來了。

他退得太急，後頭又沒安排好接替的人，加上幾位皇子已經成年，朝廷內暗潮湧動，奉山書院一脈的中立派，被幾方勢力打壓，以至於很多出身奉山書院的人都選擇外放做官。

她爹算是奉山書院編外人員，又身居要職，掌握著實權，上面沒人照看，幾經操作之下，就被安了個罪名流放了。董秋實心裡有愧，知道她的身分後，暗中對她多有照顧。
這時候，宋槿安也想起剛才那個小孩子在哪兒見過，正是中秋節晚上被拐子抓走的那個孩子。
「你救了他孫子，他連個道謝都沒有，我們上門討債合情合理。」
董秋實背著手出來，冷哼一聲。「老夫不道謝又如何，妳能討什麼債？」
林棲高聲回嘴。「人情債不是債啊？人情債就不用還了？董老頭我告訴你，要不是我相公，董狗子早被人販子抓走了，等你們找到的時候，說不定都打斷手腳丟街頭乞討去了。」
小狗子嚇得渾身顫抖，小聲說：「我長得這麼好看，就算賣了，也是把我賣給別人家做兒子吧。」
林棲不屑。「長得胖就等於長得好看了？你該好好照照鏡子，你跟我家子安沒法比。」
「子安是誰？」
宋槿安笑著道：「是我幼弟，應是和你同歲。」
林棲似乎不知道什麼叫收斂。「我家子安啊，長得俊俏，又懂禮、又乖巧。小狗子呀，你這樣的，比不了哦。」
董秋實氣得吹鬍子瞪眼。「夠了，妳今天來幹什麼的？一見面就嫌棄我孫兒，存心氣我是吧。」
林棲嘿嘿一笑。「您看您，哪裡是嫌棄，我實話實說罷了。不過您家小狗子雖然調皮了些，有您這樣的祖父在，肯定前途可期。我就是太過羨慕嫉妒了，您大人有大量，別放在心上。」

董秋實冷哼一聲，又得意地捋了捋下巴上修到兩寸長的美鬚。他看了眼宋槿安。「這是妳相公？」

「是是是，中秋節那一日，和拐子對打，他可出了大力氣呢！回去後我才看到他身上都是瘀傷，身上、胳膊上、腿上全是傷，可把我心疼壞了。」

董秋實暗自道，他老人家都沒受傷，她相公年紀輕輕的受傷，難道不是他自己太虛嗎？董秋實總算記起自己是天下第一書院的掌院大人，說話高傲起來。「知道拯救弱小，人品還算不錯，就是不知道書讀得怎麼樣。」

宋槿安拱手拜下，恭敬道：「請大人指教。」

「跟老夫去書房吧。」

林棲也想跟過去，被管家攔住。「林娘子，您請去前廳坐一坐，家裡上月從益州請來兩位廚娘，有一位擅長白案，您幫忙嚐嚐她點心做得如何可好？」

林棲勉強地點點頭，那行吧。

老管家慈祥道：「您別擔心，想必宋公子能通過老爺考校。」

聽到這話，林棲滿意了，老管家既然能知道她相公姓宋，想必找人打聽過了。董秋實那老頭好面子，說不定早就看上了她相公，就等著他們上門呢。

小狗子拉了一下她的裙子，仰頭看她。「我能去妳家嗎？我想看看妳說的那個子安。」

他又撓撓頭。「他有其他名字嗎？比如小狗子、小貓、小雞崽兒？」

林棲同情地看著他。「沒有哦。」

第十四章

書房裡，董秋實張口就開始考校他的學問。

宋槿安自認見識不算廣博，但他對自己讀過的書都心裡有數，越答心裡越有信心，董秋實顯然也看明白了。

「你讀過我寫的《春秋集注》。」董秋實語氣肯定。

「有幸拜讀過。」

董秋實點點頭，就《春秋集注》再次提問，後又跳到四書，幾乎問遍宋槿安所學。宋槿安沈著應答，有一、兩道題他不知道，也只說不懂，董秋實沒有追問，自然跳到下一題。

一個時辰後，董秋實才停下，只覺得口乾舌燥。他瞪了宋槿安一眼。「愣著幹麼，倒茶。」

宋槿安一時愣了，這是單純地叫他倒茶，還是認他為徒的意思？

「你這呆頭鵝，大膽一點，就是你想的那個意思。」一個年輕人躲在窗臺下看不過去，趕忙提點一聲。

董秋實怒吼一聲。「江雲楓，越來越沒有規矩了，給我滾進來。」

江雲楓沒有滾，大剌剌地走進來，朝宋槿安揮手。「嘿嘿，五師弟好，我是你四師兄江雲楓。」

緊跟著，又進來兩個人。

「我是你二師兄劉闊。」

「我是你三師兄葉明。」

江雲楓見宋槿安如此沒有眼色，連忙端來一盞冷茶。「還不快點給老頭敬茶。別猶豫，老頭雖然脾氣不好，不過至少比咱們年紀大，多讀了兩本書，認他當老師還是勉強可以。」

宋槿安見董秋實拳頭都攥緊了，說不定下一瞬就要教訓口出狂言的不肖徒弟，趕忙接過茶跪下。「請師父喝茶。」

董秋實總算滿意地點點頭，接過茶喝了一口。「從今天起，你就是我董秋實的關門弟子，今兒先定下名分，待到正月你大師兄回來，再宴客辦拜師禮。」

「是。」

「老夫自致仕任奉山書院掌院以來，連你在內收了五個弟子，你大師兄名叫蕭陌然，去歲春闈考中狀元，現今在翰林院任職。另外這三個，剛才也自報家門了，呆的呆，傻的傻，油滑的油滑。」

聽到這裡，那三人無語地翻了個白眼，這老頭說話越發不中聽了。

董秋實繼續道：「我對你沒什麼大的期望，只盼你以後別被他們三個影響，至少中個一榜進士，不要墮了老夫威名。」

江雲楓不悅道：「您這是什麼意思，您是覺得我們三個考不中進士讓您丟臉了是不？」

「哼，你們知道就好。你們一個個的，也跟我讀了兩、三年書，剛才我問宋槿安的題，你們是否都能答得上來？」

見三人齊刷刷望天，董秋實生氣，自己怎麼收下這三個寶貨，真想把他們都逐出師門。

董秋實擺擺手。「都滾吧，看著礙眼。」

「今天休沐，我們不在家能滾到哪兒去？」

「對嘛，一日為師、終身為父，休沐了就該回老師家吃香的、喝辣的。」

董秋實氣呀！不肖弟子，改天都逐出師門！

江雲楓攀著宋槿安的肩膀。「前些日子，家裡送來了兩盒晶瑩剔透的點心，聽老頭說是你家的獨門手藝，什麼時候請咱們師兄弟再吃一回？」

「對了，別忘了老頭子，他年紀大了，牙齒不行了，最喜歡吃軟爛的東西。」

聽到這兒，董秋實心情好轉了點，這話說得還算有些良心。

劉闊連忙道：「對對對，要不然我們吃好吃的他吃不著，又要找由頭罵我們，很喜怒無常。」

董秋實氣急敗壞，隨手抓起書桌上的東西丟出去。「都給我滾！」

江雲楓腳底抹油，跑得最快，落在最後的劉闊「哎喲」一聲，被鎮紙砸到屁股。

宋槿安跟在三位師兄後面跑，翹起了嘴角。老師收徒的眼光可真奇特。

中午用飯後，林棲拿她帶來的茶葉親手泡了一壺茶，給董秋實敬上。

董秋實心情甚好，抿了口極品香片，茶葉味道好，只覺得香味清新淡雅和諧，真是極品。

「從淮安到這裡，快馬也需兩個時辰，你拜老夫為師，以後你讀書怎麼安排？」

江雲楓蹺起二郎腿接話。「那肯定是來咱們奉山書院讀書為好，府學最厲害的也就是那個掌院，是個二榜進士。其他的都是舉人，學問也就那樣，怎麼和咱們老師比？」

董秋實安然接受弟子的吹捧。「能來奉山書院當然更好，不過宋槿安現在還是個秀才，想進奉山書院有些難。」

「試試唄，以前也不是沒有過秀才考進來的。」

劉闊和葉明都覺得可以，今兒上午老師考校五師弟學問的時候，他們都在外面聽著，短處肯定有，但是該學的都學了，考進奉山書院還是有機會。

奉山書院門檻高是出了名的，每年報考的舉子多如過江之鯽，但是能考中的寥寥無幾，要不然奉山書院今日也不會只有不到五十個學子。

以往考過奉山書院的舉人甚至放話，能考中進士的人也不一定能考進奉山書院。這都是因為奉山書院的招生標準和其他書院有所不同。

「這會兒才九月底，到年底還有好幾個月呢。」

奉山書院每年年底會清掉一批不合格的學生，每年年初會招一批學子，這和府學、州學、縣學的招生規矩不一樣。

董秋實敲了敲桌子。「回頭我幫你寫封信，你拿給你們掌院看。以後每旬你在府學讀五日，後幾日請假來我這裡。待你考入奉山書院，再從府學過來。」

他畢竟是奉山書院的掌院，要給學子上課，還要處理書院的事務，不可能隨時把宋槿安帶在身邊教導，這樣安排最合適。

「那就多謝老師了。」

董秋實扭頭看林棲。「小丫頭，怎麼不說話，妳相公以後來我這裡讀書，妳來不來？」

「來，怎麼不來，我在奉城也有鋪子、宅子，等我相公考入奉山書院，我就跟他一起搬過來。」

劉闊是商人之子，對生意的事很上心。「師弟妹，妳家有多少產業？」

林棲沒回答，反而問他。「你是出自揚州府劉家，家裡是做絲綢生意的吧？」

「師弟妹說得正是。」

「你回去問問你家長輩，你就說淮安林家，他們知道我。」

劉闊倒抽了一口氣，這說話的語氣，那就是相當有錢了？

董秋實既是羨慕、又是不屑。「當錢串子還當出優越感了。」

聽到這話，林棲就道：「錢串子怎麼了？吃喝住行哪樣離得開我們開鋪子的？你們當官的修路、建橋、賑災、養軍隊，哪樣不用錢？您當過內閣大臣，您瞧瞧您說話靠譜不？羨慕我就羨慕我，羨慕我的那麼多，又不差您一個。」

劉闊、葉明、江雲楓偷偷鼓掌。這位師弟妹是個厲害人兒，記住了，以後沒事可千萬不能惹她。

董秋實想嘆氣，自己這個老師怎麼當的，弟子整日惹他生氣，連帶他們娶的媳婦也這般氣人，他這是什麼眼光？

「老師，我娘子……」

「行了、行了，不用幫她找理由了，她什麼人我不知道？」董秋實看著這一屋子人只覺得忒煩人。「都滾吧，過幾天再來。」

林棲站起來。「時辰不早了，我們還要回淮安，這就走了。」

回去的路上，宋槿安問起剛才說的事，林棲笑言。「我第一次見到他還是前幾年的事，那時候他剛致仕回來，去奉山書院任掌院，路過淮安的時候見過一次。後來我爹流放了，他心裡愧疚，又來過一次，算上那晚上，這是我第四次見他。」

「在京都的時候沒見過？」

林棲搖搖頭。「在京都的時候，他是朝廷重臣，我是個小丫頭，常年被寄養在外，連林家族譜上都沒有名字的小丫頭，哪裡見得著。」

林棲對今天的成果很滿意。「宋秀才，你要加油啊，爭取走他走過的路，讓其他師兄弟無路可走。」

什麼叫走老師走過的路？高中狀元？進入內閣成為朝廷重臣？致仕後成為天下第一書院的掌院？太難了！

不可否認董秋實有實力，但更不能忽略的是他出身，他出仕的時機，兩任陛下的提拔，現在的朝廷，已經不是當年那個朝廷了。不是人人都有董秋實的機遇。

但是，成為朝廷重臣不是他宋槿安的唯一追求，造福一方才是。

夫妻倆小小地展望了一下未來，說到家裡往後的安排。

下一次鄉試在明年秋天，他要參加明年的鄉試，要學習的還有很多，沒有多的時日可以浪費。年前這段日子少不得要兩邊跑，年後要長住奉城。

「家裡就要娘子費心照顧了。」

「嗯。」林棲帶他去找董秋實，就做好了準備。

回到家，劉氏知道大兒子拜天下第一書院的掌院為老師，激動到恨不得現在就回宋家村，去丈夫墳前告知好消息，去玉清觀燒香感謝神仙保佑。

劉氏緊緊握住兒媳的手。「林棲啊，我們家呀，多虧了妳，妳對我們全家都有恩啊！」

林棲不在意地笑了笑。「娘，咱們一家人不用說這些，我跟您一樣盼著他早日考中進士當官，給咱們倆掙誥命呢！」

現在說這些雖然還早了些，不過聽到耳朵裡是真舒坦，劉氏笑得合不攏嘴。

兒子讀書忙，兒媳也忙，劉氏想趕緊回去給先夫報喜燒紙錢，一刻也不想多待。過了兩、三日，一聽見桃源縣的碼頭徹底修建好了，她就說要回去了。

劉氏走的那天，宋槿安還在府學讀書，劉氏不讓他請假來送，囑咐他在府學好好讀書，有兒媳陪她回去就成。

宋槿安確實抽不出時間，他後日就要去奉城，到現在還沒跟掌院請到假，老師寫的信也還沒送出去。

掌院前幾日甚是忙碌，一邊要安頓新來坐館的詩學夫子，一邊還要去學政處匯報許多事宜，等到今日掌院騰出空來，宋槿安趕緊去找他。

掌院看完信，看著宋槿安的目光複雜。

高銘被趕出府學的事雖說跟他沒什麼相干，但也是因他而起。現在高銘走了，新的詩學夫子也來了，宋槿安竟然要走。

他很看好宋槿安，年輕又肯用功，進士先不說，明年考個舉人問題應當不大。

他這一走，明年秋闈就算他高中，人家也只會說他老師會教學生，和他們府學有多少關係？

宋槿安恭敬道：「學生給您添麻煩了。」

「你有好前程，我們當夫子的肯定是祝賀你。既然奉山書院掌院都寫信過來了，那就先這樣安排吧。醜話先說到前頭，你請假我不管，平日裡如果你考試不過，就別怪我不給你臉面。」

「學生知道。」

宋槿安拜奉山書院掌院董秋實為師的事，府學裡第一個知道的人就是掌院。等宋槿安從掌院這裡回去後，整個府學都知道了。

宋淮生趕緊去報告主子。「打掃的雜役聽到了，又告訴一個在食堂負責打飯的雜役，然後去用飯的人都知道了。」

「無妨。」早晚都會知道的。

和往常一樣，裴錦程等著宋槿安用飯，今日送來的食盒放在桌上，裴錦程居然還沒打開。

「好你個宋槿安，拜了那麼厲害的老師，居然不跟我說，咱們還是不是朋友？」

宋槿安連忙告罪。「不是不跟你說，我還沒有辦拜師宴，怎麼好公開出去。」

裴錦程羨慕得眼睛都紅了。「也就是你穩得住，要是我能拜一個這麼厲害的老師，我非得馬上宣揚到全天下都知道不可。」

宋槿安心想，倒也不必如此。

「你是真不知道還是假裝不知道？你的老師可是天下第一書院的掌院，還是曾經簡在帝心的內閣重臣。他這兩年身子養好了，據說陛下還曾想過召他入朝，要不是他拒絕，說不定現在都成內閣首輔了。」

宋槿安笑了笑，他當然知道「董秋實」這三個字代表著什麼，也知道奉山書院這塊金字招牌代表著什麼。

裴錦程拍了拍他的肩膀。「兄弟，苟富貴，勿相忘啊！」

「好說。」

裴錦程很想知道他是怎麼拜董秋實為師的，不過他是有分寸的人，宋槿安既然沒提，他就不會貿然發問。

孫承正就不一樣了，知道宋槿安被那麼厲害的老師收為關門弟子，他如何坐得住。

傍晚下學，孫承正第一件事就是跑去找宋槿安，把他拉到角落，興奮地問他怎麼拜師的。

想起那本《春秋集注》，孫承正連忙問道：「那本書是誰給你的？是不是你早就認識董老大人了？」

石川期待地望著宋槿安，也想知道內幕消息。

「我家娘子捐銀子給縣裡修建碼頭，你們都知道吧？《春秋集注》是孟大人給的，和老師無關。那時候我還不認識老師。」

宋槿安不好說林家的關係，只說中秋節晚上碰到拐子，救了老師唯一的孫兒，這才被收為弟子。

孫承正一拍大腿，懊惱不已。「中秋節我們也上街看花燈了，狀元樓有學子贏了一桌席面，我們都盯著狀元樓看熱鬧，其他的啥也沒發現。」

石川笑道：「就隔著兩條街，咱們和奉山書院的掌院就錯過了。」

宋槿安沒忍心告訴他們，那桌席面其實是二師兄劉闊贏的，他老師說不定都從他們眼前經過了。

府學裡學子多，他們又沒有關著門偷偷說，即使說話聲音小，有心打聽消息的人還是聽到了他們的談話，大家都和孫承正、石川一樣後悔，就這樣與改變他們一生的名師擦肩而過了。

宋槿安拜了董秋實為師，最快接受的人是康紹奇。雖說他當初上門親自道歉是逼不得已，現在他只覺得慶幸，幸好！

季越也心動，孫承正和石川去找宋槿安的時候，他也想跟去，看在往日同窗的情分上，或許宋槿安不會趕他走。後來，半路上碰到康紹奇，他停下腳步，腳下一轉，拿著書去學舍。

宋槿安有他的運道，他走他的通天道，他過他的獨木橋。

林家的船中午從淮安出發，只用了兩個多時辰就從淮安到了桃源縣，比坐馬車還舒適，劉氏欣喜道：「這個碼頭蓋得好，以後縣裡的人去淮安就方便了。」

「夫人說得是。」

桃溪的水路寬敞，唯一不好的就是水位太淺，修建碼頭淘過沙之後，水位比以往深了一倍，一般的商船都能進出，比孟元傑預料的更好一些。

碼頭兩邊商鋪林立，新修的商鋪好些已經開門迎客了，客棧、酒肆外懸掛的旗子飄揚，街上小生意人的叫賣聲此起彼伏。

知道主子今兒要來，林家的小廝早就守在碼頭，遠遠地見到林家的船來了，小廝趕緊跑去通知二管家。

「見過夫人、主子。」宋朴領著家裡的管事和帳房前來拜見。

碼頭人來人往，不是說話的地方，林棲扶著劉氏往前去，一邊道：「你們做得不錯，回頭宋朴統計好，這次來桃源縣修建碼頭的人都有賞銀。」

「多謝主子。」

四周圍觀的眾人羨慕不已，這樣大方的主子，他們也想要啊。

這會兒時辰不早了，林棲問過劉氏，叫來馬車，今日先回宋家村住一晚，明兒再進城好好看看。

馬車到宋家村，已是黃昏時刻，村口大榕樹下閒談的老人們，看到車隊進來，不用猜都知道是宋家的人回來了。

這兩個月宋家的正經主子不在，宋家的下人們隔十天半月也會回來一次，但也沒有今日排場大。大家伸長脖子看著馬車掀開的簾子，宋子安那個小傢伙露出一個頭來，大家才知道，應是劉氏回來了。

待馬車過去，愛湊熱鬧的孩子們跟在後面跑，大聲喊：「是不是宋子安回來啦？」

林棲拍了拍他的背。「聽到沒有，你的小夥伴叫你。」

「我和他們不熟。」宋子安摳著手指頭，還是有些怯懦。

林棲噗哧笑了，表示理解。雖說膽子大了些，但是以往幾年他性子內向，沒和他們玩過，現在別人這樣熱情，一時間適應不了也正常。

劉氏笑道：「以後多接觸就熟悉了。咱們走的時候廚娘裝了一食盒點心呢，一會兒子安你給他們一人分一塊。」

「好。」

馬車停在宋家門口，負責看家的吳嬤嬤率領家裡小廝、丫鬟、護衛等在門口。

「見過主子。」

「起來吧，家裡這兩個月如何？」

「家裡一切都好。」吳嬤嬤上前一步扶著夫人。

婆媳倆相攜進門，宋子安端著一盤點心等在門口，給跑過來的小孩一人一塊。

鄉下孩子何曾吃過這樣精細的點心，拿到手裡軟乎乎的，聞著香香的，有些懂事的孩子捨不得吃，拿到點心跑回家，要給弟弟、妹妹嚐嚐。

小孩們都好羨慕宋子安，他能吃那麼多點心，真幸福呀！

小孩羨慕有好吃的，大人們則是羨慕劉氏今時不同往日了。

之前還是軟弱可欺的寡婦，今日就讓村裡的人高攀不起了。現今兒子有能耐，兒媳孝順，吃喝都有丫鬟、婆子伺候，多美的事。

說句不合適的話，這比她男人宋長生在的時候過得還痛快呢。

宋家族長家，行事俐落的曾氏放下手裡的事去找公婆。「爹，娘，聽說槿安他娘和媳婦回來了，他們家的菜地沒甚菜，我尋思著送些小菜和雞蛋，你們看怎麼樣？」

宋成點點頭。「去送吧，多少是個心意。」

「欸，聽爹的。」

桃源縣這回修建碼頭，他們宋家村可謂出盡風頭。掙了銀子不說，好幾個人跟著林家的管事和帳房打下手學了些本事，碼頭剛完工，就被眼明心亮的掌櫃們請去幹活，以後就有穩定的進項了，這都是宋槿安夫妻的功勞。

除了碼頭的事，曾氏更加感謝宋槿安幫她兒子宋問寫那封縣學的推薦信。宋問做完碼頭的工作，昨日已經去縣學讀書了。

曾氏真心感謝林棲一家，除了自家種的各色小菜，還撿了二十顆雞蛋。婆婆覺得禮有些薄，去房梁上把僅剩的兩塊臘肉取下來，叫她一起送去。

「娘，送一塊就行了。他們一家是厚道人，多了送去他們也不會要。」

「那送一塊，拿這塊肉去，這塊肉比較大。」

天色將黑，曾氏提著一籃子吃的出門，路上碰到好幾家的婦人也提著籃子出門，大家相視一笑，她們去的都是同一家。

劉氏受寵若驚，她嫁來宋家村半輩子，還從未收過這麼多的感謝。

「小菜我收下，雞蛋和肉妳們都拿回去，給家裡孩子好好補一補。」

「我們既然送來了，您收下就是了。」

「對，跟著碼頭做了兩個多月的工，掙了好幾兩銀子，不缺這點東西。」

「多謝您家兒媳，我家大兒子跟著她手下的帳房打雜，現下學會算帳，昨日被縣裡酒樓請去當二帳房了。」

大家都是真心感謝，不顧劉氏阻攔，把帶來的東西掏出來放在桌上就走。

林棲在隔壁屋聽到動靜，放下手裡的帳本問宋朴。「這次修建碼頭，宋家村的人表現怎麼樣？」

「表現得不錯。剛開始有那麼一、兩個不懂事的，我跟宋族長一說，隔日就被換下去，後頭來的人，皮繃得緊，沒人敢不聽話。吃的苦，受的累，也學到了些本事。」

林棲點點頭。「你肯定是要跟我回淮安，這邊你盡快找個機靈的管事負責碼頭的生意和縣裡的鋪子，後方不能亂。」

「負責的管事已經有人選了。宋家村這邊，宋家的族老跟我說過，他們希望培養宋問當宋家的下一任族長。我琢磨著，他們是想問問主子的意思。」

「回頭跟宋槿安說一聲，我不管這件事。」

宋朴雖然這段時日在桃源縣做事，但他都知道淮安那邊的消息。公子拜天下第一書院的掌院為師，以後前途無量，宋家的後院確實該選個有分寸的人看管著。

劉氏這次回來，敏銳地感覺到村裡人對她的態度變了很多。翌日一早，她要去縣裡看碼頭開業，村裡好多人都要去，路上碰到了，大家說話間都捧著她。

誇她命好，誇她兒子、兒媳，在他們嘴裡，他們一家就沒有不好的。就連和她不對盤的王招娣看到她，也扯著老臉皮笑出一朵花來。

潘氏在宋家村也沒什麼臉面了，即使她男人宋長庚還是村長，她孫子宋舉在縣學讀書，在劉氏面前，她也只有陪笑的分。

潘氏只有和王招娣碰上時，才能找回點村長夫人的優越感。

吉時已到，碼頭前敲鑼打鼓，好不熱鬧，縣令大人穿著一身官袍過來，專門跟劉氏說了兩句話，縣令夫人更是和劉氏相談甚歡，這一切都被圍觀的人看在眼裡。

孟倩娘氣呼呼地挽住林棲的胳膊。「好啊，妳又是幾個月不來看我，妳心裡還有沒有我？」

「有，咱們倩娘這麼美貌，我心裡怎會沒有妳，這不是一直忙著幫妳物色有才華的讀書人嘛。」

孟倩娘的臉微微發紅，扭捏地小聲問：「有好的嗎？」

「有好的。可惜人家都訂親了。」

孟倩娘氣得跺腳。「好妳個林棲，居然敢捉弄我。」

林棲笑開了花，拉著她的手不讓她動，湊到她耳邊。「府學沒找到合適的，回頭我去奉山書院幫妳找找。」

「妳認識奉山書院的人？」

林棲道：「對了，忘了告訴妳，我家相公前幾天拜了奉山書院掌院董秋實為師。」

孟倩娘驚得說不出話來，反握住林棲的手，急道：「姊妹，妳可是我親姊妹。」

隔了十幾步遠，孟夫人笑著跟劉氏說：「兩個丫頭還是那樣鬧騰，一見面就有說不完的話。」

劉氏笑著點點頭。她家兒媳，連裴家夫人見了都誇，沒人不喜歡她。

熱鬧地開業之後，林家的船領頭，商船拉著一批糧食出發去淮安，後頭跟著好幾條其他家的船，其中就有孫承正和雲嵐家的船。

縣令大人走後，看熱鬧的人散了，孫承正的娘親還專門過來找劉氏說了兩句話，下帖子請她們婆媳明日去莊子裡玩。

「明兒不行，約了縣令夫人去玉清觀燒香。」

「哈哈哈，沒事，以後咱們常來往，不著急。明日既然已經有約，等妳有空，咱們再另外找時間聚一聚，多謝妳家照看我家兒子、兒媳。」

「承正和如意都是好孩子，我一見就喜歡，夫人可別這樣客氣。」

宋家村的婦人們，看著劉氏跟官夫人想談甚歡，和縣裡的富戶家的婦人們有說有笑，這真是他們認識的那個唯唯諾諾的劉玉溪嗎？

第十五章

林棲在桃源縣待了幾日，去玉清觀看了師父後，就準備回淮安。臨走之前，林棲去拜訪孟家一趟。

私鹽的事情，淮安官場上的人捂得緊，但是誰沒個親朋好友，總有人有意無意地走漏風聲，只要漏出一點風聲來，官場上的那些老狐狸就會猜到。

孟元傑有個當工部尚書的大哥，因此該知道的他都知道一點，只是細節上，還是不甚清楚，這就找到了林棲。

林棲畢竟和孟倩娘相交許多年，她對孟元傑的人品有一定了解，總的來說，算是半個熟人，康家販運私鹽這樣半公開的事情，告訴他也無妨，就當賣個好。

孟元傑聽完前因後果後，有心提點她。「雖說妳相公拜了董秋實為師，有了庇護，後面幾個月妳最好還是留心些，萬一有些人狗急亂咬人，妳犯不著吃這個虧。」

康政要走已經是必然，他沒走之前，一切都還說不定。

「多謝孟大人提點，我心裡有打算。」

孟元傑作為縣官，平日裡事情也多，談完正事後，叫孟倩娘過來陪她說話，他就先走了。

孟倩娘想去淮安玩幾天，拉著林棲撒嬌。「我娘不讓我出去，妳幫我說話唄，我娘肯定考慮。」

「這個我幫不了妳，妳跟妳娘說。」

「哎呀，幫我說嘛，就說我去妳家玩，坐船去，十天半個月就回來了。」

林棲想了想。「年前這幾個月我都很忙，估計在淮安的時候也不多，沒空陪妳。妳再等等，等過年後我帶妳去奉山書院玩一趟。」

「過年後去？」

「我相公拜董掌院為師，年後要宴請賓客，妳去不去？」

「去去去，我去，我帶我娘一起去。」孟倩娘迫不及待。

林棲笑著說：「我相公有四個師兄，聽說除了大師兄現今已經成婚，其他三個都還未娶呢。」

「我知道董大人的大弟子，名叫蕭陌然，是上一屆的狀元，和我哥哥同科，不過我哥只是二榜進士，現今跟著我大伯在工部打下手。」孟倩娘小聲說：「去年我哥考進士的時候，我跟我娘回去京都一趟，有一次去武侯府赴宴見過蕭陌然，長相和妳相公不分高下，特別招小娘子喜歡。我偷聽她們說話，她們都說蕭陌然是董大人最得意的弟子，以後奉山書院的人脈都要給他繼承，必定前途無量。」

林棲笑著應了一聲，孟倩娘急了。「妳別不當回事，我爹說，奉山書院出去的官員都是實幹派，厲害著呢。人脈都被蕭陌然占了，妳相公怎麼辦？」

林棲雙手一攤。「我相公現在還是個秀才，說什麼人脈不人脈的，這會兒沒什麼用。」

孟倩娘尷尬地笑。「哈哈，我都忘記妳相公還是個小秀才。」

林棲也笑。「科舉三年一次，如若我相公科舉順利，說不定明年考中舉人，後年就考中進士了。」

「吹牛！蕭陌然那麼厲害，鄉試後也等了幾年才去考會試。」

「咱們等著瞧吧。」

「那咱們打個賭，要是妳相公沒考中，妳要給我國色的一套衣裳。」孟倩娘趕緊趁火打劫。

「好，他要是沒考上，我送妳一套嫁衣，給妳最好的！」

「嘿嘿，那我可就等著我的嫁衣了，妳早點給我安排上。」

「一言為定。」

回去的路上，林棲覺得要囑咐宋槿安好好讀書，要是輸掉一套國色的衣裳，那也挺貴的，肉疼呀。

翌日，林棲帶著林家一干管事和帳房出發。

真心感謝他們的宋家人送到了碼頭，林家管事們心裡有些感慨，這幾個月沒白教這些徒弟。

春朝笑著跟主子說：「公子若是知道了，肯定感謝主子的安排。這才幾個月，村裡對咱們家的態度變化這樣大。咱們不在村裡，想必也無人再敢對夫人不敬。」

林棲應了一聲，這都在她計劃裡，不奇怪。她現在關注的是另外一件事。「廟灣那邊這幾日傳消息過來沒有？」

「暫且沒有，不過按照往年出海的時日計算，也該回來了。」

「今日回去後，妳去陶家一趟，問問他們那邊有沒有什麼消息。」

「奴婢知道。」

剛回到淮安，林棲凳子還未坐熱，陶潛就自己找上門來了。

「前些日子從桃源縣來了幾條船，聽說是妳家掏銀子幫著修建的碼頭，以後這條水路，妳家管了？」

林棲知道陶潛的意思，他想攬下這條水路。

碼頭和水路是官家管得沒錯，不過水上的事，最有話語權的不一定是當地官員，而是盤踞在這些水路上的幫派。畢竟官員三年一流轉，當地在水上討生活的人卻是一直都在。

水幫的存在有好有壞，懂規矩的水幫能解決矛盾，出事他們也管。遇到不懂規矩的水幫，過分壓榨那些商船，就無人敢走這條水路，好好的水路慢慢地就廢了。

林棲笑著說：「兩淮這一片水路不都是你家占著，你還需要專門跑來問我？」

陶潛微微一笑。「咱們都是老相識，我也就不跟妳繞彎子了。老規矩，這條河道上的所得，咱們二八分。妳什麼都不用管，年底等分紅就成。」

「那就這麼定了。」林棲知道，陶家和其他河道上的地頭蛇合作，也是這個價。

林棲叫春朝去擬訂契約，陶潛也叫他的掌櫃跟去。

「我認識那麼多做生意的人，其中就妳最講規矩。」

「有個契約在，咱們都安心。」

和啟盛朝的商人們不一樣，林棲尤其看重合同。除了今日和陶家簽的這種不好公開的灰色合同之外，其他能公開的，她都會選擇去官府過明路。

「妳呀，做人做事有時候太講規矩了，不一定是好事。」

林棲淡淡一笑，不想跟他這個一腳踩白道、一腳踩黑幫的人討論這個。

林棲問起海運的事。「廟灣那邊還沒有消息？」

「不用著急，昨日潮州府那邊飛鴿傳書過來，船已經到潮州了，那邊要卸下一些貨，估計還要些日子才能到廟灣。據說此次回來從扶南國帶了好些礦石和顏料，到時候要麻煩妳看看，有沒有適合染布的新顏料。」

「沒問題。」

合約擬定好，兩人看了沒有異議，簽字後，蓋上私章，水幫的事就算定下來了。

「妳相公拜奉山書院的掌院為師，什麼時候請咱們這些老朋友吃一頓？」府學傳開了，陶潛當然也得到了消息。

「年前恐怕不行，年後舉行拜師宴的時候，肯定給你們下帖子。」

「那我就等你們的好消息了。」

陶潛走的時候，還不忘從林家帶走好幾樣點心，一點都不見外。林棲當然也不會跟他計較這點東西。

知道她回來，舅母姚氏叫她晚上過去用飯，林棲沒等到晚上，下午就過去了。

「妳二表哥這些日子讀書越發不上進，整日鬧著要跟妳大表哥一樣，幫家裡做生意，還說年後不去書院讀書，昨晚還和妳舅舅鬧了一場，晚上妳幫著勸一勸。」

林棲毫無形象地靠著圈椅，懷裡端著一盤西瓜，一邊吃、一邊道：「二表哥是真不喜歡讀書，還是覺得自己再讀下去也考不上秀才？」

姚氏愣住了，她不知道呀。

林棲分析道：「如果二表哥真不喜歡讀書，那就算了。二表哥比我還大幾個月，他既然這麼說，肯定是經過慎重考慮，咱們攔也攔不住。」

「如果是他覺得自己考不上秀才呢？」

林棲笑道：「如果他只是覺得自己考不上，那就還能想想辦法。」

上輩子她也是大學畢業，關於讀書的經驗，肯定比她二表哥豐富。二表哥這種腦子靈活、讀書卻不行的學渣，還是可以挽救一下。

姚氏連忙坐過去一點，看她茶水喝完了，叫丫鬟趕緊添上。「林棲呀，趕緊替妳表哥想想辦法。我也不求他考中舉人、進士做官，只求他考個秀才，以後免了勞役就行了。」

雖說現在允許有錢人花錢免勞役，但畢竟不是長遠之計。萬一以後不免呢？姚氏捨不得兒子吃這個苦。

林棲替二表哥想的辦法，不去書院就不去，反正墨玉書院也就那樣，去書院還不如跟著宋槿安去奉城蹭課。

「宋槿安那幾個師兄都是舉人，家族裡的讀書人也多，考秀才的經驗肯定也少不了。叫二表哥跟著去，針對性地學習，肯定對二表哥更有幫助。」

她敢打賭，官宦之家和世家大族手裡肯定有每一年童試、院試、鄉試、會試的考卷，也肯定做過相關分析，什麼知識點考得多，什麼知識點考得少，他們肯定都知道。

姚氏有些不好意思。「這會不會不太好？」

「有什麼不太好的，既然有這個資源肯定要善用，不能浪費。有門路不用，那拜師幹什麼？」

既然外甥女都這麼說了，姚氏求之不得。「那就這樣辦。」

晚上，張紹光回府就大聲喊：「我明天不去了，整日看那些紈袴子弟吹噓吃喝玩樂，有什麼意思？你們別逼我，再逼我，我就離家出走。」

張毅冷哼一聲。「不想去算了，家裡還能省下些給你讀書的銀子。」

張紹光剛想著他爹娘不同意自己就要鬧，沒想到他爹這樣說，愣了一下，又笑起來。「喲，今兒太陽打西邊出來了？」

姚氏白了他一眼。「你表妹說了，你不想去書院那就不去，回頭你跟著你表妹夫讀書，年後考個秀才回來，我和你爹就不管你了。」

「哼，說得好聽，還不是要我去考秀才。」

林棲笑咪咪的。「那你想不想考秀才？」

「廢話，那當然想了。」

林棲對他招招手。「過來，我告訴你考秀才的捷徑。」

張紹光半信半疑。「讀書還有捷徑？」

「讀書沒有捷徑，為了考秀才而讀書還是有點捷徑。」

張紹光聽了林棲這樣那樣的法子，激動地跳起來。「妳個臭丫頭，有這般的好法子，妳不早說。」

張毅皺眉。「怎麼跟你表妹說話的？」

張紹光嘿嘿一笑，連忙向她道歉。「表哥這是誇妳聰明，妳可真是咱們家的大聰明啊！」

林棲真不想理這個傻子，看在表兄妹的分上還是囑咐他一句。「要想拿人家的好處，臉皮可得厚點。」

「放心，咱們做生意的，臉皮薄了還能行？」張紹光拍著胸口保證，肯定要把考秀才的秘訣套出來，然後再傳給他未來的兒子，他的孫子，他的曾孫，他的……

張紹光已經在暢想，以後他張家人人都是秀才的大好局面。

兩日後，宋槿安從奉城回到淮安，跟他一起回來的還有好多書。

林棲看過那些書，應該是董秋實的私藏，都是外面很少見到的藏書。

於是，她更加慫恿張紹光抱大腿，好處肯定不少。

宋槿安笑道：「我也這樣想過，不過那幾日第一次去，還沒摸清情況，不好跟表哥講。過幾日我再去奉城，叫表哥跟我一起去。」

在奉城這幾日，他頂著奉山書院掌院關門弟子的名號，進出奉山書院一點阻礙都沒有，奉山書院五層樓高的藏書樓任他進出。

藏書樓裡面不僅有歷朝歷代大學問家的思想結晶，還有奉山書院學子和夫子們總結的筆記。因為奉山書院的學子進來時很多都是舉人，所以關於考秀才的經驗可是多得很，這個地方最適合表哥不過了。

「書籍只能在藏書樓裡看，不能帶出來，要不然我這次就帶幾本回來給表哥了。」

他抱著好奇心看過那些筆記，不得不說，奉山書院真是出天才的地方，他看了好些筆記都大受啟發，深覺自己能中小三元是運氣使然，主要是沒碰上這些厲害人物。

有個能去天下第一書院偷師的機會，張紹光當然求之不得。過了幾日，宋槿安又要去奉城，張紹光收拾好包袱跟著去了。

墨玉書院裡，跟張紹光不對盤的那幾個紈袴子，聽說張紹光退學了，都樂得哈哈大笑，直說張紹光一身銅臭味，在書院待了這麼些年，也沒有學到半點讀書人的風度。

吳長慶不與這些人為伍，隨便他們怎麼嘲笑張紹光，他都一言不發。他讀完這一年，明年也要從墨玉書院退學了。

他已經過繼給三叔，不再是吳家大房的庶子吳四郎，而是吳家三房的二子吳二郎。家裡不寬裕，還有個成日吃藥的大哥，他打算今年讀完就退學回家，幫忙打理家裡田產。

吳長慶兜裡沒銀子，瞬間成為邊緣人物，他不說話，也沒人搭理他。他一個人默默坐在角落，讀起書來，比以往都認真。

且說張紹光以表妹夫書僮的身分跟著進入奉山書院，瞬間對奉山書院自由的讀書環境驚掉了下巴，奉山書院的學子們不用夫子督促就勤學苦讀的樣子更是讓他肅然起敬。

宋槿安拍了拍他的肩膀。「表哥，你現在的目標是秀才，加油！」

「我肯定努力！」

秀才的讀書筆記總結看的人少，都堆放在頂樓的角落裡。每日張紹光風雨無阻地揹著筆墨紙硯去頂樓學習。看管藏書樓的管事見了都點頭，這小子不錯。

管事每日打掃藏書樓，張紹光看書累了的時候，也幫著掃地。有一天，他對著一句注釋百思不得其解，正要記下來，打算回去請教表妹夫的時候，管事突然冒出頭來。

「這句你都不知道？你去那邊第二排書架上，把四書注釋拿過來，翻到五十四頁，對照一下。」

張紹光半信半疑，聽他的話，去找到那本書，翻到五十四頁，讓他抓耳撓腮的那句注釋就擺在那兒。

藏書樓的管事這麼博學？

管事謙虛道：「我讀書少，許多年前也就考過舉人罷了，比不得那些天才學子們厲害。」

你這樣讀書少，那我這樣的算什麼？傻子嗎？

張紹光有些懷疑人生，晚上回去跟宋槿安說，劉闊、葉明、江雲楓師兄弟三個聽了哈哈大笑。

「趙管事還是那麼喜歡欺負新人。」

宋槿安笑著道：「趙管事當年也是少年天才，十六歲的年紀考中了頭名解元，出於自身原因才沒去會試，跑到奉山書院當夫子。後來當夫子煩了，自己申請去看管藏書樓。」

張紹光聽到這兒，覺得這麼厲害的人物不能乾放著，第二天又看到不會的題目，他特地跑去找趙管事答疑解惑。

多去幾次，人家嫌他煩人，叫他走遠一點。

走遠一點是不可能的，他可是張紹光，臉皮比城牆還厚的人，怎麼能就此放棄呢？必須抱緊大腿。

十月中旬，一路卸貨的海船到了廟灣，四海商會的人都到了碼頭，看著手下的掌櫃清點貨物。

這回從海外新得的東西擺在桌面上，有書籍，有布料，有礦石。

四海商會的人，唯一一個識得外族文字的只有林棲一個。

林棲看了之後說：「這是他們寫的詩歌。」

有個身著靛藍色錦袍的富商笑著問：「像上次寫的那樣，大海啊，你全是水，太陽啊，你是我的神那種？」

在場的眾人都笑了起來，林棲也跟著笑，搖了搖頭，放下書。她拿起一塊木頭，仔細研究後，看了陶潛一眼。

陶潛幾步走過去。「有什麼發現？」

林棲向身邊的人要了一把匕首，刮了一點木屑下來，泡在水杯裡，兩個指頭捏著木屑搓了搓。

「如果我沒看錯，這個應該是扶南那邊的特產，名叫蘇方。」

「有什麼用？」

「據說這個東西能染布，也能給木器上色。」
大家注視著杯裡的顏色。「紅色的染料？」
林棲搖搖頭。「不止，據說和其他染料配合，能染出黃色、紫色、綠色這些顏色，紅色也不只是正紅了，能調出如肉紅、深紅、棗紅等顏色。」
林棲此話一出，眾人心頭一片紅熱，特別是家裡有染坊的幾位商會巨賈都動了心思。
「陶會長，你家已經有朝霞和孔雀錦兩個獨門生意，這蘇木就不要和我等搶了吧。」
「李兄說得是，陶會長大人大量，給咱們兄弟幾個留一口飯吃可好？」
陶潛淡淡一笑。「幾位這話就不對了，做生意咱們各憑本事，哪裡是說讓就讓的。」
林棲一邊洗手，一邊道：「你們都別爭了，蘇木這種東西在扶南那邊多得是，一家是吃不下來的，倒不如咱們商會合作起來，把其他商會擠出去，你們看如何？」
大家都笑起來，劍拔弩張的氣氛瞬間和諧了。「那些商會沒有咱們林副會長這樣的慧眼，都還不知道這東西的作用。」
「對對對，其他的不說了，照以往林副會長的規矩，先簽個契約，咱們慢慢談。」
林棲在廟灣待了三天，等船上的東西都卸下來，分了貨物和銀子，跟商會的人談好合作後，才帶著人回淮安。
這次，身子養好的韓霜跟著她來了，她第一次看到林棲談生意，從一開始的不以為然，慢慢變得恭敬起來。

畢竟，無論男女，大多數人終究是慕強。

韓霜是被她半逼迫著入府的，這會兒，林棲指使她去買燒餅，韓霜還主動問：「要川麻的、鹹的？」

「都要，妳問霍英他們要不要。」

這句話被韓霜自動忽略了，她只認林棲是主子，霍英跟她沒關係。

從廟灣回淮安可以走水路，林棲回去之前要去沐城一趟，一行人從北邊繞路回去，要經過一片山林。

到了進山口，霍英打了個手勢，跟車的護衛走了兩個，騎馬過去前面探路。

韓霜撩起簾子看了一眼，十分有經驗地道：「這個地方地勢不好，山上容易藏賊。」

春朝好奇道：「你們走鏢的，遇到這樣的地方，是不是要喊鏢號？」

「要喊，如果是道上的懂規矩就不會攔路，如果遇上不給面子的，就要打一架。」

林棲也習慣了，在古代官府能管到的地方，基本上都在城裡，野外偏僻的山林裡和走水路的河道上，少不了有綠林好漢出沒。說到底，是官道管理不到位，中央政府對地方控制差了。

以前看歷史小故事，總會看到那些趕考的學子和走馬上任的官員死在路上，用現代人的眼光來看簡直不能理解，來啟盛朝後她就理解了。以至於她能自己作主的時候，就趕緊花大把銀子養護衛保護自己。

春朝和韓霜正說著話，馬車停了下來。

霍英打馬候在窗邊。「主子，不對勁，老劉他們探路還沒回來。」

「那你怎麼看？今兒不過去？」

這個地方前不著村、後不著店，退回去的話，明天再來，還是要從這裡過，除非換一條路繞過這裡。

「主子先等等，我再派兩個人過去探探。」

林棲皺眉。「別探了，一起過去。人分散了，反而更容易讓人逐一擊破。」

林棲下令，護衛們齊刷刷亮出武器，護著馬車飛奔過去。

跑了五里路，聽到前方刀劍相接的聲音，被迫拉入戰局的老劉看到自己人過來了，喜得大喊一聲。「老大！」

前方兩方人馬正交戰，路邊死傷十幾個，看身上的穿著打扮絕不是普通山賊。

林棲眼尖，看到面白無鬚的年輕男人護著一個五、六歲的小孩，她猛地站起來。「霍英，去幫忙。」

「是！」

林家的護衛如猛虎撲食一般衝上去，林棲也跳下車，韓霜護著她衝到那小孩身邊，拿著匕首的男人陰沈地瞪著她。

林棲急道：「你們可是鳳陽府姜家？」

嚇哭。

「妳是？」

「董秋實。」

林棲報出董秋實的名字，那人稍微放下戒備，躲在他身後的小孩伸出腦袋來，居然沒被嚇哭。

「我見過妳。」

「巧了，我也見過你，你叫阿潤是不是？」

有林家護衛加入，原本膠著的局面呈現一邊倒，小孩幾步上前拉著林棲的袖子。「不能讓他們跑了。」

林棲摸了摸他散亂的髮髻。「放心，他們跑不了。」

「霍英，把人留下來。」

「遵命。」

霍英不是一般的護衛，被她收編前是江湖排名前五的大俠，碾壓一般的官宦人家私養的殺手不在話下。

林棲猜測，追著謝重潤的殺手應該是來自京都。現在無論是出於自保還是保護謝重潤這個小不點的目的，這些人都絕不能放走。

半刻鐘後，林棲抱著謝重潤上馬車，一地的屍首自然有人去處理。

「我等是四王爺的人，今日多謝夫人出手相助，我等回去後一定稟報王爺，來日我家王爺定然親自上門道謝。請問夫人高姓大名，家住何處？」

謝重潤抿嘴，看了一眼自己的貼身太監張海，又看著林棲。「張海別說了，我知道她是誰。」

林棲笑著問：「那你說我是誰？」

「妳是林秋江大人的小女兒，我娘說妳叫林棲，妳還是凌霄道長的徒弟。」

張海暗自心驚。凌霄道長的徒弟？是先皇外家的遠房表妹楚思雲，後來出家修道的那個凌霄道長？

林棲笑道：「你個小傢伙，知道不少嘛。」

不過，謝重潤能知道這些消息，她也不意外。她師父出身楚家，楚家就在鳳陽府，謝重潤的娘親四王妃也出身鳳陽府，兩家都是和皇家有交集的高門大戶，互相來往熟絡，知道些小消息也正常。

她剛才能一眼認出謝重潤，也是因為曾跟著師父參加宴會，見過他們母子一面，這都是兩年前的事情了，沒想到謝重潤還記得她。

張海恭敬地行禮。「奴才有眼無珠，竟然沒有認出林小姐。」

「沒認出才好，如今我爹流放極北之地，我還怕別人認出我，把我也丟過去。」

「妳不是不在林家的戶籍上嗎？按道理講，就算妳是林大人的親女兒，也不能把妳流放了。」

「小傢伙，你又知道了。」

「哼，我就是知道。」

張海躬身跪坐在馬車門口，過了會兒，聽到清爽的水流聲，馬車停了下來。

林棲叫他們下車，謝重潤拉著她的裙襬。「妳要丟下我們？」

「難道你還賴著我不放？」

「不放，我要跟著妳。」

「呵呵，你要我給你當擋箭牌？」

謝重潤不說話，張海連忙道：「原本林小姐救我等一命，屬實不該再麻煩您，可我家主子年紀小，如若前頭還有追殺，恐怕難以保全，還請林小姐看在楚家和姜家是世交的分上，救我家小主子一命。」

林棲想了想。「你們怎麼被追殺的，我不想知道，也不想摻和。要我帶著他可以，不過你們的人不能跟著我，你們太引人注目了。」

「我等知道。」

張海似乎對林棲十分信任，他讓林棲等一等，他抱著小主子去前頭林子裡，那裡有一條小溪，過了會兒，小主子換了身粗麻布的衣裳回來。

「還請林小姐多多照看我家小主子，過些日子，我們會親自到淮安去接。」

林棲頷首應下。

張海也換了身裝束，帶著四王府剩下的人手，從另一條路走了。
韓霜跟著春朝去林子裡撿柴火，小聲問：「剛才那個張海，是太監吧？」
春朝點點頭，叫她以後別當面說這個。
「我知道，那些有殘缺的人都不是好惹的主兒，我就是頭次見，好奇。」
春朝帶著下人生火做飯，過了會兒，霍英回來了。
霍英挑眉。「這小子還要跟著我們？」
謝重潤有小動物的直覺，知道自己是個麻煩，不討人喜歡，趕緊拉著林棲的袖口，生怕自己被丟下。
「妳答應了的。」
林棲撇嘴。「放心，不會半路丟下你，我等你爹來贖你。」
「妳好好帶著我，我爹有銀子呢。」
霍英幾人咧嘴笑，是皇子又如何，皇子也不見得有他們主子富貴。
林棲突然覺得自己剛才答應得太快了，沒想過可能會虧本。
謝重潤的爹謝元顯是四皇子，擅長帶兵打仗，在軍隊很有威望沒錯。這兩年皇子奪嫡爭鬥得厲害。她爹被流放後，現在掌握著戶部實權的是二皇子的人，據說卡著軍餉，這會兒謝元顯說不定窮得叮噹響，有錢贖兒子嗎？
謝重潤有些心虛，他從小懂事，他爹不瞞他家裡的事，夫子也會專門教他，他也知道四皇子府現在不好過。

不過，贖他的銀子應該有吧？

林棲出去一趟，帶回一個孩子。宋槿安看了眼那孩子沒說話。

謝重潤趕緊露出一個乖巧的笑容。「宋叔叔好。」

宋槿安點點頭。

等夫妻兩人回房，林棲這才說出謝重潤的身分。「路上碰到了，又認識，我也沒有心狠到看著他去死。」

「他家裡的人呢？」

「還有幾個活著，帶著人走了，也是引開後面的追兵。謝重潤那小子乖乖地在家蹲著不出去鬧騰，估計也沒人知道。」

宋槿安現在腦子有點不清楚，他一個秀才，連舉人都還不是，這就被迫牽扯到皇子奪嫡了？

老師前兩日才跟他說過，四皇子的人脈都在軍隊，朝廷內根基淺，不是個好選擇。

「你別聽董秋實說，四皇子不行，前頭三個更不是好東西，至少四皇子人品相對好，還算磊落。」林棲小聲說：「槍桿子出政權，如若真要撕破臉奪嫡，他的優勢更大。」

宋槿安頭疼。「妳這是要幹什麼？」

「我就是私下跟你說，這孩子不會留在咱們家，明日一早我叫人送到玉清觀，讓他跟我師父住幾天，等他們家的人去接他。」
「這樣最好不過。」
謝重潤心眼多，不過心眼再多也強不過大人，第二天一早，他眼睛都還沒睜開，就被林家那些壯得跟熊一般的護衛擄上船。
他正要叫救命，那護衛對他奸笑。「你最好叫大聲點，叫躲在暗處的敵人都聽見才好。」
謝重潤默默閉嘴，心裡狠狠罵了那個女人一頓，一點都不靠譜。
天不亮就出發去桃源縣，霍英快去快回，回來時剛好趕上午飯。
「凌霄道長說，孩子放在她那兒，請您放心，她會照看好。」
「嗯，留了護衛嗎？」
「留了八個護衛輪流照看著，那邊還有楚家的護衛在，出不了岔子。」
「那就好。」
終於送走了謝重潤那個燙手山芋。
過了兩日，宋槿安又去奉城求學。
董秋實知道四王爺的嫡子在他家，笑著說：「看來你以後入朝不用頭疼站隊了。」
宋槿安無奈道：「您不是說了，奉山書院出去的學子只需踏實做事，不站隊。」
「時局變了，咱們也要靈活一些。」

董秋實把四個弟子叫到書房，關上門叫心腹在外守著。師徒五人談了一下午出來，宋槿安心態有了很大的改變。

「槿安，你大師兄和三師兄出身官宦之家，四師兄家裡是武勛貴族，只有你和你二師兄出身普通人家，你們可以站隊，做出不一樣的選擇。你們家裡沒有倚杖，以後奉山書院和我董秋實就是你們的倚杖，給你們支持，你們要有勇氣，不要怕。」

從書房出來，宋槿安見二師兄面上強作鎮定，手指頭卻忍不住顫抖。

江雲楓哈哈大笑起來。「二師兄啊，你瞧瞧你比槿安還大幾歲，怎麼還不如槿安鎮定呢！」

宋槿安其實也很驚詫，不過沒讓人看出來罷了。

劉闊攀著宋槿安的肩膀。「咱們師兄弟兩個以後前途凶險啊，咱們老師太不會做人了。」

葉明撇嘴。「要不是我在家裡作不了主，還輪得到你們領頭？」

葉明和江雲楓都明白，老師剛才說的話，無異於給劉闊和宋槿安承諾，以後奉山書院的人脈都可以給他們用。

葉明和江雲楓兩人對視一眼。大師兄是上一年的狀元，他自覺奉山書院新一代的人裡面，大師兄算是人中龍鳳，應當是奉山書院的接班人。不過，今日這一番話，才知道老師並未這樣想。

劉闊和宋槿安也不傻，晚上師兄弟四人坐一起喝酒，大師兄那兒，說不說？

劉闊說：「應當說。」

葉明說：「不用說。」

江雲楓說：「我也覺得不用說。」

宋槿安表示。「不該我們去說。」

三個師兄都看著宋槿安。「你小子說得對。」

他們都是當弟子的，老師和夫子、長輩們選誰當下一代領頭羊，不是他們幾個能決定的。

劉闊和宋槿安碰了一杯，清脆的一聲響，裡面有情誼，也有競爭。

寒露之後，天氣一日日涼下來。文芳街送來一個好消息，雲嵐終於有孕了。

林棲接到消息後，高興地準備禮物，叫下人套馬車，她要去文芳街一趟。

許如意看到她來了，笑著說：「聽說妳這段時日忙著呢，怎麼有空親自來？」

「沒空也要抽空過來，雲嵐盼了好久的事終於成了，怎麼能不來祝賀？」

雲嵐看到林棲也高興不已，握住她的手不放。她以為前段日子鬧出事了，她們之間的關係就這樣疏遠了。

林棲拍了拍她的手，要她安心。「咱們的交情是咱們的交情，和那些臭男人無關。」

四個小娘子都笑了起來，許如意高聲道：「今兒太高興了，要不是雲嵐有身孕不方便，我今兒非要拉著妳們喝一杯不可。」

「好事不怕遲，等雲嵐生了孩子，咱們有得是空閒時日相聚。」

四人說著話，梅蕊說季越知道雲嵐有身孕，昨日還專門回來一趟。

見雲嵐露出甜蜜的笑容，林棲嘴角翹了翹，沒說話。按照她的性子，如若她閨密的男人是季越這副德行，她肯定要勸分。

她沒有勸，一是這個時代的風氣難改，二是雲嵐的性子做不來那樣的事，三是因為她和雲嵐的關係沒有好到那個分上。

雲嵐捨不得季越，一心想要有個孩子穩定他們的夫妻關係，現在求仁得仁，作為一個外人，她只能祝福。

今兒有喜事，不談男人，只聊女人們之間的事。除了雲嵐，她們三個都是今年才成婚，如何照顧孕婦，她們也不懂。

「我覺得雲嵐最好回桃源縣養胎，妳們現在的這個院子狹小，又無生過孩子的婦人照料妳，哪裡比得上家裡。」

梅蕊也說：「林娘子說得不錯，妳家裡院子大，僕婦、丫鬟一應俱全，還有妳爹娘陪著。」

雲嵐有些猶豫。「可是我一走，季越不是沒人照料了嗎？」

「妳一個孕婦想他幹什麼，他身邊不是有個書僮嗎？妳回去了，他在書院裡有吃有喝、有人照料，還要怎麼樣？」

許如意很急。「妳呀妳，說妳多少次了，妳多想想自己行不行？以後妳有孩子了，難道妳也把孩子放在妳相公後頭？事事以妳相公為先？妳可別犯傻，那些沒良心的書生，巴不得升官發財死原配，相公哪裡有妳兒子靠得住。」

林棲趕忙攔住許如意。「妳別著急，雲嵐又不傻，她心裡有數。」

梅蕊看雲嵐那模樣，心想只怕不見得，這個女人傻起來的時候，連自己都騙。

雲嵐低下頭，小聲說：「我跟我相公商量商量。」

許如意生氣。「妳簡直氣死我了。」

雲嵐解釋道：「我知道妳們不喜歡我相公，這些日子，他其實改了許多。」

別人的家務事，本來跟她們也沒多大關係，大家只是心疼她。

雲嵐也不是真的傻，孰輕孰重，她心裡有數。

待到休沐日，季越回來，雲嵐就捧著肚子說想回家養胎。

「我也正想和妳說這件事。在淮安我沒法照顧妳，回桃源縣才是對妳好。我不放心妳一個人走，等過幾天我去請一日假，親自送妳回去。」

「你學業重，不用親自送我，我坐林家的船回去，走水路，兩個多時辰就到了。」

「那也好。」

家裡東西都齊備，回去也不用另外收拾行李，翌日一早，雲嵐起身準備出發，季越也跟著起來了。

「你休息吧，我自己去碼頭。」

季越拿起袍子穿衣裳。「既然走水路快，那我親自送妳回去，晚上我再回來。」

雲嵐心下感動，相公真的變回去了，還是她原來的那個相公。

夫妻倆用完早飯到碼頭，林家的管事認得他們，專門騰了一間屋子給他們，還叫了個丫鬟伺候著。

「難受嗎？」

「有點，還忍得住。」船開動了，雲嵐有些想吐又吐不出來。

「喝口水壓一壓，咱們很快就到了。」

「嗯。」

兩個時辰後，到了桃源縣，看到碼頭上人來人往的熱鬧場景，季越不禁驚呼。「不過幾月的工夫，桃源縣改變竟然這樣大。」

雲嵐笑著說：「聽林娘子說，我們家的鋪子在碼頭西邊第三間。」

「我扶著妳，咱們去看看。」

下船後腳踩實地，雲嵐只覺得身心舒暢，慢慢地一間間鋪子看過去，看到雲氏綢緞鋪，停住了腳步。

「爹，我們回來了。」

「嵐娘，哎喲，爹的好閨女，一走就是幾個月，總算肯回來看看妳親爹了。」

雲嵐一時間紅了眼眶，季越趕忙哄。「妳肚子裡還有孩子，別哭。」

雲老爹一拍大腿。「我都差點忘了，你們坐船回來的吧，一路上累不累？別在這兒站著，快回家裡去。」

雲老爹把鋪子交給小廝看著，趕緊陪著閨女回家去。

雲嵐回到雲家，從僕婦到主子都高興，雲嵐也覺得還是住在自己家裡自在。

晚上季越要回淮安，下午抓緊時間和雲嵐回了一趟老家。

季家住在村裡，季越不放心雲嵐在他家養胎，這一次回來，就是要跟爹娘說雲嵐在娘家養胎的事情，讓爹娘和哥嫂別多心。

說起來，為了讓季越讀書，雲家人出了不少力，即使雲嵐婚後一直沒有懷上，季家也沒有說話的底氣，這回終於懷上了，想在娘家養胎，季越的爹娘更是說不出個什麼來。

雲嵐心裡有數，把禮數做足了，該給的面子都給了，季家老小都照顧到了，一時間面上一團和氣，皆大歡喜。

季越把雲嵐送回娘家，他連晚飯都沒來得及吃，就坐林家的商船回淮安。

休息一晚，第二天去府學讀書，季越特意在午休的時候向宋槿安道謝，多謝他家昨日的照顧。

「她們娘子間的交情好，你不用如此客氣。」

「我是雲嵐的相公，我該來道謝一聲。」

季越很識趣，沒有多留，客氣幾句就走了。

裴錦程笑著道：「你這個同窗真有意思。見什麼人說什麼話，還特別有眼色。以後真當了官，估計也是個油滑的。」

「油滑不一定就是不好，只要心正，為政一方，對得起百姓叫他一聲父母官。」

「哈哈哈，你這是說他以後會去地方？」

「我們這樣出身的學子，在京都那種地方，就算是中了一榜進士也難留下。何況現在朝局那樣波譎雲詭。」

——未完，待續，請看文創風1190《女子有財便是福》下

2023年8月出版

飾飾如意

文創風 1183～1184

莫名其妙嫁進山村，又被夫君當成抓犯人的誘餌，
她氣得連跟不跟他睡同張床都要考慮了，何況圓房？
哼，想嚼舌根的儘管嚼去。他行不行，可不是她的問題啊～～

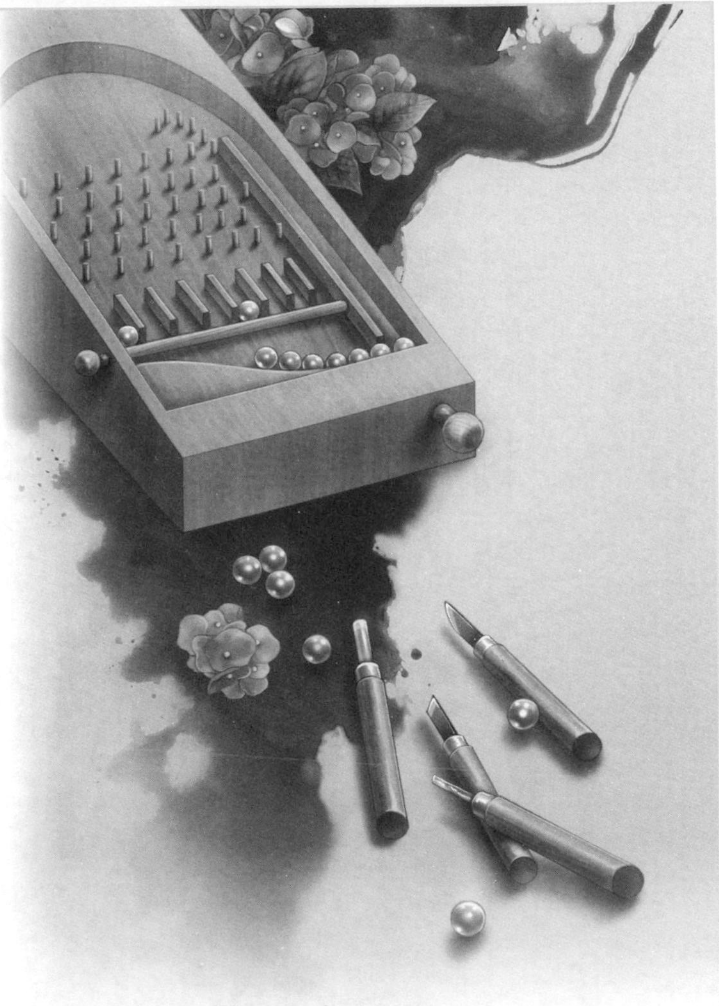

馴夫大吉，妻想事成／觀雁

一穿越就捲進騙婚的軒然大波，現成夫君還是縣衙的前任神捕譚淵，
蘇如意的小膽子要嚇爆了，雖然她將功補過，和譚淵一鍋端了那群騙子，
但欠債還錢天經地義，為了向譚家贖回賣身契，她只好努力賺銀子啦。
身為手工網紅，做點小工藝品難不倒她，卻因小姪子的生日禮物出糗——
她打算刻個彈珠檯，搬來木板想請譚淵幫忙鋸，竟不慎手滑而抱住他，
嗚……這下除了騙婚，居然還調戲人家，她簡直想挖個洞把自己埋了。
彈珠檯讓小姪子跟小姑玩得欲罷不能，看樣子手作飾物確實商機無限，
可譚淵不著痕跡的誇獎和曖昧，卻讓同居一室的她莫名心跳起來——
這腹黑傢伙對她到底有什麼企圖？她一點都不想在古代當人妻耶，
等存夠了錢，她就要跟他一拍兩散，包袱款款投奔自由嘍～～

百年修得同船渡，千年修得共枕眠／琉文心

2023年8月出版

翻牆覓良人

他帶她來到一棵百年大樹下，樹上掛滿寫著一對對情人名字的紅布條，
據說這是極為靈驗的姻緣樹，他問她願不願和他一起掛上紅布條？
看著布條上由他親筆寫下的兩人名字，她疑惑地問他，只一人筆跡可靈？
結果他一愣，連忙表示，要不她在布條上頭親上一口，表示她也認可，
這話說得好笑、離譜，可她卻也乖乖照做了，甚至還親上兩口……

文創風 1185 1

沈文戈乃鎮遠侯府的嫡女，在家中是被父母及六位兄姊疼寵的寶貝，
奈何情竇初開，只一眼就瘋了似地愛上那縱馬奔馳的尚家郎君，
她甚至赴戰場救他一命，雙腿因此落下寒症，令她生不如死，但她不後悔，
即便家人反對，她依舊毅然決然地嫁入尚家，可還沒洞房他就出征了，
因為愛他，她堂堂將門虎女在夫家被婆婆搓磨、苛待三年都受了，
好不容易盼到他返家，他卻帶回一楚楚可憐的嬌柔女子，要她接納，
於是，她只能獨守空閨，眼睜睜地看著他倆恩愛數年，直至死去，
幸好，上天給了她重生的機會，這回她絕不再活得這般卑屈了！

文創風 1186 2

雖然沒能重生回嫁人前，但在夫婿帶小嬌娘回來的前幾天也就先忍著，
靜候他帶人回來，然後毫不留情地帶上所有奴僕及嫁妝「走」回娘家，
沒錯，她就是要讓所有人知道，她要和離，不要這忘恩負義的夫婿了！
她沈七娘家大業大，憑啥夫家享盡沈家的好處，還要處處羞辱、折磨她？
前世嫁人後她沒回過一次娘家，連至親手足們的葬禮都未能出席，
如今為了和離，她開先例將夫家告上官府，一如當初非君不嫁的轟轟烈烈，
這般憋屈的小媳婦，誰愛當誰去當，她即便壞了名聲也不再受這委屈！
大不了她不再嫁人便是，她都死過一次了，還怕這種小事嗎？

文創風 1187 3

沈文戈養的小黑貓「雪團」不見了，婢女們滿院子都找不著！
結果，隱約聽見隔著一堵牆的鄰家傳來微弱貓叫聲，那可是宣王府啊！
傳聞中，宣王王玄瑰行事狠戾、手段毒辣，甚至還會烹人肉、飲人血，
可因他乃當今聖上的幼弟，兩人關係親如父子，沒人能奈他何，
偏巧母親不在家，無法上門拜訪尋貓，只能架上梯子親自爬牆偷瞧了，
畢竟奴婢們窺伺宣王府，若被抓到，都不知道要怎麼死了，
她好不容易爬上牆頭，眼前驟然出現一張妖魅俊美、盛氣凌人的臉，
這不是鄰居宣王本人，還能是誰？所以說，她是被逮個正著了？

文創風 1188 4 完

自從去過奢華的鄰居家後，她家雪團就攔不住，整日跑去蹭吃蹭喝，
害得沈文戈這個貓主人也不得不三天兩頭地架梯子爬牆找貓去，
結果爬著爬著，她甚至翻過牆去，和鄰居交起朋友來了，
時日一久，她才發現宣王這人身負罵名雖多，但人其實不壞，還老慣著她，
在他有意的疼寵之下，本已無意再嫁的她，一顆心漸漸落在他身上，
後來她才曉得，原來他竟是當年與她前夫一同在戰場上被她救下的小兵，
可他的嬤嬤說，他是個別人對他好一點，就恨不得把心都掏出去的人，
所以他對她好，全是為了報恩？還以為他是良人，原來是她自作多情了……

為流浪貓狗加油 和貓寶貝 狗寶貝

廝守終生(一定要終生喔！)的幸福機會

對人來說，貓寶貝狗寶貝只是生活的一部分，
但妳（你）對牠們來說，卻是生活的全部，領養前請一定要考慮清楚——

▲ 被上天眷顧的孩子——立可白

性　　別：男生
品　　種：米克斯
年　　紀：2～3歲
個　　性：待人親和、親貓親狗、愛乾淨
健康狀況：已施打三劑預防針、狂犬病疫苗，四合一過關！
目前住所：彰化縣線西鄉

本期資料來源：黃嘉慧小姐

『立可白』的故事：

會和立可白結緣，是在看收容所公告時見到的，因為在路上遊蕩而被通報入所，志工到收容所幫狗狗們拍照求曝光時，牠總是隔著籠門把手手伸出來，懇切的舉動彷彿就是想抓住一個希望。

立可白是一隻很有個性的狗，對人很溫和，非常知所進退，從來不敢逾矩。捏牠的臉，還會哈哈笑，非常享受與人的互動！平常可以跟狗狗們和平相處，但只要一到吃飯時間，若有狗狗想要去吃立可白碗裡的飯，牠會發出低吼聲警告對方不准搶。

立可白會坐機車，所以不難想像牠之前也曾經有過家，而且很愛乾淨，習慣外出大小便，主人不用擔心會把家裡弄得一團糟。目前有意安排牠秘密受訓，要給未來的主人一個特別的驚喜。

擁有可愛柯基身材的立可白，模樣是否萌到您的心？登入FB搜尋黃嘉慧，大頭照雖是替一黑一棕狗狗繫牽繩，但立可白的大小事通通都在這兒。若有意認養的您，除了去信bb0955036367@gmail.com，也可使用Line ID：0955036367（或撥打手機，號碼亦同），立可白的下半場故事就等著您來撰寫！

認養資格：

1. 認養人須年滿25歲，全家人都要同意新成員的加入，也願意一起照顧。
2. 立可白生病時須就醫治療，不可任其風吹日曬雨淋，也要備足乾淨的飲水與食物，尤其喜歡吃雞胸肉，飼料吃得很少。
3. 每天早晚能帶立可白出門各遛一次，外出散步時一定要繫上牽繩。
4. 每年須定時施打預防針與狂犬病疫苗。
5. 領養前請先分享家裡的生活環境照或影片，到現場和立可白互動時，至少須有一位家人陪同，決定帶狗狗回家的當天，希望我們有幸陪牠一起回家。
6. 須同意簽認養寵物切結書。
7. 須同意送養人日後之追蹤探訪，對待立可白不離不棄。

來信請說明：

a. 個人基本資料：姓名、性別、年齡、家庭狀況、職業與經濟來源等。
b. 想認養立可白的理由。
c. 過去養寵物的經驗，及簡介一下您的飼養環境。
d. 若未來有結婚、懷孕、出國或搬家等計劃，將如何安置立可白？

風 文創
1189

女子有財便是福 上

國家圖書館出版品預行編目資料

女子有財便是福 / 竹笑著. --
初版. -- 臺北市 ： 狗屋出版社有限公司, 2023.08
冊 ； 公分. --（文創風 ; 1189-1190）
ISBN 978-986-509-450-8（上冊 : 平裝）. --

857.7　　112011058

著作者　竹笑
編輯　黃鈺菁
校對　沈毓萍
發行所　狗屋出版社有限公司
地址　台北市104中山區龍江路71巷15號1樓
電話　02-2776-5889～0
發行字號　局版台業字845號
法律顧問　蕭雄淋律師
總經銷　知遠文化事業有限公司
電話　02-2664-8800
初版　2023年8月
國際書碼　ISBN-13　978-986-509-450-8

本著作物由北京晉江原創網絡科技有限公司授權出版

定價280元
狗屋劃撥帳號：19001626
網址：love.doghouse.com.tw　E-mail：love@doghouse.com.tw